# NRA CET - Graduate Pass

## सामान्य हिन्दी

नवीनतम संस्करण
अभ्यास किट

20 टेस्ट्स
20 विषयानुसार टेस्ट्स

विषय से संबन्धित पाठ प्रश्नो के साथ

✓ पूर्णतः संशोधित और अद्यतन

✓ सभी बहुविकल्पीय प्रश्नो का विस्तृत विश्लेषण

<table>
<tr><td>शीर्षक</td><td>: NRA CET - Graduate Pass सामान्य हिन्दी</td></tr>
<tr><td>लेखक का नाम</td><td>: Mr. Rohit Manglik</td></tr>
<tr><td>प्रकाशक</td><td>: EduGorilla Community Pvt. Ltd.</td></tr>
<tr><td>प्रकाशक का पता</td><td>: 12/651 प्रथम तल, अरविन्दो पार्क के सामने, निकट जामा मस्जिद, इंदिरा नगर लखनऊ, उत्तर प्रदेश, 226016, भारत।</td></tr>
</table>

## कॉपीराइट EduGorilla



## अस्वीकरण EduGorilla

रोहित मांगलिक
सीईओ, **EduGorilla**

प्रिय छात्रों,

एक बहुत ही प्रचलित कहावत है कि "सफलता उन्हीं को मिलती है जो उसके लिए कड़ी मेहनत करते हैं।" लेकिन मैंने लोगों को उनकी परीक्षाओं के लिए दिन-रात एक करके मेहनत करते हुए देखा है, पर फिर भी वे सफल नहीं हो पाते। तो वहीं दूसरी ओर, कुछ लोग बस आधी मेहनत करके परीक्षा में सफलता प्राप्त करते हैं। तो, क्या वे किस्मत वाले हैं? नहीं मेरा मानना है, कि ऐसा इसलिए है क्योंकि वे सिर्फ कड़ी नहीं बल्कि कुशल तरीके से अपनी तैयारी करते हैं। इसी तरह आपको भी अपनी परीक्षाओं की तैयारी के लिए अपनी योजना बनानी चाहिए, ताकि आपकी भी सफलता की संभावना बढ़ सके। तो तैयार हो जाइये EduGorilla के साथ अपनी परीक्षा में चयन होने की संभावना को 16 गुना बढ़ाने के लिए।

EduGorilla आपको न केवल कड़ी मेहनत करने में मदद करता है, बल्कि एक स्मार्ट और योजनाबद्ध तरीके से तैयारी करने में भी सहायता प्रदान करता है। EduGorilla की तैयारी पैकेज के साथ आप अपने परीक्षा में चयन होने के रास्ते को सहज और मनोरंजक बना सकते हैं। अपनी तैयारी के लिए सही रास्ता खोजना मुश्किल हो सकता है, यदि आप ये नहीं जानते कि आपको किस दिशा में जाना है। चिंता न करें हम आपके साथ खड़े हैं! EduGorilla आपकी सफलता में आपका मार्गदर्शक बनेगा। हमारे तैयारी पैकेज के साथ आप रणनीतिक रूप से तैयारी कर, अपनी परीक्षा में सिर्फ एक ही प्रयास में सफल हो सकते हैं।

EduGorilla के तैयारी पैकेज में शामिल हैं–

• टेस्ट सीरीज़　　　　　• किताबें

हमारे तैयारी पैकेज को सभी तरह के नये बदलवों, विशेषज्ञों की राय एवं छात्रों के प्रतिक्रिया के अनुसार तैयार किया गया है। जो आपको परीक्षा के प्रत्येक चरण की चयन प्रक्रिया को पार करने के योग्य बनाता है।

हमारी किताबें शिक्षकों और विशेषज्ञों द्वारा आपकी परीक्षा के लिए तैयार की गई हैं, 150+ वर्षों के अनुभव के साथ; ताकि आपको आसान, कुशल और प्रभावी शिक्षण प्रदान किया जा सके। हमारी स्मार्ट किताबें न सिर्फ आपको प्रश्नों के उत्तर देने की समझ देती हैं, अपितु आपके अभ्यास के लिए समान रूप के प्रश्न भी प्रदान करती हैं।

EduGorilla की सक्षम टेस्ट सीरीज आपको वास्तविक अनुभव और आत्मविश्वास प्रदान करती हैं, जिसके माध्यम से आप केवल एक प्रयास में अपनी ऑफलाइन अथवा ऑनलाइन परीक्षा पास कर सकते हैं। वर्तमान में हम 83,000+ मॉक टेस्ट्स और 1,440+ प्रतियोगी एवं शैक्षणिक परीक्षाओं की तैयारी कराते हैं।

अर्थात, EduGorilla आपकी तैयारी में आपकी सहायता करने का कोई भी मौका नहीं छोड़ता है और परीक्षा के सभी चरणों को कवर करता है, ताकि परीक्षा की तैयारी के लिए आपको कहीं और भटकना ना पड़े।

हम आपको डिफेन्स, बैंकिंग, टीचिंग और अन्य राष्ट्रीय एवं राज्य स्तरीय परीक्षाओं के लिए सम्पूर्ण तैयारी पैकेज प्रदान करते हैं। अत: इससे कोई फर्क नहीं पड़ता कि आप किस परीक्षा के लिए तैयारी कर रहे हैं, क्योंकि आप सफलता हासिल करेंगे।

आपको परीक्षा की शुभकामनाएं!

रोहित मांगलिक,
संस्थापक और मुख्य कार्यकारी अधिकारी, EduGorilla

# प्रस्तावना

EduGorilla छात्रों को उनकी परीक्षा में सफल होने के लिए मार्गदर्शन प्रदान करता है। जिसको ध्यान में रखते हुए हमारे कुल 150+ वर्षों का अनुभव रखने वाले प्रतिष्ठित विशेषज्ञों ने कड़े प्रयासों के द्वारा "NRA CET - Graduate Pass : सामान्य हिन्दी" को तैयार किया है। इस किताब के प्रश्नों को हाल ही में परीक्षा के पाठ्यक्रम और पैटर्न में हुए सभी बदलावों को ध्यान में रखकर बनाया गया है। वो प्रश्न जिनकी NRA CET 10th Pass परीक्षा में आने कि संभवना काफी प्रबल है, उनको इस किताब मे रखा गया है। आप EduGorilla की "NRA CET - Graduate Pass : सामान्य हिन्दी" के माध्यम से अपनी सफलता की संभावना को 16 गुना बढ़ा सकते हैं।

EduGorilla ये अपनी संपूर्ण तैयारी पैकेज के माध्यम से साकार करता है। इस किट में आपको प्रश्न अच्छी तरह अवधारित एवं संरचित रूप मे मिलेंगे जिन्हे आपकी जरूरतों के अनुसार बनाया गया है। इसके माध्यम से आपको स्मार्ट तरीके से परीक्षा के लिए अभ्यास करने में मदद मिलेगी। साथ ही आपको सहायक, समाधान और स्मार्ट उत्तर पत्रिका भी प्रदान की जायेंगी। जिससे आप अपना मूल्यांकन स्वयं कर सकते हैं। आप स्वयं की समीक्षा कर, उन सभी बिन्दुओं पर खुद को बेहतर तरीके से तैयार कर सकते हैं।

EduGorilla आपको अपनी परीक्षा में सफ़लता दिलाने और आपके लक्ष्य को हासिल करने में आपकी सहायता करने का वादा करता हैं। हम अपने प्रतिभागियों पर पूरा भरोसा करते हैं और उन्हें मेरिट सूची के शीर्ष पर देखते हैं। शीर्ष स्थान की ओर आपका पहला कदम है हमारे साथ तैयारी शुरू करना। EduGorilla की "NRA CET - Graduate Pass : सामान्य हिन्दी" की विशेषताएं कुछ इस प्रकार हैं।

➤ अच्छी तरह से शोध किया हुआ पाठ्यक्रम

➤ उच्च गुणवत्ता

➤ विस्तृत उत्तर और विश्लेषण

➤ स्मार्ट उत्तर पत्रिका

➤ परीक्षा सुसंगत प्रश्न

इस प्रकार EduGorilla आपकी तैयारी को मजबूत और आपको परीक्षा में सफल होने के योग्य बनाता है।

# विषय-सूची

**Q.1** 'प्रभाव' का अनेकार्थी शब्द समूह है-
**A.** असर, महिमा, दबाव
**B.** शहद, शराब, वसन्तऋतु
**C.** शराब, वसन्तऋतु, दबाव
**D.** शहद, शराब, असर

**Q.2** 'मछली, शंख, मोती' के लिए कौन-सा अनेकार्थी शब्द उचित है?
**A.** नमक   **B.** जलज   **C.** घोड़ा   **D.** समुद्र

**Q.3** दिए गए शब्दों में अनेकार्थक शब्द के लिए कौन सा अनुपयुक्त है?
**A.** अर्थ - धन, कारण, मतलब
**B.** चपला - चंचल, लक्ष्मी, बिजली
**C.** स्वर्ण - कंचन, कनक, सुवर्ण
**D.** दैव - भाग्य, विधाता, आकाश

**Q.4** निम्नलिखित शब्दों में से कौन-सा शब्द अनेकार्थी नहीं है?

*[UP Police Constable, 2018]*

**A.** कनक   **B.** अनंत   **C.** महावीर   **D.** हत्या

**Q.5** 'हेम' का अनेकार्थी शब्द समूह है।
**A.** तुषार, बर्फ़, मोती   **B.** जल, स्वर्ण, तुषार
**C.** स्वर्ण, जल, मोती   **D.** मोती, बर्फ़, जल

**Q.6** उसका अम्बर फट गया- में 'अंबर' का क्या अर्थ है?
**A.** आकाश   **B.** कपड़ा
**C.** दोनों   **D.** इनमें से कोई नहीं

**Q.7** निम्न में से कौन सा जनक का सही अनेकार्थक शब्द है?
**A.** पिता   **B.** पुत्र   **C.** भाई   **D.** मित्र

**Q.8** 'अपेक्षा' का अनेकार्थी शब्द समूह है-
**A.** एकमात्र, विशुद्ध ज्ञान, सिर्फ
**B.** विशुद्ध ज्ञान, सिर्फ, आशा
**C.** एकमात्र, विशुद्ध ज्ञान, आवश्यकता
**D.** इच्छा, आवश्यकता, आशा

**Q.9** 'संज्ञा' शब्द का उचित अनेकार्थी शब्द समूह है।
**A.** चेतना, नाम   **B.** रास्ता, रोगी का आहार
**C.** निकट, बन्धन   **D.** पूछा हुआ, पन्ना

**Q.10** निम्नलिखित अनेकार्थी शब्द को एक अर्थ के साथ लिखा गया है,'प्रमत्त-स्वेच्छाचारी' दूसरा अर्थ ज्ञात करें।
**A.** उन्मत्त   **B.** प्रपीड़ित   **C.** परितप्त   **D.** उत्कृष्ट

**Q.11** 'अंजन' का अनेकार्थी शब्द समूह है।
**A.** काजल, रात, माया
**B.** अपाहिज, नेत्रों के कोने, तिलक
**C.** नेत्रों के कोने, तिलक, माया
**D.** अपाहिज, नेत्रों के कोने, काजल

**Q.12** 'सारंग' का अनेकार्थी शब्द समूह है।
**A.** हाथी, वादा, रजामन्दी   **B.** हाथी, कोयल, कामदेव
**C.** दोगला, योग, कामदेव   **D.** रजामन्दी, कोयल, वादा

**Q.13** 'अविनाशी, वर्ण, आत्मा' के लिए कौन-सा अनेकार्थी शब्द उचित है?
**A.** उग्र   **B.** एकाक्ष   **C.** अक्षर   **D.** कुल

**Q.14** कौन सा शब्द "गुरू" का अनेकार्थी नहीं है?
**A.** शिक्षक   **B.** श्रेष्ठ   **C.** बड़ा   **D.** अमृत

**Q.15** 'पक्षी, ग्रह, देवता' के लिए कौन-सा अनेकार्थी शब्द उचित है?
**A.** खचर   **B.** बंधन   **C.** बौराया   **D.** बचाना

**Q.16** 'कल, केश, गुरु' अनेकार्थक शब्दों के उचित विकल्प को छांटिए।
**A.** बीता हुआ दिन, बाल, बड़ा
**B.** सुन्दर, विश्व, सेना
**C.** कार्य, किरण, बृहस्पति
**D.** बाल, मशीन, निशान

**Q.17** 'नाग' शब्द का एक अर्थ होता है - 'सर्प'। इस शब्द का दूसरा अर्थ क्या होता है?
**A.** बकरा   **B.** गदहा   **C.** घोड़ा   **D.** हाथी

**Q.18** 'अंतहीन, नित्य, बहुत अधिक' के लिए कौन सा अनेकार्थी शब्द सही है।
**A.** कलुष   **B.** उपस्कर   **C.** अनंत   **D.** अज

**Q.19** 'हस्ती' का अनेकार्थी शब्द समूह है।
**A.** रिश्ता, छठा कारक, अस्तित्व
**B.** शख्सियत, अस्तित्व, रिश्ता
**C.** हैसियत, रिश्ता, छठा कारक
**D.** शख्सियत, अस्तित्व, हैसियत

**Q.20** इनमें से कौन-सा शब्द अर्थ की दृष्टि से 'खर' से संबद्ध नहीं है?
**A.** प्रखर   **B.** मूक   **C.** दुष्ट   **D.** तिनका

**Q.21** 'वश, गाड़ी, समाप्ति' के लिए कौन-सा अनेकार्थी शब्द उचित है?
**A.** बाला   **B.** यति   **C.** बस   **D.** लीक

**Q.22** 'वेशभूषा, सजावट, रंगमंच का पिछला भाग' के लिए कौन-सा अनेकार्थी शब्द उचित है?
**A.** नेपथ्य   **B.** नग   **C.** धारणा   **D.** तनु

**Q.23** निम्नलिखित में से कौन सा शब्द "कंदल" का अनेकार्थी शब्द नहीं है?
**A.** कोयल   **B.** कलह   **C.** सोना   **D.** कमल

**Q.24** 'शिव' का अनेकार्थी शब्द समूह है-
**A.** दीर्घ, गुण, वृद्धि, सम्प्रसारण
**B.** पवित्र, निर्मल, साफ़
**C.** पवित्र, निर्मल, ठीक
**D.** मंगल, महादेव, भाग्यशाली

**Q.25** 'वाणी' का अनेकार्थी शब्द समूह है।
**A.** राशि, प्रगति, विस्तार   **B.** राशि, प्रगति, फैलाव
**C.** राशि, प्रगति, अवसर   **D.** जीभ, सरकंडा, वचन

**Q.26** 'घन' का अनेकार्थक शब्द समूह है-
**A.** बादल, घटा, भारी, हथौड़ा
**B.** बादल, हाथ, बगीचा, भारी
**C.** हथौड़ा, अधिक बड़ा, बादल, घटा
**D.** हथौड़ा, अधिक बड़ा, बादल, भारी

**Q.27** ''पर्वत, वृक्ष, नगीना' के लिए कौन सा अनेकार्थी शब्द सही है, चयन कीजिये

**A.** आलोचक     **B.** निन्दक     **C.** सर्व     **D.** नग

**Q.28** निम्न में से सोम अनेकार्थी शब्द के दो उचित अर्थ हैं -

**A.** अमित, स्वर्ण

**B.** देव, स्वर

**C.** चन्द्रमा, कुबेर

**D.** कोई विकल्प सही नही है

**Q.29** निम्न में से कर अनेकार्थी शब्द के दो उचित अर्थ हैं -

**A.** कान, कुंती         **B.** बंदर, यंत्र

**C.** करना, क्रिया       **D.** हाथी की सूड़, हाथ

**Q.30** निम्न में से कर्ण अनेकार्थी शब्द के दो उचित अर्थ हैं -

**A.** कान , कुंती का पुत्र

**B.** सुनना, कविता का रचयिता

**C.** कोई विकल्प सही नही है

**D.** कान, तिरछी हष्टि

# // स्मार्ट उत्तर पुस्तिका //

**सही उत्तर** — उन छात्रों के प्रतिशत को इंगित करता है जिन्होंने प्रश्नों का सही उत्तर दिया था।

**छोड़ दिया** — उन छात्रों के प्रतिशत को इंगित करता है जिन्होंने प्रश्नों को छोड़ दिया था।

| प्रश्न संख्या | उत्तर | सही उत्तर / छोड़ दिया |
|---|---|---|
| 1 | A | 22.63 % / 72.69 % |
| 2 | B | 29.81 % / 69.7 % |
| 3 | C | 15.27 % / 76.63 % |
| 4 | D | 17.67 % / 72.31 % |
| 5 | B | 10.57 % / 83.46 % |
| 6 | B | 20.1 % / 74.18 % |

| प्रश्न संख्या | उत्तर | सही उत्तर / छोड़ दिया |
|---|---|---|
| 7 | A | 18.04 % / 78.35 % |
| 8 | D | 29.1 % / 68.36 % |
| 9 | A | 11.95 % / 81.95 % |
| 10 | A | 27.78 % / 68.35 % |
| 11 | A | 21.12 % / 78.48 % |
| 12 | B | 10.8 % / 86.07 % |

| प्रश्न संख्या | उत्तर | सही उत्तर / छोड़ दिया |
|---|---|---|
| 13 | C | 30.24 % / 68.28 % |
| 14 | D | 29.75 % / 68.46 % |
| 15 | A | 21.88 % / 74.05 % |
| 16 | A | 15.19 % / 81.6 % |
| 17 | D | 23.45 % / 75.19 % |
| 18 | C | 10.85 % / 68.0 % |

| प्रश्न संख्या | उत्तर | सही उत्तर / छोड़ दिया |
|---|---|---|
| 19 | D | 31.35 % / 68.37 % |
| 20 | B | 26.36 % / 72.43 % |
| 21 | C | 24.37 % / 67.34 % |
| 22 | A | 15.45 % / 71.96 % |
| 23 | D | 23.14 % / 68.36 % |
| 24 | D | 25.8 % / 68.91 % |

| प्रश्न संख्या | उत्तर | सही उत्तर / छोड़ दिया |
|---|---|---|
| 25 | D | 18.1 % / 69.9 % |
| 26 | C | 12.28 % / 73.51 % |
| 27 | D | 16.31 % / 78.02 % |
| 28 | C | 26.3 % / 69.81 % |
| 29 | D | 31.35 % / 67.66 % |
| 30 | A | 27.86 % / 70.05 % |

| कार्य विश्लेषण | |
|---|---|
| औसत अंक ( % ) | 33.33% |
| टॉपर्स स्कोर ( % ) | 53.33% |
| आपका स्कोर | |

# //संकेत और समाधान//

**1.** ऐसे शब्द, जिनके अनेक अर्थ होते है, अनेकार्थी शब्द कहलाते है। दूसरे शब्दों में- जिन शब्दों के एक से अधिक अर्थ होते हैं, उन्हें 'अनेकार्थी शब्द' कहते है।

'असर, महिमा, दबाव' शब्द 'प्रभाव' के अनेकार्थी शब्द हैं।

शहद, शराब, वसन्तऋतु ये अन्य शब्द 'मधु' के अनेकार्थी शब्द हैं।

प्रभाव के अन्य अनेकार्थी शब्द हैं - सामर्थ्य।

अतः विकल्प (A) सही है।

**2.** ऐसे शब्द, जिनके अनेक अर्थ होते है, अनेकार्थी शब्द कहलाते है। दूसरे शब्दों में- जिन शब्दों के एक से अधिक अर्थ होते हैं, उन्हें 'अनेकार्थी शब्द' कहते है।

'मछली, शंख, मोती' के लिए 'जलज' शब्द है। दिए गए सभी शब्द 'जलज' के अनेकार्थी हैं जिसका अर्थ होता है जल से उत्पन्न होने वाला।

अतः विकल्प (B) सही है।

**3.** ऐसे शब्द, जिनके अनेक अर्थ होते है, अनेकार्थी शब्द कहलाते है। दूसरे शब्दों में- जिन शब्दों के एक से अधिक अर्थ होते हैं, उन्हें 'अनेकार्थी शब्द' कहते है।

स्वर्ण का पर्यायवाची शब्द - कंचन, कनक, सुवर्ण। ये अनेकार्थी शब्द नहीं हैं।

अन्य विकल्प अर्थ, चपला, दैव, अनेकार्थी शब्द हैं।

अनेकार्थी शब्द: जिन शब्दों के एक से अधिक अर्थ होते हैं, उन्हें 'अनेकार्थी शब्द' कहते है।

अत: विकल्प (C) सही है।

**4.** ऐसे शब्द, जिनके अनेक अर्थ होते है, अनेकार्थी शब्द कहलाते है। दूसरे शब्दों में- जिन शब्दों के एक से अधिक अर्थ होते हैं, उन्हें 'अनेकार्थी शब्द' कहते है।

हत्या शब्द को छोड़कर सभी शब्दों के एक से ज्यादा अर्थ हैं।

अतः विकल्प (D) सही है।

**5.** ऐसे शब्द, जिनके अनेक अर्थ होते है, अनेकार्थी शब्द कहलाते है। दूसरे शब्दों में- जिन शब्दों के एक से अधिक अर्थ होते हैं, उन्हें 'अनेकार्थी शब्द' कहते है।

'जल, स्वर्ण, तुषार' शब्द 'हेम' के अनेकार्थी शब्द हैं। 'हेम' के अन्य शब्द हैं- पाला, केशर का फूल आदि।

मोती, बर्फ़ ये अन्य शब्द 'हिम' के अनेकार्थी शब्द हैं।

अत: विकल्प (B) सही है।

**6.** ऐसे शब्द, जिनके अनेक अर्थ होते है, अनेकार्थी शब्द कहलाते है। दूसरे शब्दों में- जिन शब्दों के एक से अधिक अर्थ होते हैं, उन्हें 'अनेकार्थी शब्द' कहते है।

उसका अम्बर फट गया - इस वाक्य में अम्बर का अर्थ 'कपड़ा' है।

अम्बर के अनेकार्थी शब्द - वस्त्र, आकाश, कपास।

कपड़ा के पर्यायवाची शब्द - वस्त्र, वसन, अंबर, पट, चीर, अंशुष्क, आच्छादन, चैल।

अतः विकल्प (B) सही है।

**7.** ऐसे शब्द, जिनके अनेक अर्थ होते है, अनेकार्थी शब्द कहलाते है। दूसरे शब्दों में- जिन शब्दों के एक से अधिक अर्थ होते हैं, उन्हें 'अनेकार्थी शब्द' कहते है।

जनक का सही अनेकार्थक शब्द पिता है।अतः सही उत्तर पिता होगा।

अन्य विकल्प:

| पुत्र | आत्मा , बुद्धि , ब्रम्हा , देव |
|---|---|
| भाई | बड़ा, पूज्य, प्यारा, मित्र |
| मित्र | सूर्य, दोस्त , वरुण , अनुकूल |

अत: विकल्प (A) सही है।

**8.** ऐसे शब्द, जिनके अनेक अर्थ होते है, अनेकार्थी शब्द कहलाते है। दूसरे शब्दों में- जिन शब्दों के एक से अधिक अर्थ होते हैं, उन्हें 'अनेकार्थी शब्द' कहते है।

इच्छा, आवश्यकता, आशा शब्द 'अपेक्षा' के अनेकार्थी शब्द हैं।

- 'मूर्ख, अचेतन, पत्थर, अनभिज्ञ' शब्द 'अपेक्षा' के अनेकार्थी शब्द हैं।
- एकमात्र, विशुद्ध ज्ञान, सिर्फ ये अन्य शब्द 'केवल' के अनेकार्थी शब्द हैं।
- अपेक्षा के अन्य अनेकार्थी शब्द हैं - बनिस्बत।

अत: विकल्प (D) सही है।

**9.** ऐसे शब्द, जिनके अनेक अर्थ होते है, अनेकार्थी शब्द कहलाते है। दूसरे शब्दों में- जिन शब्दों के एक से अधिक अर्थ होते हैं, उन्हें 'अनेकार्थी शब्द' कहते है।

'संज्ञा' शब्द का उचित अनेकार्थी शब्द समूह चेतना, नाम है।

- इसके अन्य शब्द- संकेत, ज्ञान हैं।
- वाक्य- सूर्यकांत त्रिपाठी जी को 'निराला' संज्ञा से अभिहित किया गया हैं।

अत: विकल्प (A) सही है।

**10.** ऐसे शब्द, जिनके अनेक अर्थ होते है, अनेकार्थी शब्द कहलाते है। दूसरे शब्दों में- जिन शब्दों के एक से अधिक अर्थ होते हैं, उन्हें 'अनेकार्थी शब्द' कहते है।

'प्रमत्त-स्वेच्छाचारी' अर्थात 'मतवाला, मनमाना, उन्मत्त'। 'प्रमत्त' का अनेकार्थी शब्द 'स्वेच्छाचारी, मतवाला, मनमाना, उन्मत्त' है।

अन्य विकल्प:-

प्रपीड़ित अर्थात 'बहुत अधिक सताना या कष्ट देना'।

परितप्त अर्थात 'अत्यधिक दुःखी एवं संतप्त'।

उत्कृष्ट अर्थात 'श्रेष्ठ, उत्तम'।

अत: विकल्प (A) सही है।

**11.** ऐसे शब्द, जिनके अनेक अर्थ होते है, अनेकार्थी शब्द कहलाते है। दूसरे शब्दों में- जिन शब्दों के एक से अधिक अर्थ होते हैं, उन्हें 'अनेकार्थी शब्द' कहते है।

दिए गए विकल्पों में सही उत्तर विकल्प 1 'काजल, रात, माया' हैं। अन्य विकल्प इसके अनुचित उत्तर हैं।

अनेकार्थी शब्द -जिन शब्दों के एक से अधिक अर्थ होते हैं, उन्हें 'अनेकार्थी शब्द' कहते है।

उदाहरण- काक- कौआ, लँगड़ा आदमी, अतिधृष्ट।

अत: विकल्प (A) सही है।

**12.** ऐसे शब्द, जिनके अनेक अर्थ होते है, अनेकार्थी शब्द कहलाते है। दूसरे शब्दों में- जिन शब्दों के एक से अधिक अर्थ होते हैं, उन्हें 'अनेकार्थी शब्द' कहते है।

'हाथी, कोयल, कामदेव' शब्द 'सारंग' के अनेकार्थी शब्द हैं। 'सारंग' के अन्य शब्द हैं- छाता, वस्त्र, बाल, शंख, शिव, कपूर।

दोगला, योग और वादा, रजामन्दी ये अन्य शब्द 'संकर और संगर' के अनेकार्थी शब्द हैं।

अतः विकल्प (B) सही है।

**13.** ऐसे शब्द, जिनके अनेक अर्थ होते है, अनेकार्थी शब्द कहलाते है। दूसरे शब्दों में- जिन शब्दों के एक से अधिक अर्थ होते हैं, उन्हें 'अनेकार्थी शब्द' कहते है।

'अविनाशी, वर्ण, आत्मा' के लिए 'अक्षर' शब्द है। दिए गए सभी शब्द 'अक्षर' के अनेकार्थी हैं जिसका अर्थ होता है 'जो न घट सके, न नष्ट हो सके'।

**अन्य विकल्प:**

1. उग्र – विष, प्रचंड,

2. एकाक्ष – काना, कौवा।

3. कुल – वंश, सब।

अतः विकल्प (C) सही है।

**14.** ऐसे शब्द, जिनके अनेक अर्थ होते है, अनेकार्थी शब्द कहलाते है। दूसरे शब्दों में- जिन शब्दों के एक से अधिक अर्थ होते हैं, उन्हें 'अनेकार्थी शब्द' कहते है।

अमृत शब्द "गुर" का अनेकार्थी नहीं है।

गुरू के अनेकार्थी शब्द- शिक्षक, श्रेष्ठ, बड़ा, भारी, दो मात्राएँ (छंद में)

अतः विकल्प (D) सही है।

**15.** ऐसे शब्द, जिनके अनेक अर्थ होते है, अनेकार्थी शब्द कहलाते है। दूसरे शब्दों में- जिन शब्दों के एक से अधिक अर्थ होते हैं, उन्हें 'अनेकार्थी शब्द' कहते है।

'पक्षी, ग्रह, देवता के लिए 'खचर' शब्द। दिए गए सभी शब्द 'खचर' के अनेकार्थी हैं जिसका अर्थ होता है आकाश में चलनेवाले पदार्थ एवं प्राणी।

**अन्य विकल्प:**

बंधन – कैद, बाँध

बौराया – पागल, जिसमें बौर लग गया हो

बचाना – सहारा, चक्कर

अतः विकल्प (A) सही है।

**16.** ऐसे शब्द, जिनके अनेक अर्थ होते है, अनेकार्थी शब्द कहलाते है। दूसरे शब्दों में- जिन शब्दों के एक से अधिक अर्थ होते हैं, उन्हें 'अनेकार्थी शब्द' कहते है।

कल, केश, गुरु का अर्थ क्रमशः बीता हुआ कल, बाल और बड़ा है इसलिए विकल्प "बीता हुआ दिन, बाल, बड़ा" सही है।

अतः विकल्प (A) सही है।

**17.** ऐसे शब्द, जिनके अनेक अर्थ होते है, अनेकार्थी शब्द कहलाते है। दूसरे शब्दों में- जिन शब्दों के एक से अधिक अर्थ होते हैं, उन्हें 'अनेकार्थी शब्द' कहते है।

'नाग' शब्द का एक अर्थ होता है - 'हाथी'।

'नाग' शब्द के अन्य अर्थ हैं - 'रांगा, मोथा, पान, बादल आदि।

अतः विकल्प (D) सही है।

**18.** ऐसे शब्द, जिनके अनेक अर्थ होते है, अनेकार्थी शब्द कहलाते है। दूसरे शब्दों में- जिन शब्दों के एक से अधिक अर्थ होते हैं, उन्हें 'अनेकार्थी शब्द' कहते है।

'अनंत' शब्द के अनेकार्थी शब्द 'अंतहीन, नित्य, बहुत अधिक' हैं।

अनेकार्थी शब्द: जिन शब्दों के एक से अधिक अर्थ होते हैं, उन्हें 'अनेकार्थी शब्द' कहते हैं।

अतः विकल्प (C) सही है।

**19.** ऐसे शब्द, जिनके अनेक अर्थ होते है, अनेकार्थी शब्द कहलाते है। दूसरे शब्दों में- जिन शब्दों के एक से अधिक अर्थ होते हैं, उन्हें 'अनेकार्थी शब्द' कहते है।

'शख्सियत, अस्तित्व, हैसियत' शब्द 'हस्ती' के अनेकार्थी शब्द हैं। 'हस्ती' के अन्य शब्द हैं- हाथी आदि।

रिश्ता, छठा कारक ये अन्य शब्द 'संबंध' के अनेकार्थी शब्द हैं।

अतः विकल्प (D) सही है।

**20.** ऐसे शब्द, जिनके अनेक अर्थ होते है, अनेकार्थी शब्द कहलाते है। दूसरे शब्दों में- जिन शब्दों के एक से अधिक अर्थ होते हैं, उन्हें 'अनेकार्थी शब्द' कहते है।

'खर' शब्द का संबंध प्रखर (बुद्धिमत्तापूर्ण), दुष्ट (निकम्मा), तिनका (सूखी घास) से है।

'मूक' से इसका कोई संबंध नहीं। मूक का अर्थ है- चुपचाप, लाचार। मूक का अन्य शब्द 'गूँगा' भी है।

अतः विकल्प (B) सही है।

**21.** ऐसे शब्द, जिनके अनेक अर्थ होते है, अनेकार्थी शब्द कहलाते है। दूसरे शब्दों में- जिन शब्दों के एक से अधिक अर्थ होते हैं, उन्हें 'अनेकार्थी शब्द' कहते है।

'वश, गाड़ी, समाप्ति' के लिए 'बस' शब्द है।

दिए गए सभी शब्द 'बस' के अनेकार्थी हैं जिसका अर्थ होता है - अधिकार।

| शब्द | अनेकार्थक शब्द |
|------|----------------|
| बाला | लड़की, आभूषण, वलय आदि। |
| यति | योगी, विराम, जितेंद्रिय आदि। |
| लीक | रास्ता, लकीर, प्रथा आदि। |

अतः विकल्प (C) सही है।

**22.** ऐसे शब्द, जिनके अनेक अर्थ होते है, अनेकार्थी शब्द कहलाते है। दूसरे शब्दों में- जिन शब्दों के एक से अधिक अर्थ होते हैं, उन्हें 'अनेकार्थी शब्द' कहते है।

'वेशभूषा, सजावट, रंगमंच का पिछला भाग' के लिए 'नेपथ्य' शब्द है। दिए गए सभी शब्द 'नेपथ्य' के अनेकार्थी हैं जिसका अर्थ होता है रंग–मंच के पर्दे के पीछे की जगह।

**अन्य विकल्प:**

नग – नगीना, पर्वत

धारणा – विचार, विश्वास

तनु – शरीर, पतला

अतः विकल्प (A) सही है।

**23.** ऐसे शब्द, जिनके अनेक अर्थ होते है, अनेकार्थी शब्द कहलाते है। दूसरे शब्दों में- जिन शब्दों के एक से अधिक अर्थ होते हैं, उन्हें 'अनेकार्थी शब्द' कहते है।

कमल "कंदल" का अनेकार्थी शब्द नही है।

'कंदल' का अर्थ है- कलह, सोना, कोयल।

कमल के समानार्थी शब्द है- कँवल, पंकज, नीरज, पंकजात, पंकजन्मा, पुष्कर।

अतः विकल्प (D) सही है।

24. ऐसे शब्द, जिनके अनेक अर्थ होते है, अनेकार्थी शब्द कहलाते है। दूसरे शब्दों में- जिन शब्दों के एक से अधिक अर्थ होते हैं, उन्हें 'अनेकार्थी शब्द' कहते है।

'मंगल, महादेव, भाग्यशाली' शब्द 'शिव' के अनेकार्थी शब्द हैं। 'शिव' के अन्य शब्द हैं- वेद, गीदड़, भाग्यवान्।

पवित्र, निर्मल, साफ़, ठीक ये अन्य शब्द 'शुद्ध' के अनेकार्थी शब्द हैं।

अतः विकल्प (D) सही है।

25. ऐसे शब्द, जिनके अनेक अर्थ होते है, अनेकार्थी शब्द कहलाते है। दूसरे शब्दों में- जिन शब्दों के एक से अधिक अर्थ होते हैं, उन्हें 'अनेकार्थी शब्द' कहते है।

'जीभ, सरकंडा, वचन' शब्द 'वाणी' के अनेकार्थी शब्द हैं। 'वाणी' के अन्य शब्द हैं- सरस्वती, सार्थक शब्द, बात, रसना।

राशि, प्रगति, अवसर, फैलाव, विस्तार ये अन्य शब्द 'वितान' के अनेकार्थी शब्द हैं।

अतः विकल्प (D) सही है।

26. ऐसे शब्द, जिनके अनेक अर्थ होते है, अनेकार्थी शब्द कहलाते है। दूसरे शब्दों में- जिन शब्दों के एक से अधिक अर्थ होते हैं, उन्हें 'अनेकार्थी शब्द' कहते है।

घन' का अनेकार्थक हथौड़ा, अधिक बड़ा, बादल, घटा आदि है।

अतः विकल्प (C) सही है।

27. ऐसे शब्द, जिनके अनेक अर्थ होते है, अनेकार्थी शब्द कहलाते है। दूसरे शब्दों में- जिन शब्दों के एक से अधिक अर्थ होते हैं, उन्हें 'अनेकार्थी शब्द' कहते है।

नग शब्द के अनेकार्थी शब्द पर्वत, वृक्ष, नगीना'

नग के अन्य अनेकार्थी शब्द हैं - निशाचर, राक्षस, प्रेत, उल्लू साँप, चोर

अतः विकल्प (D) सही है।

28. ऐसे शब्द, जिनके अनेक अर्थ होते है, अनेकार्थी शब्द कहलाते है। दूसरे शब्दों में- जिन शब्दों के एक से अधिक अर्थ होते हैं, उन्हें 'अनेकार्थी शब्द' कहते है।

सोम- एक देवता, चन्द्रमा, सोमवार, कुबेर, यम, अमृत, वायु, जल, स्वर्ग।

अतः विकल्प (C) सही है।

29. ऐसे शब्द, जिनके अनेक अर्थ होते है, अनेकार्थी शब्द कहलाते है। दूसरे शब्दों में- जिन शब्दों के एक से अधिक अर्थ होते हैं, उन्हें 'अनेकार्थी शब्द' कहते है।

कर- सूँड़, किरण, हाथ, टैक्स, ओला, लम्बाई की एक माप, कार्य करने का आदेश।

अतः विकल्प (D) सही है।

30. ऐसे शब्द, जिनके अनेक अर्थ होते है, अनेकार्थी शब्द कहलाते है। दूसरे शब्दों में- जिन शब्दों के एक से अधिक अर्थ होते हैं, उन्हें 'अनेकार्थी शब्द' कहते है।

कर्ण- कान, कुंती का ज्येष्ठ पुत्र, समकोण त्रिभुज में समकोण के सामने की भुजा।

अतः विकल्प (A) सही है।

**Ques (1-5):निर्देश:** निम्नलिखित गद्यांश को पढ़कर पूछे गए प्रश्नों के सबसे उपयुक्त उत्तर वाले विकल्प को चुनिए:

सब प्रांतों के उग्र और उदार देशभक्त, क्रांतिकारी और देश-विदेश के धुरंधर लोग, संवाददाता आदि गांधीजी को पत्र लिखते और गांधीजी 'यंग इंडिया' के कॉलमों में उनकी चर्चा किया करते। महादेव गांधी जी की यात्राओं के और प्रतिदिन की उनकी गतिविधियों के साप्ताहिक विवरण भेजा करते। इसके अलावा महादेव, देश विदेश के अग्रगण्य समाचार पत्र, जो आँखों में तेल डालकर गांधी की प्रतिदिन की गतिविधियों को देखा करते थे और उन पर बराबर टीका टिप्पणी करते रहते थे उनको आड़े हाथ लेने वाले लेख भी समय-समय पर लिखा करते थे। बेजोड़ कॉलम, भरपूर चौकसाई, ऊंचे से ऊंचे ब्रिटिश समाचार पत्रों की परंपराओं को अपनाकर चलने का गांधीजी का आग्रह और कट्टर से कट्टर विरोधियों के साथ भी पूरी-पूरी सत्यनिष्ठा में से उत्पन्न होने वाली विनय विवेक युक्त विवाद करने की गांधी जी की तालीम इन सब गुणों ने तीव्र मतभेदों और विरोधी प्रचार के बीच भी देश-विदेश के सारे समाचार पत्रों की दुनिया में और एंग्लो-इंडियन समाचार पत्रों के बीच भी व्यक्तिगत रूप से एम.डी. को सबका लाडला बना दिया था।

गाँधीजी के पास आने से पहले अपनी विद्यार्थी अवस्था में महादेव ने सरकार के अनुवाद विभाग में नौकरी की थी। नरहरि भाई उनके जिगरी दोस्त थे। दोनों एक साथ वकालत पढ़े थे। दोनों ने अहमदाबाद में वकालत भी साथ-साथ ही शुरू की थी। इस पेशे में आमतौर पर स्याह को सफ़ेद और सफ़ेद को स्याह करना होता है। साहित्य व संस्कार के साथ इनका कोई संबंध नहीं रहता। लेकिन इन दोनों ने तो उसी समय से टैगोर, शरतचन्द्र आदि के साहित्य को उलटना-पुलटना शुरू कर दिया था। चित्रांगदा कच-देवयानी की कथा पर टैगोर द्वारा रचित 'विदाई का अभिशाप' शीर्षक नाटिका, शरत बाबू की कहानियाँ आदि अनुवाद उस समय की उनकी साहित्यिक गतिविधियों की देन है।

**Q.1** महादेव के किन गुणों ने उन्हें सबका लाडला बना दिया था?

**A.** साहित्य और संस्कार में उनके संबंध के

**B.** तीव्र मतभेद और विरोधी प्रचार के

**C.** लिखावट की शुद्धता और विनम्र स्वभाव के

**D.** विनय युक्त विवाद के

**Q.2** गांधीजी को पत्र किस प्रकार के लोगो द्वारा लिखा जाता था?

**A.** उग्र और उदार      **B.** विनय और विवेक

**C.** विरोधी और प्रचारक      **D.** आग्रह और कट्टर

**Q.3** गांधीजी 'यंग इंडिया' के कॉलमों में किसकी चर्चा किया करते थे?

**A.** प्रतिदिन की गतिविधियों की

**B.** संवाददाता के द्वारा लिखे गये पत्र की

**C.** देश-विदेश के खबरों की

**D.** विरोधियों के द्वारा गयी टीका-टिप्पणी की

**Q.4** महादेव भाई के विद्यार्थी अवस्था में सबसे जिगरी दोस्त कौन थे?

**A.** नरहरि भाई      **B.** शरतचन्द्र

**C.** गाँधीजी      **D.** टैगोर

**Q.5** गांधीजी से मिलने से पहले महादेव भाई कहाँ नौकरी करते थे?

**A.** डाक विभाग में      **B.** अनुवाद विभाग में

**C.** सूचना विभाग में      **D.** साहित्य विभाग में

**Ques (6-10):निर्देश:** दिये गए गद्यांश का ध्यानपूर्वक अध्ययन कर प्रश्नों का उत्तर दीजिए।

भारत के 500 और 1000 रुपये के नोटों के विमुद्रीकरण, जिसे मीडिया में छोटे रूप में नोटबंदी कहा गया, की घोषणा 8 नवम्बर 2016 को रात आठ बजे (आईएसटी) भारतीय प्रधानमंत्री नरेंद्र मोदी द्वारा अचानक राष्ट्र को किये गए संबोधन के द्वारा की गयी।यह संबोधन टीवी के द्वारा किया गया। इस घोषणा में 8 नवम्बर की आधी रात से देश में 500 और 1000 रुपये के नोटों को खत्म करने का ऐलान किया गया। इसका उद्देश्य केवल काले धन पर नियंत्रण ही नहीं बल्कि जाली नोटों से छुटकारा पाना भी था।

इससे पहले, इसी तरह के उपायों को भारत की स्वतंत्रता के बाद लागू किया गया था। जनवरी 1946 में, 1000 और 10,000 रुपए के नोटों को वापस ले लिया गया था और 1000, 5000 और 10,000 रुपए के नए नोट 1954 में पुनः शुरू किये गए थे। 16 जनवरी 1978 को जनता पार्टी की गठबंधन सरकार ने फिर से 1000, 5000 और 10,000 रुपए के नोटों का विमुद्रीकरण किया था ताकि जालसाजी और काले धन पर अंकुश लगाया जा सके।

वॉल्यूम के आधार पर रिपोर्ट अनुसार, 9,026.6 करोड़ नोटों में से 24 प्रतिशत (अर्थात 2,203 करोड़) बैंक नोट सर्कुलेशन में हैं। प्रधानमंत्री मोदी की आधिकारिक घोषणा के बाद रिज़र्व बैंक के गवर्नर उर्जित पटेल और आर्थिक मामलों के सचिव शक्तिकांत दास द्वारा एक संवाददाता सम्मेलन में बताया कि सभी मूल्यवर्ग के नोटों की आपूर्ति में 2011 और 2016 और बीच में 40 प्रतिशत की वृद्धि हुई थी, 500 रूपयें और 1000 रूपये के नोटों में इस अवधि में क्रमश: 76 प्रतिशत और 109 प्रतिशत की वृद्धि हुई। इस जाली नकदी को भारत के खिलाफ आतंकवादी गतिविधियों में इस्तेमाल किया गया था। इसके परिणाम स्वरूप नोटों को खत्म करने का निर्णय लिया गया था।

अतीत में, भारतीय जनता पार्टी (भाजपा) ने नोटबंदी का जोरदार विरोध किया था। भाजपा प्रवक्ता मीनाक्षी लेखी ने 2014 में कहा था कि 'आम औरत और आदमी, जो लोग अनपढ़ हैं और बैंकिंग सुविधाओं तक जिनकी पहुँच नहीं है ऐसे लोग इस तरह के उपायों से सबसे ज्यादा प्रभावित होंगे। मुख्य रूप से कुछ समय के अंतराल में स्वयं जनता 2000 के नोट को चलन से बाहर कर देगी, क्योंकि जहाँ कम मूल्य की वस्तु खरीदनी हो तब दुकानदार आपसे 2000 के नोट नहीं लेगा। परिणाम स्वरूप 2000 के नोट की या तो जमाखोरी होगी अथवा काले धन का ही सृजन करेंगे। सरकार को इस विषय पर प्रारंभिक समय से सचेत रहने की आवश्यकता है।

**Q.6** 16 जनवरी 1978 को जनता पार्टी की गठबंधन सरकार ने कौन-से नोटों का विमुद्रीकरण किया था?

**A.** 1000, 2000 और 5,000 रुपए

**B.** 500 और 1000 रुपए

**C.** 1000, 100 और 10,000 रुपए

**D.** 1000, 5000 और 10,000 रुपए

**Q.7** दिए गए विकल्पों में से गद्यांश का उचित शीर्षक है:

**A.** जनता पार्टी की गठबंधन सरकार

**B.** काले धन का विमुद्रीकरण

**C.** 2000 रूपयें के नोट का चलन

**D.** नोटों का विमुद्रीकरण या नोटबंदी

**Q.8** उपरोक्त गद्यांश के अनुसार भारत के 500 और 1000 रुपये के नोटों के विमुद्रीकरण (नोटबंदी) का मुख्य उद्देश्य क्या था?

**A.** बाजार से रूपयें के अभाव से छुटकारा पाना

**B.** जाली नोटों से छुटकारा पाना

**C.** केवल काले धन पर नियंत्रण लगाना

**D.** काले धन पर नियंत्रण के साथ-साथ जाली नोटों से छुटकारा पाना

**Q.9** उपरोक्त गद्यांश के अनुसार भारत के 500 और 1000 रुपये के नोटों के विमुद्रीकरण (नोटबंदी) की घोषणा कब की गई थी?

**A.** 8 सितम्बर 2016      **B.** 8 नवम्बर 2016

**C.** 8 अक्टूबर 2016　　　　**D.** 8 दिसम्बर 2016

**Q.10** उपरोक्त गद्यांश के अनुसार 8 नवम्बर 2016 भारत के 500 और 1000 रुपये के नोटों के विमुद्रीकरण(नोटबंदी) की घोषणा नरेन्द्र मोदी जी द्वारा की गई, उस समय आर्थिक मामलों के सचिव कौन थे?

**A.** मीनाक्षी लेखी　　　　**B.** शक्तिकांत दास

**C.** उर्जित पटेल　　　　**D.** नरेन्द्र मोदी

**Ques (11-15):निर्देश:** निम्नलिखित गद्यांश को पढ़िए तथा पूछे गए प्रश्नों के लिए उचित उत्तर का चयन कीजिए:

पिछले पाँच सालों में ठिगने, कमज़ोर और कुपोषित बच्चों की संख्या में बढ़ोतरी हुई है। यह स्थिति एक दशक के सुधार के एकदम उलट है. दुनियाभर में बच्चों के पोषण को मापने के चार पैमाने होते हैं-लंबाई के हिसाब से वज़न कम होना, लंबाई कम होना, सामान्य से कम वज़न होना और पोषक तत्वों की कमी होना। कुपोषण को उम्र के हिसाब से लंबाई कम होने का अहम कारण माना जाता है। शुरुआत में यदि बच्चे की लंबाई कम रह गई, तो बाद में उसकी वृद्धि की संभावना बहुत कम रह जाती है। बीते कुछ वर्षों में ग्रामीण क्षेत्रों में अति कुपोषित बच्चों की संख्या में कमी आयी थी।

खाद्य सुरक्षा और खाने में विविधता कुपोषण दूर करने के लिए ज़रूरी है। ये दोनों ही बातें सीधे आय से जुड़ी होती हैं। समुचित आय नहीं होगी तो बच्चे और परिवार के अन्य सदस्यों को पोषण मिलना मुमकिन नहीं है। ऐसा आकलन है कि देश में हर साल अकेले कुपोषण से 10 लाख से ज्यादा बच्चों की मौत हो जाती है। शहरी संपन्न वर्ग के बच्चों में चुनौती दूसरी है। यहां मोटापा बढ़ता जा रहा है। इसकी एक बड़ी वजह दौड़-भाग के खेलों में कम हिस्सा लेना है। बाहरी खेलों में हिस्सा लेना शहरी बच्चों ने पहले ही कम कर दिया था। कोरोना काल में तो यह एकदम बंद हो गया।

**Q.11** शहरी वर्ग के बच्चे किस समस्या से गुज़र रहे हैं?

**A.** कुपोषण की　　　　**B.** वज़न कम होने की

**C.** मोटापे की　　　　**D.** भोजन की कमी की

**Q.12** बच्चों के पोषण को मापने का पैमाना नहीं है:

**A.** वज़न　　　　**B.** लंबाई

**C.** पोषक तत्व　　　　**D.** सामाजिक श्रेणी

**Q.13** विगत वर्षों में ग्रामीण क्षेत्र में किन बच्चों की संख्या में कमी आई थी?

**A.** कुपोषित बच्चे　　　　**B.** मोटापे से ग्रस्त बच्चे

**C.** ज्यादा वज़न वाले बच्चे　　　　**D.** कम लंबाई वाले बच्चे

**Q.14** कुपोषण को दूर किया जा सकता है:

i. खाद्य सुरक्षा से

ii. खाने में विविधता से

iii. आर्थिक आय बढ़ाने से

**A.** केवल ii और iii　　　　**B.** केवल i और ii

**C.** केवल iii और i　　　　**D.** ii और iii

**Q.15** शहरी बच्चों में मोटापे की समस्या को दूर करने का कारगर उपाय होगा कि बच्चों को:

**A.** कम खाने के लिए प्रेरित किया जाए

**B.** दौड़-भाग वाले खेलों में शामिल किया जाए

**C.** पोषक तत्व वाले भोजन करने के लिए कहना

**D.** उचित चिकित्सीय सुविधाएं उपलब्ध कराना

**Ques (16-20):निर्देश:** नीचे दिए गए गद्यांश को पढ़कर पूछे गए प्रश्नों के सही/सबसे उचित उत्तर वाले विकल्प को चुनिए।

उत्तर भारत के संत कवि कबीर और दक्षिण भारत के संत कवि तिरुवल्लुवर के समय में लगभग दो हज़ार वर्ष का अंतराल है किंतु इन दोनों महाकवियों के जीवन में अद्भुत साम्य पाया जाता है। दोनों के माता-पिता ने जन्म देकर इन्हें त्याग दिया था, दोनों का लालन-पालन निस्संतान दंपतियों ने बड़े स्नेह और जतन से किया था। व्यवसाय से दोनों जुलाहे थे। दोनों ने सात्विक गृहस्थ जीवन की साधना की थी।

तिरुवल्लुवर का प्रामाणिक जीवन-वृत्तांत प्राप्त नहीं होता। प्रायः उन्हें चेन्नई के निकट मइलापुर गाँव का जुलाहा माना जाता है किंतु कुछ लोगों के अनुसार वे राजा एल्लाल के शासन में एक बड़े पदाधिकारी थे और उन्हें वैसा ही सम्मान प्राप्त था जैसा चंद्रगुप्त के शासनकाल में चाणक्य को। उनके बारे में अनेक दंतकथाएँ प्रचलित हैं। जैसे: कहा जाता है कि एक संन्यासी नारी जाति से घृणा करता था। उसका विश्वास था कि स्त्रियाँ बुराई की जड़ हैं और उनके साथ ईश्वर-भक्ति हो ही नहीं सकती। तिरुवल्लुवर ने बड़े आदर से उसे अपने घर बुलाया। दो दिन उनके परिवार में रहकर संन्यासी के विचार ही बदल गए। उसने कहा, "यदि तिरुवल्लुवर और उनकी पत्नी जैसी जोड़ी हो तो गृहस्थ जीवन ही श्रेष्ठ है।"

कबीर के दोहों की भाँति तिरुवल्लुवर ने भी छोटे छंद में कविता रची जिसे 'कुरल' कहा जाता है। कुरलों का संग्रह 'तिरुक्कुरल' उनका एकमात्र ग्रंथ है। तिरुक्कुरल को तमिल भाषा का वेद माना जाता है। इसका प्रत्येक कुरल एक सूक्ति है और ये सूक्तियाँ सभी धर्मों का सार हैं। संपूर्ण मानवजाति को शुभ के लिए प्रेरित करना ही इसका उद्देश्य प्रतीत होता है। जैसे धर्म के बारे में दो कुरलों का आशय है:

- भद्र पुरुषो! पवित्र मानव होना ही धर्म है। स्वच्छ मन वाले बनो और देखो तुम उन्नति के शिखर पर कहाँ-से-कहाँ पहुँच जाते हो।

- झूठ न बोलने के गुण को ग्रहण करो तो किसी अन्य धर्म की आवश्यकता ही न रहेगी।

**Q.16** यदि कबीर का समय पंद्रहवीं शताब्दी ईसवी है तो तिरुवल्लुवर का समय होगा:

**A.** लगभग 500 वर्ष ई. पू.

**B.** लगभग पहली सदी ईसवी

**C.** लगभग 1500 वर्ष ई. पू.

**D.** लगभग 1000 वर्ष ई. पू.

**Q.17** तिरुवल्लुवर के अनुसार श्रेष्ठ धर्म है:

**A.** मंदिरों में जाना

**B.** किसी अन्य धर्म की आवश्यकता न रहना

**C.** ईश्वर में आस्था होना

**D.** मन से पवित्र होना

**Q.18** 'तमिल' किस देश-प्रदेश की भाषा है?

**A.** केरल　　**B.** कर्नाटक　　**C.** श्रीलंका　　**D.** तमिलनाडु

**Q.19** जो संबंध चंद्रगुप्त का चाणक्य से था वही संबंध:

**A.** एल्लाल का तिरुवल्लुवर से था

**B.** तिरुवल्लुवर का एल्लाल से था

**C.** चाणक्य का चंद्रगुप्त से था

**D.** चंद्रगुप्त का एल्लाल से था

**Q.20** तिरुवल्लुवर और कबीर में साम्य के बिंदु हैं:

(क) जन्म के बाद माता-पिता के द्वारा त्याग देना

(ख) एक-से छंद में कविता करना

(ग) जुलाहे का व्यवसाय करना

(घ) नारी जाति से घृणा करना

सही विकल्प को चुनिए।

**A.** (ख) तथा (ग)　　　　**B.** (क) तथा (ख)

**C.** (क), (ख) तथा (ग)　　　　**D.** (क), (ख) तथा (घ)

**Ques (21-25):निर्देश:** निम्नलिखित गद्यांश को पढ़कर पूछे गए प्रश्नों के सबसे उपयुक्त उत्तर वाले विकल्प को चुनिए:

बाल श्रम आमतौर पर मजदूरी के भुगतान के बिना या भुगतान के साथ बच्चों से शारीरिक कार्य कराना है। बाल श्रम केवल भारत तक ही सीमित नहीं है, यह एक वैश्विक घटना है। भारतीय संविधान के अनुसार किसी उद्योग, कल-कारखाने या किसी कंपनी में मानसिक या शारीरिक श्रम करने वाले 5 - 14 वर्ष उम्र के बच्चों को बाल श्रमिक कहा जाता है।

संयुक्त राष्ट्र संघ के अनुसार 18 वर्ष से कम उम्र के श्रम करने वाले लोग बाल श्रमिक हैं।

अंतर्राष्ट्रीय श्रम संगठन के अनुसार - बाल श्रम की उम्र 5 साल तय की गई है।

अमेरिका में - 12 साल या उससे कम उम्र के लोगों को बाल श्रमिक माना जाता है।

भारत में 1979 में सरकार द्वारा बाल मजदूरी को खत्म करने के उपाय के रूप में गुरूपाद स्वामी समिति का गठन किया गया। जिसके बाद बाल श्रम से जुड़ी सभी समस्याओं के अध्ययन के बाद गुरूपाद स्वामी समिति द्वारा सिफारिश प्रस्तुत की गई, जिसमें दीनता अथवा गरीबी को मजदूरी के मुख्य कारण के रूप में देखा गया और ये सुझाव दिया गया, कि खतरनाक क्षेत्रों में बाल मजदूरी पर प्रतिबंध लगाया जाए एवं उन क्षेत्रों के कार्य के स्तर में सुधार किया जाए | बच्चों की समस्याओं पर विचार करने के लिए एक महत्वपूर्ण अंतर्राष्ट्रीय प्रयास उस समय हुआ, जब अक्टूबर 1990 में न्यूयार्क में इस विषय पर 'एक विश्व शिखर सम्मेलन का आयोजन किया गया, जिसमें 151 राष्ट्रों के प्रतिनिधियों ने भाग लिया तथा गरीबी, कुपोषण व भूखमरी के शिकार दुनिया भर के करोड़ों बच्चों की समस्याओं पर विचार-विमर्श किया गया।

**Q.21** "किसी उद्योग, कल-कारखाने या किसी कंपनी में मानसिक या शारीरिक श्रम करने वाले 5-14 वर्ष उम्र के बच्चों को बाल श्रमिक कहा जाता है।"

उपर्युक्त वाक्य किस देश के अनुसार है। सही विकल्प का चुनाव करें।

**A.** संयुक्त राष्ट्र      **B.** भारतीय संविधान

**C.** सोवियत संघ      **D.** अमेरिका

**Q.22** भारत में कौन से वर्ष सरकार द्वारा बाल मजदूरी को ख़त्म करने के उपाय के लिए कौनसी समिति का गठन किया गया।

**A.** 2000, प्राक्कलन समिति

**B.** 1989, लोकलेखा समिति

**C.** 1979, गुरुपाद समिति

**D.** 1991, नियम समिति

**Q.23** 'प्रतिबंध' शब्द का सही विलोम शब्द लिखें।

**A.** आबद्ध      **B.** प्रतिकूल      **C.** निषेध      **D.** छूट

**Q.24** अंतर्राष्ट्रीय श्रम संगठन के अनुसार - बाल श्रम की उम्र कितने साल तय की गई है?

**A.** 11      **B.** 14      **C.** 05      **D.** 10

**Q.25** इस गद्यांश का उचित शीर्षक दीजिये।

**A.** बाल मजदूरी के कारण

**B.** बाल मजदूरी एक अभिशाप

**C.** बाल-श्रम को रोकने के नियम व कानून

**D.** बाल मजदूरी को रोके बिना भारत अधूरा है

**Ques (26-30):निर्देश:** निम्नलिखित गद्यांश को ध्यानपूर्वक पढ़िए व प्रश्नों के उत्तर दीजिये।

'गोदान' प्रेमचन्द जी की उन अमर कृतियों में से एक है, जिसमे ग्रामीण भारत की आत्मा का करुण चित्र साकार हो उठा है। इसी कारण कई मनीषी आलोचक इसे ग्रामीण भारतीय परिवेशगत समस्याओं का महाकाव्य मानते हैं, तो कई विद्वान इसे ग्रामीण - जीवन और कृषि संस्कृति का शोक गीत स्वीकारते हैं। कुछ विद्वान तो ऐसे भी हैं, जो इस उपन्यास को ग्रामीण भारत की आधुनिक 'गीता' तक स्वीकार करते हैं, जो कुछ भी हो, 'गोदान' वास्तव

में मुंशी प्रेमचन्द का एक ऐसा उपन्यास है, जिसमे आचार - विचार, संस्कार और प्राकृतिक परिवेश, जो गहन करुणा से युक्त है, प्रतिबिंबित हो उठा है।

डॉ. गोपाल रॉय का कहना है कि - 'गोदान' ग्राम जीवन और ग्राम संस्कृति को उसकी सम्पूर्णता में प्रस्तुत करने वाला अद्वितीय उपन्यास है, न केवल हिन्दी के वरन किसी भी भारतीय भाषा के किसी भी उपन्यास में ग्रामीण समाज का ऐसा व्यापक यथार्थ और सहानुभूतिपूर्ण चित्रण नहीं हुआ है। ग्रामीण जीवन और संस्कृति के अंकन की दृष्टि से इस उपन्यास का वही महत्त्व है, जो आधुनिक युग में युग जीवन की अभिव्यक्ति की दृष्टि से महाकाव्यों का हुआ करता था। इस प्रकार डॉ. रॉय गोदान को आधुनिक युग का महाकाव्य ही नहीं स्वीकारते वरन सर्वश्रेष्ठ महाकाव्य भी स्वीकारते हैं। उनके इस कथन का यही, आशय है कि प्रेमचन्द जी ने ग्राम जीवन से सम्बद्ध सभी पक्षों का न केवल अत्यंत विशदता से चित्रण किया है, वरन उनकी गहराइयों में जाकर उनके सच्चे चित्र प्रस्तुत कर दिए हैं।

प्रेमचन्द जी ने जिस ग्राम जीवन का चित्र गोदान में प्रस्तुत किया है: उसका सम्बन्ध आज ग्राम - परिवेश से न होकर तत्कालीन ग्राम जीवन से है। ग्रामीण जीवन को वास्तविक आधार प्रदान करने के लिए प्रेमचन्द जी ने चित्र के अनुरूप ही कुछ ऐसे खाँचे अथवा चित्रफलक निर्मित किये हैं, जो चित्र को यथार्थ बनाने के लिए सहयोगी सिद्ध हुए हैं। ग्रामीण किसानो के घर - द्वार, खेत - खलिहान और प्राकृतिक दृश्यों का ऐसा वास्तविक चित्रण अन्यत्र दुर्लभ है।

**Q.26** 'गोदान' है:

**A.** काव्यग्रंथ      **B.** उपन्यास      **C.** कथाकृति      **D.** महाकाव्य

**Q.27** 'गोदान' को किसने महाकाव्य माना है?

**A.** डॉ. रामविलास शर्मा ने      **B.** डॉ. गोपाल रॉय ने

**C.** उपरोक्त दोनों ने      **D.** इनमे से कोई नहीं

**Q.28** गोदान को ग्रामीण जीवन का महाकाव्य कहने का क्या तात्पर्य है?

**A.** गोदान में ग्रामीण जीवन के सभी पहलुओ का विस्तृत चित्रण हुआ है।

**B.** गोदान ग्रामीण जीवन का काव्य - ग्रन्थ है।

**C.** गोदान ग्रामीण जीवन के सभी काव्य ग्रंथो में श्रेष्ठ है।

**D.** उपरोक्त में से कोई नहीं

**Q.29** 'गोदान' के पक्ष में कौन सा कथन असत्य है?

**A.** गोदान ग्राम संस्कृति की सम्पूर्णता को उजागर करता है।

**B.** गोदान में चित्रित ग्राम - जीवन का सम्बन्ध आज के ग्राम परिवेश से न होकर तत्कालीन ग्राम जीवन से है।

**C.** गोदान में शहर की चकाचौंध से विमुख मनुष्यता का चित्रण किया गया है।

**D.** गोदान में ग्रामीण के घर - द्वार व आस - पास के परिवेश के चित्र खींचे गये है।

**Q.30** 'उपन्यास' में कौन सा उपसर्ग है?

**A.** उप      **B.** उ      **C.** आस      **D.** न्यास

# // स्मार्ट उत्तर पुस्तिका //

**सही उत्तर** उन छात्रों के प्रतिशत को इंगित करता है जिन्होंने प्रश्नों का सही उत्तर दिया था।

**छोड़ दिया** उन छात्रों के प्रतिशत को इंगित करता है जिन्होंने प्रश्नों को छोड़ दिया था।

| प्रश्न संख्या | उत्तर | सही उत्तर / छोड़ दिया |
|---|---|---|
| 1 | C | 22.01 % / 68.6 % |
| 2 | A | 12.12 % / 76.42 % |
| 3 | B | 28.44 % / 70.61 % |
| 4 | A | 31.23 % / 68.25 % |
| 5 | B | 29.72 % / 68.55 % |
| 6 | D | 30.61 % / 67.34 % |

| प्रश्न संख्या | उत्तर | सही उत्तर / छोड़ दिया |
|---|---|---|
| 7 | D | 30.62 % / 67.84 % |
| 8 | D | 29.45 % / 67.93 % |
| 9 | B | 22.18 % / 74.43 % |
| 10 | B | 12.73 % / 71.17 % |
| 11 | C | 32.9 % / 67.05 % |
| 12 | D | 22.31 % / 68.04 % |

| प्रश्न संख्या | उत्तर | सही उत्तर / छोड़ दिया |
|---|---|---|
| 13 | A | 30.54 % / 68.45 % |
| 14 | B | 17.35 % / 78.77 % |
| 15 | B | 11.2 % / 85.1 % |
| 16 | A | 15.36 % / 74.27 % |
| 17 | D | 14.43 % / 73.6 % |
| 18 | D | 28.61 % / 69.6 % |

| प्रश्न संख्या | उत्तर | सही उत्तर / छोड़ दिया |
|---|---|---|
| 19 | A | 23.86 % / 74.7 % |
| 20 | C | 16.16 % / 81.36 % |
| 21 | B | 20.99 % / 77.89 % |
| 22 | C | 27.37 % / 69.1 % |
| 23 | D | 10.92 % / 72.27 % |
| 24 | C | 13.09 % / 82.77 % |

| प्रश्न संख्या | उत्तर | सही उत्तर / छोड़ दिया |
|---|---|---|
| 25 | C | 30.09 % / 69.21 % |
| 26 | B | 15.4 % / 80.43 % |
| 27 | B | 21.95 % / 68.6 % |
| 28 | A | 30.7 % / 67.8 % |
| 29 | C | 10.36 % / 87.32 % |
| 30 | A | 31.92 % / 67.23 % |

| कार्य विश्लेषण | |
|---|---|
| औसत अंक ( % ) | 30.0% |
| टॉपर्स स्कोर ( % ) | 53.33% |
| आपका स्कोर | |

# //संकेत और समाधान//

**1.** महादेव के लिखावट की शुद्धता और विनम्र स्वभाव के गुणों ने उन्हें सबका लाडला बना दिया था।

गद्यांश के अनुसार:

- महादेव जी प्रतिभा संपन्न व्यक्ति थे। वे कर्तव्यनिष्ठ थे, विनम्र स्वभाव के थे। उनकी लेखन शैली का सभी लोहा मानते थे।
- वे कट्टर विरोधियों के साथ भी सत्यनिष्ठता और विवेक युक्त बात करते थे।

लिखावट = लिख + आवट

- 'लिख' मूल शब्द और 'आवट' प्रत्यय
- अर्थ: लिखने का ढंग, लिपि, लेख।

शुद्धता = शुद्ध + ता

- 'शुद्ध' मूल शब्द और 'ता' प्रत्यय
- अर्थ: शुद्ध होने का भाव, स्वच्छता, निर्मलता।
- विलोम शब्द- 'अशुद्धता'

विनम्र = वि + नम्र

- 'वि' (विशेष) उपसर्ग और 'नम्र' (झुका हुआ) मूल शब्द
- अर्थ: विशेष रूप से नम्र, विनय और सुशील।
- विलोम शब्द- 'उद्दण्ड'

स्वभाव = स्व + भाव

- 'स्व' (अपना) उपसर्ग और 'भाव' मूल शब्द
- अर्थ: सहज प्रकृति, नेचर, अपनी अवस्था।
- विलोम शब्द- 'कुस्वभाव'

अत: विकल्प (C) सही है।

**2.** गांधीजी को पत्र उग्र और उदार प्रकार के लोगो द्वारा लिखा जाता था।

गद्यांश के अनुसार: सब प्रांतों के उग्र और उदार देशभक्त, क्रांतिकारी और देश-विदेश के धुरंधर लोग, संवाददाता आदि गांधीजी को पत्र लिखते और गांधीजी 'यंग इंडिया' के कॉलमों में उनकी चर्चा किया करते।

उग्र:

- अर्थ: तीव्र, तेज, महादेव, उत्कट , प्रचण्ड, भयानक।
- विलोम शब्द- 'सौम्य'

उदार:

- अर्थ: जो संकीर्णचित न हो, उँचे दिल का, महान्, बड़ा, श्रेष्ठ, दानी।
- विलोम शब्द- 'अनुदार, कट्टर'

अत: विकल्प (A) सही है।

**3.** गांधीजी 'यंग इंडिया' के कॉलमों में संवाददाता के द्वारा लिखे गये पत्र की चर्चा किया करते थे।

गद्यांश के अनुसार: सब प्रांतों के उग्र और उदार देशभक्त, क्रांतिकारी और देश-विदेश के धुरंधर लोग, संवाददाता आदि गांधीजी को पत्र लिखते और गांधीजी 'यंग इंडिया' के कॉलमों में उनकी चर्चा किया करते।

संवाददाता- संवाद देनेवाला, अखबारों में स्थानिक घटनाओं का विवरण भेजनेवाला व्यक्ति।

अत: विकल्प (B) सही है।

**4.** महादेव भाई ने वकालत नरहरि भाई के साथ पढ़ी थी। अत: गद्यांश अनुसार महादेव भाई के विद्यार्थी अवस्था में सबसे जिगरी दोस्त नरहरि भाई थे।

गद्यांश के अनुसार:

- गाँधीजी के पास आने से पहले अपनी विद्यार्थी अवस्था में महादेव ने सरकार के अनुवाद विभाग में नौकरी की थी।
- नरहरि भाई उनके जिगरी दोस्त थे। दोनों एक साथ वकालत पढ़े थे।

नरहरि भाई:

- नरहरि = नर जैसा हरि
- नरहरि में कर्मधारण्य समास होता है।
- अर्थ: भगवान विष्णु के चौथे अवतार का वह रूप जो आधे पुरुष और आधे सिंह के रूप में था।
- बहुत बड़ा वीर और साहसी पुरुष।

अत: विकल्प (A) सही है।

**5.** गांधीजी से मिलने से पहले महादेव भाई अनुवाद विभाग में नौकरी करते थे।

गद्यांश के अनुसार:

- गांधीजी से मिलने से पहले महादेव भाई सरकार के अनुवाद विभाग में नौकरी करते थे।
- इसके साथ-साथ उन्होंने अहमदाबाद में वकालत भी शुरू कर दी थी।

अनुवाद विभाग:

- वर्तमान में केंद्रीय अनुवाद ब्यूरो, राजभाषा विभाग (गृह मंत्रालय) के अधीनस्थ कार्यालय के रूप में कार्य कर रहा है।
- अनुवाद में सरलता, सहजता और शब्दावली की एकरूपता सुनिश्चित करने तथा अनुवाद-कौशल विकसित करने के लिए वर्ष 1973 से अनुवाद प्रशिक्षण का कार्य ब्यूरो को सौंपा गया।

अत: विकल्प (B) सही है।

**6.** प्रस्तुत गद्यांश में  बताया गया है कि 16 जनवरी 1978 को जनता पार्टी की गठबंधन सरकार ने फिर से 1000, 5000 और 10,000 रुपए के नोटों का विमुद्रिकरण किया था ताकि जालसाजी और काले धन पर अंकुश लगाया जा सके।

जनता शब्द के पर्यायवाची:

जनता = जन समूह, लोक समूह, आवाम

अत: विकल्प (D) सही है।

**7.** प्रस्तुत गद्यांश में विमुद्रीकरण के बारे में बताया गया है। अत: इस गद्यांश का उचित शीर्षक नोटों का विमुद्रीकरण या नोटबंदी ही होना चाहिए।

नोटबंदी दो शब्दों के मिलकर बना है। नोट और बंदी इसी प्रकार से कुछ अन्य शब्द भी बनाए जा सकते हैं:

| शब्द | नया शब्द |
|------|----------|
| शराब | शराबबंदी |
| चक | चकबंदी |
| घेरा | घेराबंदी |
| नाका | नाकाबंदी |

अत: विकल्प (D) सही है।

**8.** प्रस्तुत गद्यांश में यह बताया गया है कि नोटबंदी का उद्देश्य काले धन पर नियंत्रण के साथ साथ जाली नोटों से छुटकारा पाना था।

नियंत्रण शब्द के पर्यायवाची:

नियंत्रण = रोक, काबू अंकुश, वश

अत: विकल्प (D) सही है।

**9.** प्रस्तुत गद्यांश में बताया गया है कि भारत में 500 और 1000 के नोटों के विमुद्रीकरण की घोषणा 8 नवंबर 2016 को की गई थी।

भारत शब्द के पर्यायवाची:

भारत = इंडिया, हिंदुस्तान, आर्यावर्त

अत: विकल्प (B) सही है।

**10.** प्रस्तुत गद्यांश में बताया गया है कि शक्तिकांत दास 2016 में नोटबंदी की घोषणा के समय आर्थिक मामलों के सचिव थे।

मामला शब्द के पर्यायवाची:

मामला = मसला, विषय

अत: विकल्प (B) सही है।

**11.** शहरी वर्ग के बच्चे मोटापे की समस्या से गुज़र रहे हैं।

गद्यांश के अनुसार:

- शहरी संपन्न वर्ग के बच्चों में चुनौती दूसरी है। यहाँ मोटापा बढ़ता जा रहा है।
- इसकी एक बड़ी वजह दौड़-भाग के खेलों में कम हिस्सा लेना है।
- बाहरी खेलों में हिस्सा लेना शहरी बच्चों ने पहले ही कम कर दिया था।
- कोरोना काल में तो यह एकदम बंद हो गया।

अत: विकल्प (C) सही है।

**12.** सामाजिक श्रेणी सही उत्तर है।

दुनियाभर में बच्चों के पोषण को मापने के चार पैमाने होते हैं-लंबाई के हिसाब से वज़न कम होना, लंबाई कम होना, सामान्य से कम वज़न होना और पोषक तत्वों की कमी होना।

कुपोषण को उम्र के हिसाब से लंबाई कम होने का अहम कारण माना जाता है।

अत:स्पष्ट है कि सामाजिक श्रेणी सही उत्तर है।

अत: विकल्प (D) सही है।

**13.** कुपोषित बच्चे सही उत्तर है।

उपर्युक्त गद्यांश के अनुसार बीते कुछ वर्षों में ग्रामीण क्षेत्रों में अति कुपोषित बच्चों की संख्या में कमी आयी थी।

इसलिए, स्पष्ट है कि कुपोषित बच्चे सही उत्तर है।

अत: विकल्प (A) सही है।

**14.** उपर्युक्त गद्यांश के अनुसार खाद्य सुरक्षा और खाने में विविधता कुपोषण दूर करने के लिए ज़रूरी है।

ये दोनों ही बातें सीधे आय से जुड़ी होती हैं।

समुचित आय नहीं होगी तो बच्चे और परिवार के अन्य सदस्यों को पोषण मिलना मुमकिन नहीं है।

ऐसा आकलन है कि देश में हर साल अकेले कुपोषण से 10 लाख से ज्यादा बच्चों की मौत हो जाती है।

इसलिए, स्पष्ट है कि केवल i और ii उत्तर सही है।

अत: विकल्प (B) सही है।

**15.** दौड़-भाग वाले खेलों में शामिल किया जाए सही उत्तर है।

- उपयुक्त गद्यांश के अनुसार शहरी संपन्न वर्ग के बच्चों में चुनौती दूसरी है। यहाँ मोटापा बढ़ता जा रहा है। इसकी एक बड़ी वजह दौड़-भाग के खेलों में कम हिस्सा लेना है। बाहरी खेलों में हिस्सा लेना शहरी बच्चों ने पहले ही कम कर दिया था।
- अत: स्पष्ट है कि दौड़-भाग वाले खेलों में शामिल किया जाए सही उत्तर है।
- दौड़-भाग में तत्पुरुष समास है।
- जिस समास में उत्तरपद प्रधान हो तथा समास करने के उपरांत विभक्ति चिन्ह का लोप हो।

अत: विकल्प (B) सही है।

**16.** कबीर का समय पंद्रहवीं शताब्दी ईस्वी बताया गया है उनके और तिरुवल्लुवर के समय में दो हजार वर्ष का अन्तराल है।

इस हिसाब से तिरुवल्लुवर का समय दो हजार वर्ष पूर्व का होगा। लगभग 500 ई. पू. तिरुवल्लुवर को दक्षिण का कबीर भी कहा जाता है। ईस्वी वर्ष का आरंभ ईशा मसीह के समय से माना जाता है, उससे पहले दिनांक को ई.पू. में माना जाता था।

अत: विकल्प (A) सही है।

**17.** तिरुवल्लुवर ने कहा है कि- मानव का पवित्र होना ही धर्म है। उनके अनुसार मन से पवित्र होना ही श्रेष्ठ धर्म है।

- श्रेष्ठ: गुणवाचक विशेषण है।
- श्रेष्ठता: भाववाचक संज्ञा है।

अत: विकल्प (D) सही है।

**18.** 'तमिल' तमिलनाडु की भाषा है।

तमिल भारतीय संविधान वर्णित 22 राजभाषाओं में से एक है। भारत में यह दक्षिण प्रान्त में बोली जाने वाली भाषा है। तमिलनाडु तथा पुदुचेरी की राज भाषा है।

अत: विकल्प (D) सही है।

**19.** चाणक्य चन्द्रगुप्त मौर्य के गुरु तथा महामंत्री थे। उसी प्रकार तिरुवल्लुवर भी राजा एल्लाल के दरबार में उच्च पद पर आसीन थे।

- राजा एल्लाल के शासन में एक बड़े पदाधिकारी थे और उन्हें वैसा ही सम्मान प्राप्त था जैसा चंद्रगुप्त के शासनकाल में चाणक्य को।
- उनके बारे में अनेक दंतकथाएँ प्रचलित हैं। जैसे . कहा जाता है कि एक संन्यासी नारी जाति से घृणा करता था।
- उसका विश्वास था कि स्त्रियाँ बुराई की जड़ हैं और उनके साथ ईश्वर-भक्ति हो ही नहीं सकती।
- तिरुवल्लुवर ने बड़े आदर से उसे अपने घर बुलाया। दो दिन उनके परिवार में रहकर संन्यासी के विचार ही बदल गए।
- उसने कहा, "यदि तिरुवल्लुवर और उनकी पत्नी जैसी जोड़ी हो तो गृहस्थ जीवन ही श्रेष्ठ है।"

अत: विकल्प (A) सही है।

**20.** तिरुवल्लुवर और कबीर में बहुत सारे साम्य बिंदु माने जाते हैं:

- जन्म के बाद दोनों को माता पिता द्वारा त्याग दिया गया था।
- दोनों का व्यवसाय कपड़े बुनने(जुलाहे) का था।
- दोनों ने छोटे छोटे छन्दों में दोहे लिखे।
- दोनों ने सात्विक गृहस्थ जीवन को अपनाया।

इस प्रकार, गद्यांश के अनुसार (क),(ख) तथा (ग) उचित उत्तर है।

अत: विकल्प (C) सही है।

**21.** भारतीय संविधान के अनुसार 'किसी उद्योग, कल-कारखाने या किसी कंपनी में मानसिक या शारीरिक श्रम करने वाले 5-14 वर्ष उम्र के बच्चों को बाल श्रमिक कहा जाता है।'

भारतीय संविधान - भारत का संविधान, भारत का सर्वोच्च विधान है जो संविधान सभा द्वारा 26 नवम्बर 1949 को पारित हुआ तथा 25 जनवरी 1950 से प्रभावी हुआ। भारत का संविधान विश्व के किसी भी गणतान्त्रिक देश का सबसे लम्बा लिखित संविधान है।

अत: विकल्प (B) सही है।

**22.** भारत में बाल मजदूरी को खत्म करने के लिए '1979, गुरुपाद समिति' का गठन किया गया।

अनुसार 1921 में की गई थी भारतीय संसद के कुछ चुने हुए सदस्यों वाली समिति है जो भारत सरकार के खर्चों की लेखा परीक्षा (auditing) करती है। यह समिति संसद द्वारा निर्मित है।

प्राक्कलन समिति - यह समिति संसद के माध्यम से सरकार द्वारा प्राप्त किए गए धन के व्ययों के अनुमान की जांच-पड़ताल करती है। यह स्थायी मितव्ययिता समिति के रूप में कार्य करती है और इसके आलोचना या सुझाव सरकारी फिजूलखर्ची पर रोक लगाने का काम करते हैं।

नियम समिति - यह समिति राज्य सभा के प्रक्रिया और कार्य संचालन विषयक मामलों पर विचार करती है और नियमों में कोई संशोधन अथवा परिवर्धन जो भी आवश्यक समझे जाएं, की सिफारिश करती है। उपसभापति अथवा उनकी अनुपस्थिति में समिति के किसी सदस्य द्वारा समिति के प्रतिवेदनों को समय-समय पर सभा में प्रस्तुत किया जाता है।

अत: विकल्प (C) सही है।

**23.** 'प्रतिबंध' शब्द का उचित विलोम शब्द 'छूट' है।

प्रतिबंध का अर्थ बाँधने की क्रिया।

छूट का अर्थ बंधन से मुक्त होने की प्रक्रिया।

अत: विकल्प (D) सही है।

**24.** अंतर्राष्ट्रीय श्रम संगठन के अनुसार - बाल श्रम की उम्र 5 साल तय की गई है।

अन्य विकल्प गद्यांश के अनुसार मेल नही खाते है।

- वर्ष 2019 मे अंतर्राष्ट्रीय श्रम संगठन (International Labour Organization-ILO) ने अपनी 100वीं वर्षगांठ मनाई
- यह संयुक्त राष्ट्र की एकमात्र त्रिपक्षीय संस्था है।
- यह श्रम मानक निर्धारित करने, नीतियाँ को विकसित करने एवं
- भी महिलाओं तथा पुरुषों के लिये सभ्य कार्य को बढ़ावा देने वाले कार्यक्रम तैयार करने हेतु 187 सदस्य देशों की सरकारों, नियोक्ताओं और श्रमिकों को एक साथ लाता है।

अत: विकल्प (C) सही है।

**25.** इस गद्यांश में बाल श्रम को रोकने के प्रयास करने वाले तथ्यों पर प्रकाश डाला गया है।

इसलिए, 'बाल-श्रम को रोकने के नियम व कानून' सही विकल्प है।

अन्य विकल्प:

- बाल मजदूरी के कारण - कारण मीमांसा करना।
- बाल मजदूरी के अभिशाप - होने वाले दुष्परिणाम।
- बाल मजदूरी को रोके बिना भारत अधूरा है - यदि बाल मजदूरी को नही रोका तो बच्चो के अधिकारों का हनन होगा।

अत: विकल्प (C) सही है।

**26.** गोदान 'उपन्यास' है।

गोदान ग्राम्य जीवन और आदि संस्कृति का महाकाव्य है सही नहीं है अपितु "गोदान ग्राम्य में जीवन और कृषि संस्कृति का महाकाव्य है।"

गोदान उपन्यास में कृषि जीवन को बताया गया है।

साथ ही इसमें कृषि में आने वाली समस्याएं जैसे सूदखोरी की समस्या, जमीन दारी शोषण का कृषकों पर प्रभाव, समकालीन समाज की समस्या आदि को बतलाया गया है।

अत: विकल्प (B) सही है।

**27.** 'गोदान' को डॉ. गोपाल रॉय ने 'महाकाव्य' माना है।

गद्यांश में आया हुआ उल्लेख: डॉ. गोपाल रॉय का कहना है कि - 'गोदान' ग्राम जीवन और ग्राम संस्कृति को उसकी सम्पूर्णता में प्रस्तुत करने वाला अद्वितीय उपन्यास है, न केवल हिन्दी के वरन किसी भी भारतीय भाषा के किसी भी उपन्यास में ग्रामीण समाज का ऐसा व्यापक यथार्थ और सहानुभूतिपूर्ण चित्रण नही हुआ है।

अत: विकल्प (B) सही है।

**28.** गोदान में ग्रामीण जीवन के सभी पहलुओ का विस्तृत वर्णन हुआ है।

गोदान, प्रेमचन्द का अंतिम और सबसे महत्वपूर्ण उपन्यास माना जाता है। कुछ लोग इसे उनकी सर्वोत्तम कृति भी मानते हैं। इसका प्रकाशन 1936 ई० में हिन्दी ग्रन्थ रत्नाकर कार्यालय, बम्बई द्वारा किया गया था। इसमें भारतीय ग्राम समाज एवं परिवेश का सजीव चित्रण। गोदान ग्राम्य जीवन और कृषि संस्कृति का महाकाव्य है। इसमें प्रगतिवाद, गांधीवाद और मार्क्सवाद (साम्यवाद) का पूर्ण परिप्रेक्ष्य में चित्रण हुआ है।

गोदान हिंदी के उपन्यास-साहित्य के विकास का उज्वलतम प्रकाशस्तंभ है। गोदान के नायक और नायिका होरी और धनिया के परिवार के रूप में हम भारत की एक विशेष संस्कृति को सजीव और साकार पाते हैं, ऐसी संस्कृति जो अब समाप्त हो रही है या हो जाने को है, फिर भी जिसमें भारत की मिट्टी की सोंधी सुबास भरी है। प्रेमचंद ने इसे अमर बना दिया है।

अत: विकल्प (A) सही है।

**29.** गोदान में शहर की चकाचौंध से विमुख मनुष्यता का चित्रण किया गया है। यह वर्णन हमें गोदान में नही देखने को मिलता है।

गोदान (1936 ई.):

- गोदान, प्रेमचन्द का अंतिम और सबसे महत्वपूर्ण उपन्यास माना जाता है।
- इसका प्रकाशन 1936 ई० में हिन्दी ग्रन्थ रत्नाकर कार्यालय, बम्बई द्वारा किया गया था।
- गोदान में भारतीय किसान का संपूर्ण जीवन - उसकी आकांक्षा और निराशा, उसकी धर्मभीरुता और भारतपरायणता के साथ स्वार्थपरता ओर बैठकबाजी, उसकी बेबसी और निरीहता- का जीता जागता चित्र उपस्थित किया गया है।

अत: विकल्प (C) सही है।

**30.** दिए गए विकल्पों में से 'उपन्यास' शब्द 'उप' उपसर्ग से बना है। अन्य विकल्प इसके उचित उत्तर नहीं हैं।

'उप' उपसर्ग से बनने वाले अन्य शब्द - उपवन, उपकूल, उपकार।

'उप' का अर्थ है – सहायता

अत: विकल्प (A) सही है।

**Ques (1-6):निर्देश:** नीचे दिए गए पद्यांश को पढ़कर पूछे गए प्रश्नों के सबसे उपयुक्त उत्तर वाले विकल्प को चुनिए:

जब बहुत सुबह चिड़ियाँ उठकर,

कुछ गीत खुशी के गाती हैं।

कलियाँ दरवाजे खोल - खोल,

जब झुरमुट से मुसकाती हैं।

खुशबू की लहरें जब घर से,

बाहर आ दौड़ लगाती हैं!!

हे जग के सिरजनहार प्रभो!

तब याद तुम्हारी आती है!!

जब छम-छम बूँदें गिरती हैं,

बिजली चम-चम कर जाती है।

मैदानों में वन-बागों में,

जब हरियाली लहराती है।

जब ठंडी-ठंडी हवा कहीं से,

मस्ती ढोकर लाती है।

हे जग के सिरजनहार प्रभो।

तब याद तुम्हारी आती है!!

**Q.1** रचनाकार को प्रभु की याद कब आती है?
**A.** घर में खुशियाँ आने पर।
**B.** वर्षा में भीगने पर।
**C.** किसी आपदा के आने पर।
**D.** प्राकृतिक सौन्दर्य देखकर।

**Q.2** पद्यांश में प्रकृति की किस लीला का उल्लेख नहीं है?
**A.** कलियों का खिलना।   **B.** ओस का गिरना।
**C.** हवा का बहना।   **D.** चिड़ियों का चहकना।

**Q.3** खुशियों के गीत कौन गा रहा है?
**A.** कलियाँ   **B.** लहरें   **C.** चिड़ियाँ   **D.** हवा

**Q.4** ठंडी हवाएँ अपने साथ क्या लेकर आती हैं?
**A.** उल्लास   **B.** सुगंध   **C.** समृद्धि   **D.** प्रकाश

**Q.5** किस पंक्ति में मानवीकरण अलंकार है?
**A.** जब छम-छम बूंदे गिरती है।
**B.** बिजली चम-चम कर जाती है।
**C.** कलियाँ दरवाजे खोल-खोल।
**D.** तब याद तुम्हारी आती है।

**Q.6** रचनाकार प्रकृति के सौन्दर्य को देखकर __________ है।
**A.** संतप्त   **B.** चमत्कृत   **C.** तृप्त   **D.** अभिशप्त

**Ques (7-12):निर्देश:** नीचे दिए गए पद्यांश को पढ़ने के उपरांत सबसे सटीक विकल्प का चयन कीजिए।

आज जब

पहली बार एक तरह से पहली बार

आया है तुम्हारा खत

जम्मू की किसी कालोनी से

तो लग रहा है

क्यों आया है तुम्हारा खत

बुरी तरह भीगा हुआ, अटा हुआ कुछ-कुछ

आखिर क्यों लिखा है तुमने

कि पता नहीं कभी

फिर हो भी सकेगा कि नहीं

तुम्हारा वही पता, वही ठिकाना

जिस पर

खत लिखने की आदत है मुझे

बड़ा मुश्किल है न

बढ़ती हुई उम्र में, आदत का बदल देना

और आदतें भी जबकि

हमारी बहुत अपनी होकर रही हो।

**Q.7** कविता में किस आदत की बात कही गई है?
**A.** परिवार के साथ पहाड़ों पर घूमने की
**B.** दोस्तों के साथ सैर करने की
**C.** प्रतिदिन पत्र लिखने की
**D.** पते विशेष पर पत्र लिखने की

**Q.8** आदतों को बदल देना कठिन क्यों है?
**A.** आदतों का प्रभाव जीवन पर नहीं पड़ता।
**B.** आदतों के कारण सारे कार्य शीघ्र होते हैं।
**C.** आदतें व्यक्तित्व का अभिन्न हिस्सा होती हैं।
**D.** आदतों को कभी बदला नहीं जाता।

**Q.9** कवि के दोस्त कहाँ रहते हैं?
**A.** पता नहीं   **B.** जम्मू में
**C.** अनंतनाग में   **D.** मैदान में

**Q.10** बुरी तरह भीगा हुआ से तात्पर्य है:
**A.** चिट्ठी बारिश में भीग गई थी।
**B.** चिट्ठी में विस्थापन का दर्द लिखा था।
**C.** चिट्ठी ओस में गीली हो गई थी।
**D.** चिट्ठी पानी में भीग गई थी।

**Q.11** कविता में किसका स्वर प्रमुखता से सुना जा सकता है?
**A.** किसी दूसरे के घर में होने की पीड़ा का।
**B.** घर के अस्त-व्यस्त होने की पीड़ा का।
**C.** घर वापसी न होने की पीड़ा का।
**D.** बार-बार स्थानांतरण होने की पीड़ा का।

**Q.12** 'कुछ-कुछ' शब्द युग्म है:
**A.** निरर्थक शब्द युग्म   **B.** पुनरुक्त शब्द युग्म

**C.** सार्थक शब्द युग्म      **D.** साधारण शब्द युग्म

**Ques (13-17):निर्देश:** नीचे दिए गए पद्यांश को ध्यानपूर्वक पढ़िए और उस पर आधारित प्रश्नों का उत्तर दीजिए।

"हय-रुण्ड गिरे गज-झुण्ड गिरे,

कटकर अवनी पर शुंड गिरे।

भू पर हय-विकल-वितुण्ड गिरे,

लड़ते-लड़ते अरि झुंड गिरे

क्षण महाप्रलय की बिजली सी,

तलवार हाथ की तड़प–तड़प।

हय–गज–रथ–पैदल भगा भगा,

लेती थी बैरी वीर हड़प॥

**Q.13** उक्त पंक्तियों में अवतरित रस है:

**A.** भयानक      **B.** वीभत्स      **C.** वीर      **D.** करुण

**Q.14** इस काव्यांश का शिल्प सौंदर्य है:

**A.** सरल और सहज भावेगमयी भाषा के कारण।

**B.** तत्सम शब्दावली की भरमार

**C.** भाषा में लाक्षणिकता

**D.** ब्रज और अवधी का मिश्रित प्रयोग

**Q.15** भू पर हय-विकल-वितुण्ड गिरे से तात्पर्य हैं:

**A.** धरती खून से लथपथ है

**B.** घोड़े और हाथी धराशायी है

**C.** तलवारे भू पर बिखरी पड़ी है

**D.** इनमे से कोई नही

**Q.16** कवि ने काव्यांश में कौन से गुण का प्रयोग किया है?

**A.** ओज      **B.** माधुर्य      **C.** प्रसाद      **D.** समास

**Q.17** क्षण महाप्रलय की बिजली सी, तलवार हाथ की तड़प–तड़प पंक्तियों में नाद सौन्दर्य किन शब्दों से हैं:-

क. तलवार

ख. हाथ

ग. महाप्रलय

घ. तड़प - तड़प

**A.** क, ख सही है      **B.** क, ग सही है

**C.** ग, घ सही है      **D.** क, घ सही है

**Ques (18-23):निर्देश:** कविता की पंक्तियाँ पढ़कर निम्नलिखित प्रश्न में सबसे उचित विकल्प चुनिए।

मेघ आए, बड़े बन-ठन के सँवर के

आगे-आगे नाचती-गाती बयार चली

दरवाजे-खिड़कियाँ खुलने लगीं गली-गली

पाहुन ज्यों आए हों गाँव में शहर के।

मेघ आए बड़े बन-ठन के सँवर के

पेड़ झुक झाँकने लगे गरदन उचकाए

आँधी चली, धूल भागी घाघरा उठाए,

बाँकी चितवन उठा नदी ठिठकी घूँघट सरके।

मेघ आए बड़े बन-ठन के सँवर के।

बूढ़े पीपल ने आगे बढ़कर घर की

बरस बाद सुधि लीन्ही

बोली अकुलाई लता ओट हो किवार की

हरसाया ताल लाया पानी परात भर के

मेघ आए बड़े बन-ठन के सँवर के

झिंतिज-अटारी गहराई दामिनी दमकी,

क्षमा करो गाँठ खुल गई अब भरम की

बाँध टूटा झर-झर मिलन के अश्रु ढरके,

मेघ आए बड़े बन-ठन के सँवर के।

**Q.18** 'मेघ आए बड़े बन-ठन के सँवर के' पंक्ति का भाव किसमें है?

**A.** बादल सज-धज कर आए हैं।

**B.** भूरे-काले बादल आकाश में घिर आए हैं।

**C.** बादलों ने सूरज को ढक लिया है।

**D.** बादलों ने बिजली से शृंगार किया है।

**Q.19** मेघों के आने से क्या लगता है?

**A.** मानों कहीं उत्सव मनाया जा रहा है।

**B.** गाँव में मानों शहर से मेहमान आ गये हो।

**C.** बादल आसमान में छा गए हैं।

**D.** इनमें से कोई नहीं।

**Q.20** 'बरस बाद सुधि लीन्हीं' इस पंक्ति का भाव किसमें है?

**A.** बादल बन सँवर कर आए हैं

**B.** बादल मेहमान बन कर आए हैं

**C.** बादल एक बरस के बाद आए हैं

**D.** बादलों ने याद किया है

**Q.21** पूरी कविता में कौन सा अलंकार हैं?

**A.** मानवीकरण अलंकार      **B.** उत्प्रेक्षा अलंकार

**C.** श्लेष अलंकार      **D.** रूपक अलंकार

**Q.22** बूढ़े पीपल ने किस प्रकार मेघों का स्वागत किया?

**A.** गले लगाकर      **B.** उलाहना देकर

**C.** झुककर प्रणाम करके      **D.** प्रसन्न होकर

**Q.23** 'पाहुन' शब्द का क्या अर्थ हैं?

**A.** मेहमान      **B.** पैर      **C.** आना      **D.** पालना

**Ques (24-28):निर्देश:** निम्नलिखित पद्यांश के आधार पर प्रश्न के उत्तर दीजिए:

बीती विभावरी जाग री ! - 1

अंबर-पनघट में डुबो रही - 2

तारा-घट ऊषा-नागरी - 3

खग-कुल कुल-कुल-सा बोल रहा - 4

किसलय का अंचल डोल रहा - 5

लो यह लतिका भी भर लाई - 6

मधु-मुकुल नवल रस गागरी। - 7

अधरों में राग अमंद पिए, - 8

अलकों में मलयज बंद किए - 9

तू अब तक सोई है आली ? - 10

आँखों में भरे विहाग री ? - 11

**Q.24** 'बीती विभावरी' वाक्यांश में किसका वर्णन किया है?

*[Rajasthan Teachers Eligibility Test - Level 1 Primary Level (RTET), 2021]*

**A.** चिड़िया का
**B.** बालिका का
**C.** प्रकृति का
**D.** पुरूष का

**Q.25** प्रस्तुत कविता में किसे जागने के लिए कहा गया है?

*[Rajasthan Teachers Eligibility Test - Level 1 Primary Level (RTET), 2021]*

**A.** अंबर को
**B.** ऊषा को
**C.** आली को
**D.** तारकगण को

**Q.26** पंक्ति संख्या 1 से 4 में नाद-सौन्दर्य को अभिव्यक्त करनेवाला शब्द-समूह है:

*[Rajasthan Teachers Eligibility Test - Level 1 Primary Level (RTET), 2021]*

**A.** खग-कुल
**B.** तारा-घट
**C.** अंबर-पनघट
**D.** कुल-कुल

**Q.27** 'मधु-मुकुल नवल रस गागरी' काव्य पंक्ति में मुख्य अलंकार है:

*[Rajasthan Teachers Eligibility Test - Level 1 Primary Level (RTET), 2021]*

**A.** उत्प्रेक्षा अलंकार
**B.** रूपक अलंकार
**C.** श्लेष अलंकार
**D.** यमक अलंकार

**Q.28** सम्पूर्ण कविता में उद्बोधन है:

*[Rajasthan Teachers Eligibility Test - Level 1 Primary Level (RTET), 2021]*

**A.** गति से स्थिरता की ओर गमन हेतु
**B.** स्वर से सन्नाटे कौ ओर गमन हेतु
**C.** निष्क्रियता से सक्रियता की ओर गमन हेतु
**D.** प्रकाश से अंधकार की ओर गमन हेतु

**Ques (29-30):निर्देश:** निम्न पद्यांश का अध्ययन कीजिए तथा प्रश्न का सही विकल्प चुनिए।

कर यत्न मिटे सब, सत्य किसी ने जाना?

नादान वही है, हाय, जहाँ पर दाना!

फिर मूढ़ न क्या जग, जो इस पर भी सीखे?

मैं सीख रहा हूँ, सीखा ज्ञान भुलाना!

मैं और, और जग और, कहाँ का नाता,

मैं बना-बना कितने जग रोज़ मिटाता।

जग जिस पृथ्वी पर जोड़ा करता वैभव,

मैं प्रति पग से उस पृथ्वी को ठुकराता!

मैं निज रोदन में राग लिए फिरता हूँ,

शीतल वाणी में आग लिए फिरता हूँ,

हों जिस पर भूपों के प्रासाद निछावर,

मैं वह खंडहर का भाग लिए फिरता हूँ।

मैं रोया, इसको तुम कहते हो गाना,

मैं फूट पड़ा, तुम कहते, छंद बनाना

क्यों कवि कहकर संसार मुझे अपनाए,

मैं दुनिया का हूँ एक नया दीवाना!

मैं दीवानों का वेश लिए फिरता हूँ,

मैं मादकता निःशेष लिए फिरता हूँ

जिसको सुनकर जग झूमे, झुके, लहराए,

मैं मस्ती का संदेश लिए फिरता हूँ।

**Q.29** 'मैं निज रोदन में राग लिए फिरता हूँ, शीतल वाणी में आग लिए फिरता हूँ,' यहाँ कौन सा अलंकार है?

**A.** विरोधाभास
**B.** दृष्टांत
**C.** उदाहरण
**D.** श्लेष

**Q.30** 'मैं और, और जग और, कहाँ का नाता, मैं बना-बना कितने जग रोज़ मिटाता। जग जिस पृथ्वी पर जोड़ा करता वैभव, मैं प्रति पग से उस पृथ्वी को ठुकराता!' कवि यहाँ संसार को किस प्रकार अपने से भिन्न ठहराता है?

**A.** संसार जिस धन का आकांक्षी है कवि उसका आकांक्षी नहीं है।
**B.** संसार जिस यश का आकांक्षी है कवि उसका आकांक्षी नहीं है।
**C.** संसार जिस वैभव का आकांक्षी है कवि उसका आकांक्षी नहीं है।
**D.** उपर्युक्त सभी

# // स्मार्ट उत्तर पुस्तिका //

**सही उत्तर** — उन छात्रों के प्रतिशत को इंगित करता है जिन्होंने प्रश्नों का सही उत्तर दिया था।

**छोड़ दिया** — उन छात्रों के प्रतिशत को इंगित करता है जिन्होंने प्रश्नों को छोड़ दिया था।

| प्रश्न संख्या | उत्तर | सही उत्तर / छोड़ दिया |
|---|---|---|
| 1 | D | 15.46 % / 77.92 % |
| 2 | B | 23.86 % / 75.98 % |
| 3 | C | 23.55 % / 70.49 % |
| 4 | A | 31.94 % / 67.58 % |
| 5 | C | 17.4 % / 67.45 % |
| 6 | B | 30.13 % / 67.85 % |

| प्रश्न संख्या | उत्तर | सही उत्तर / छोड़ दिया |
|---|---|---|
| 7 | D | 23.57 % / 67.23 % |
| 8 | C | 17.8 % / 75.62 % |
| 9 | B | 21.6 % / 74.01 % |
| 10 | B | 12.64 % / 72.26 % |
| 11 | C | 26.9 % / 72.87 % |
| 12 | B | 27.11 % / 70.34 % |

| प्रश्न संख्या | उत्तर | सही उत्तर / छोड़ दिया |
|---|---|---|
| 13 | C | 10.69 % / 71.65 % |
| 14 | B | 29.14 % / 70.31 % |
| 15 | B | 21.5 % / 75.53 % |
| 16 | A | 22.3 % / 67.28 % |
| 17 | C | 32.98 % / 67.01 % |
| 18 | B | 31.29 % / 68.02 % |

| प्रश्न संख्या | उत्तर | सही उत्तर / छोड़ दिया |
|---|---|---|
| 19 | B | 12.34 % / 73.35 % |
| 20 | C | 27.62 % / 70.03 % |
| 21 | A | 12.49 % / 69.01 % |
| 22 | C | 30.27 % / 67.5 % |
| 23 | A | 19.27 % / 72.82 % |
| 24 | C | 24.41 % / 67.63 % |

| प्रश्न संख्या | उत्तर | सही उत्तर / छोड़ दिया |
|---|---|---|
| 25 | B | 20.58 % / 78.9 % |
| 26 | D | 23.0 % / 70.81 % |
| 27 | B | 31.89 % / 67.68 % |
| 28 | C | 31.26 % / 68.07 % |
| 29 | A | 22.61 % / 72.08 % |
| 30 | D | 28.83 % / 70.75 % |

| कार्य विश्लेषण | |
|---|---|
| औसत अंक ( % ) | 60.0% |
| टॉपर्स स्कोर ( % ) | 63.33% |
| आपका स्कोर | |

# //संकेत और समाधान//

**1.** पद्यांश के अनुसार,

"जब झुरमुट से मुसकाती हैं।

खुशबू की लहरें जब घर से,

बाहर आ दौड़ लगाती हैं!!

हे जग के सिरजनहार प्रभो!

तब याद तुम्हारी आती है!!"

इसलिए यह निष्कर्ष निकाला जा सकता है कि रचनाकार को प्रभु की याद प्राकृतिक सौन्दर्य देखकर आती है।

अत: विकल्प (D) सही है।

**2.** पद्यांश के अनुसार,

"जब बहुत सुबह चिड़ियाँ उठकर,

कुछ गीत खुशी के गाती हैं।

कलियाँ दरवाजे खोल-खोल,

जब झुरमुट से मुसकाती हैं।........

जब ठंडी-ठंडी हवा कहीं से,

मस्ती ढोकर लाती है।"

इसलिए यह निष्कर्ष निकाला जा सकता है कि पद्यांश में 'ओस का गिरना' का उल्लेख नहीं है।

अत: विकल्प (B) सही है।

**3.** पद्यांश के अनुसार,

"जब बहुत सुबह चिड़ियाँ उठकर,

कुछ गीत खुशी के गाती हैं।"

इसलिए यह निष्कर्ष निकाला जा सकता है कि खुशियों के गीत चिड़ियाँ गा रही है।

अत: विकल्प (C) सही है।

**4.** पद्यांश के अनुसार,

"जब ठंडी-ठंडी हवा कहीं से,

मस्ती ढोकर लाती है।"

इसलिए यह निष्कर्ष निकाला जा सकता है कि ठंडी हवाएँ अपने साथ उल्लास लेकर आती हैं।

अत: विकल्प (A) सही है।

**5.** 'कलियाँ दरवाजे खोल-खोल' में मानवीकरण अलंकार है।

मानवीकरण अलंकार: जब जड़ पदार्थों और प्रकृति के अंग (नदी, पर्वत, पेड़, लताएँ, झरने, हवा, पत्थर, पक्षी) आदि पर मानवीय क्रियाओं का आरोप लगाया जाता है अर्थात् मनुष्य जैसा कार्य व्यवहार करता हुआ दिखाया जाता है तब वहाँ मानवीकरण अलंकार होता है; जैसे हरषाया ताल लाया पानी परात भरके।

अत: विकल्प (C) सही है।

**6.** रचनाकार प्रकृति के सौन्दर्य को देखकर चमत्कृत है।

अत: विकल्प (B) सही है।

**7.** उपर्युक्त पद्यांश के आधार पर कविता में पते विशेष पर पत्र लिखने की आदत की बात कही गई है।

अतः विकल्प (D) सही है।

**8.** उपर्युक्त पद्यांश के आधार पर आदतों का बदल देना कठिन इसलिए है क्योंकि आदतें व्यक्तित्व का अभिन्न हिस्सा होती हैं।

अतः विकल्प (C) सही है।

**9.** दिए गए पद्यांश के अनुसार,

आज जब

पहली बार एक तरह से पहली बार

आया है तुम्हारा खत

जम्मू की किसी कालोनी से

तो लग रहा है

क्यों आया है तुम्हारा खत

उपर्युक्त पद्यांश के आधार पर कवि के दोस्त जम्मू में किसी कालोनी में रहते हैं।

अतः विकल्प (B) सही है।

**10.** उपर्युक्त पद्यांश के आधार पर बुरी तरह भीगा हुआ से तात्पर्य है चिट्ठी में विस्थापन का दर्द लिखा था। कश्मीर के बिगड़े हालातों के कारण सबको अपना घर-गाँव छोड़ना पड़ रहा था।

अतः विकल्प (B) सही है।

**11.** उपर्युक्त पद्यांश के आधार पर कविता में घर वापसी न होने की पीड़ा का स्वर प्रमुखता से सुना जा सकता है।

अतः विकल्प (C) सही है।

**12.** 'कुछ-कुछ' पुनरुक्त शब्द युग्म है।

जब किसी शब्द की एक साथ दो बार आवृत्ति होती है अर्थात् वही शब्द या उससे मिलता जुलता (प्रति ध्वन्यात्मक या विलोम) शब्द एक साथ पास-पास आते हैं तो ऐसे शब्द को पुनरुक्त शब्द कहते हैं।

उदाहरण: धीरे-धीरे, आना-जाना, रुक-रुक आदि।

अतः विकल्प (B) सही है।

**13.** उक्त पंक्तियों में अवतरित वीर रस है।

वीर रस का स्थायी भाव 'उत्साह' है।

किसी रचना या वाक्य से वीरता जैसे स्थायी भाव की उत्पत्ति होती है, तो उसे वीर रस कहा जाता है।

अतः विकल्प (C) सही है।

**14.** उपर्युक्त पद्यांश में तत्सम शब्दावली का प्रयोग हुआ है।

तत्सम अर्थात संस्कृत से ज्यों के त्यों प्रयोग में आने वाले शब्द।

खड़ी बोली, हिन्दी का वह रूप है जिसमें संस्कृत के शब्दों की बहुलता करके वर्तमान हिन्दी भाषा की सृष्टि हुई, इसी तरह उसमें फ़ारसी तथा अरबी के शब्दों की अधिकता करके वर्तमान उर्दू भाषा की सृष्टि की गई है।

अतः विकल्प (B) सही है।

**15.** घोड़े और हाथी धराशायी है, यह यहाँ सही विकल्प है।

उक्त काव्यांश में युद्ध का वर्णन किया गया है।

यहाँ:

- हय :- घोड़े
- वितुण्ड :- हाथी
- तत्सम शब्दावली का प्रयोग

अतः विकल्प (B) सही है।

**16.** उपर्युक्त पद्यांश में ओज गुण प्रयुक्त हुआ है।

ओज गुण:

- ओज गुण का शाब्दिक अर्थ है-तेज, प्रताप या दीप्ति।
- यह गुण मुख्य रूप से वीर, वीभत्स, रौद्र और भयानक रस में पाया जाता है।

अतः विकल्प (A) सही है।

**17.** क्षण महाप्रलय की बिजली सी, तलवार हाथ की तड़प–तड़प पंक्तियों में नाद सौन्दर्य ग, घ शब्दों से हैं।

ग. महाप्रलय

घ. तड़प - तड़प

अन्य विकल्प असंगत है।

अतः विकल्प (C) सही है।

**18.** पद्यांश में प्रयुक्त "मेघ आए बड़े बन-ठन के सँवर के" पंक्ति का भाव है की आकाश में भूरे-काले बादल घिर आए हैं जिसके कारण बयार चलाने लगी है और गली की खिड़कियाँ खुलने लगी है।

अतः विकल्प (B) सही है।

**19.** "पाहुन ज्यों आए हों गाँव में शहर के" प्रयुक्त पंक्ति से यह स्पष्ट होता है की मेघों के आने से ऐसा लगता है जैसे गाँव में शहर से मेहमान आ गये हो।

अतः विकल्प (B) सही है।

**20.** पद्यांश में प्रयुक्त "बरस बाद सुधि लीन्हीं" वाक्य का अर्थ है कि बादल एक बरस के बाद आए हैं।

अतः विकल्प (C) सही है।

**21.** जहाँ जड़ वस्तुओं या प्रकृति पर मानवीय चेष्ठाओं का आरोप किया जाता है, वहाँ मानवीकरण अलंकार होता है।

इस पूरी कविता में पर प्रकृति पर मानवीय चेष्ठाओं का आरोप किया गया है इसलिए मानवीकरण अलंकार है।

अतः विकल्प (A) सही है।

**22.** पद्यांश में प्रयुक्त "बूढ़े पीपल ने आगे बढ़कर घर की" पंक्ति से यह भाव निकलता है की बूढ़े पीपल ने झुककर प्रणाम करके मेघों का स्वागत किया और कहा एक वर्ष बाद सुध आई।

अतः विकल्प (C) सही है।

**23.** इस कविता में प्रयुक्त पाहुन शब्द का अर्थ मेहमान होता है। पाहुन शब्द के निम्न पर्याय शब्द है अतिथि, पहुना, आगंतुक, मेहमान।

अतः विकल्प (A) सही है।

**24.** 'बीती विभावरी' वाक्यांश में 'प्रकृति का' वर्णन किया गया है।

प्रकृति: प्रकृति में भी विशेष रात्रि का सन्दर्भ यहाँ पर आया है।

अन्य विकल्प:

- चिड़िया का: एक पक्षी
- बालिका का: छोटी लड़की के लिए प्रयुक्त किया जाने वाला संबोधन

- पुरुष का: नर जाति के सन्दर्भ में

अतः विकल्प (C) सही है।

**25.** इस कविता में 'ऊषा को' जागने के लिए कहा गया है।

अन्य विकल्प:

- अम्बर को - आकाश का सन्दर्भ यहाँ पर अपेक्षित है।
- आली को - यहाँ पर सखी का सन्दर्भ अपेक्षित है।
- तारकगण को - तारा समूह का सन्दर्भ अपेक्षित है।

अतः विकल्प (B) सही है।

**26.** उपर्युक्त पद्यांश में कुल - कुल जैसे शब्दों से एक नाद का चित्रण बनता है। इसलिए यहां पर नाद सौंदर्य है।

अन्य विकल्प:

- खग कुल - पक्षी का समूह
- अम्बर - आकाश
- पनघट - जहाँ से पानी लाया जाता है

अतः विकल्प (D) सही है।

**27.** 'मधु-मुकुल नवल रस गागरी' काव्य पंक्ति में रूपक अलंकार है।

इस उदाहरण में मुकुल में (अधखिले फूलों में) रस की छोटी-छोटी गगरियों का आरोप किया गया है। अतएव, यहाँ रूपक अलंकार हुआ। जब उपमेय पर उपमान का निषेध-रहित आरोप करते हैं, तब रूपक अलंकार होता है।

अतः विकल्प (B) सही है।

**28.** इस कविता में 'निष्क्रियता से सक्रियता की ओर गमन हेतु' उद्बोधन किया गया है।

इसका अर्थ है कि मनुष्य को सक्रियता की ओर मोड़ने का प्रयास किया गया है।

अन्य विकल्प:

- गति से स्थिरता की ओर गमन हेतु - चलायमान स्थिति से ठहरी हुई स्थिति के बारे में बताया गया है।
- स्वर से सन्नाटे की ओर गमन हेतु - आवाज से आवाज हीन स्थिति के बारे में बताया गया है।
- प्रकाश से अंधकार की ओर गमन हेतु - उजाले से अँधेरे की ओर।

अतः विकल्प (C) सही है।

**29.** 'मैं निज रोदन में राग लिए फिरता हूँ,शीतल वाणी में आग लिए फिरता हूँ,' यहाँ विरोधाभास अलंकार है।

- विरोधाभास अलंकार के अंतर्गत एक ही वाक्य में आपस में कटाक्ष करते हुए दो या दो से अधिक भावों का प्रयोग किया जाता है।
- अपनी कोमल और अति संवेदनशील भावनाएँ, कवि ने अपने सटीक शब्द-चयन से व्यक्त कर दी हैं।
- भाषा सशक्त है।
- विरोधाभासी शैली मन को चकित करती है।
- काव्यांश में विरोधाभास अलंकार है।
- कवि के रुदन में संगीत छिपा है। उसकी शीतल वाणी में आग छिपी है।
- वह अपने जीवनरूपी खंडहर के एक छोटे से भाग पर राजाओं के महल न्यौछावर कर सकता है।
- लगता है कवि का हृदय विरोधाभासों का निवास है।

अतः विकल्प (A) सही है।

**30.** कवि ने स्पष्ट कहा है कि उसके और इस भौतिक सुखों के संग्रह करने वाले सांसारिक जीवन के रास्ते अलग-अलग हैं।

- उसने वैभव को ठुकरा कर प्रेम और सत्य के ज्ञान का मार्ग चुन लिया है।
- कवि को जगत की चिन्ता नहीं है।
- वह तो एक कल्पनाशील कवि होने के कारण नित्य ही नए-नए संसार रचा करता और मिटाया करता है।
- काव्यांश में कवि ने सांसारिक विषयों में अपनी अरुचि का और आध्यात्मिक चिंतन के प्रति आकर्षण का संकेत किया है।
- सरल भाषा में गहन-गम्भीर भावों को व्यक्त किया है।
- 'और' तथा 'और' के अर्थ भिन्न होने के कारण यमक अलंकार है।

अत: विकल्प (D) सही है।

**Q.1** "को तुम? हैं घनस्याम हम, तो बरसो कित जाय।
नहि मनमोहन हैं प्रिय, दिर क्यों पकरत पाँय।" में निम्न में से कौन सा अलंकार है?

*[MP Jail Prahari, 2018]*

A. रूपक अलंकार
B. अतिश्याक्ति अलंकार
C. वक्रोक्ति अलंकार
D. उत्प्रेक्षा अलंकार

**Q.2** देख लो साकेत नगरी है यही।
स्वर्ग से मिलने गगन में जा रही। - में निम्न में से कौन सा अलंकार है?

*[MP Jail Prahari, 2018]*

A. संदेह अलंकार
B. अतिशयोक्ति अलंकार
C. उपमा अलंकार
D. भ्रांतिमान अलंकार

**Q.3** "जन रंजन मंजन दनुज मनुज रूप सुर भूप्रा" में कौन सा अलंकार है ?

A. अनुप्रास अलंकार
B. मानवी करण अलंकार
C. उपमा अलंकार
D. यमक अलंकार

**Q.4** "पहेली सा जीवन है व्यस्त।" में निम्न में से कौन सा अलंकार है?

*[MP Jail Prahari, 2018]*

A. अतियोक्ति अलंकार
B. उपमा अलंकार
C. वक्रोक्ति अलंकार
D. उत्प्रेक्षा अलंकार

**Q.5** 'पाहुन ज्यों आए हैं गाँव में शहर के, मेघ आये बड़े बनठन के सँवर के' में कौन सा अलंकार है?

A. मानवीकरण अलंकार
B. पुनरुक्ति अलंकार
C. यमक अलंकार
D. श्लेष अलंकार

**Q.6** अति मलीन वृषभानुकुमारी।
अधोमुख रहति , उरध नहिं चितवत,
ज्यों गथ हारे थकित जुआरी।
छूटे चिहुर बदन कुम्हिलानो,
ज्यों नलिनी हिमकर की मारी।
प्रस्तुत पंक्तियों में कौन-सा अलंकार है?

A. अनुप्रास
B. उत्प्रेक्षा
C. रूपक
D. उपमा

**Q.7** पूत कपूत तो क्यों धन संचय।
पूत सपूत तो क्यों धन संचय।।
प्रस्तुत पंतियों में कौन-सा अलंकार है?

A. छेकानुप्रास
B. लाटानुप्रास
C. वृत्यनुप्रास
D. अन्त्यानुप्रास

**Q.8** भ्रांतिमान अलंकार का उदाहरण निम्न में से कौन-सा है?

*[UP Police Sub Inspector, 2017]*

A. सीतल चंदन चंदहू, लगे जरावन गात
B. सोहत ओढत पीत पट, स्याम सलोने गात
C. नाक का मोती अधर की कांति से, बीज दादिम का समझकर भ्रांति से
D. उदित उदयगिरी मंच पर, रघुबर बाल पतंग

**Q.9** "या अनुरागी चित्त की गति समुझै नहिं कोय। ज्यों-ज्यों बूड़ै स्याम रंग त्यों-त्यों उज्जवल होय।।" इन पंक्तियों में कौन सा अलंकार है?

A. विभावना
B. विरोधाभास
C. अतिशयोक्ति
D. असंगति

**Q.10** जे रहीम गति दीप की, कुल कपूत गति सोय। बारे उजियारो करै, बढ़े अंधेरो होय। में कौन सा अलंकार है ?

A. यमक अलंकार
B. रूपक अलंकार
C. श्लेष अलंकार
D. अतिशयोक्ति अलंकार

**Q.11** 'दादुर धुनि चहु दिसा सुहाई। बेद पढ़हिं जनु बटु समुदाई॥' पंक्तियों में कौन-सा अलंकार है?

A. अनुप्रास अलंकार
B. अतिशयोक्ति अलंकार
C. मानवीकरण अलंकार
D. श्लेष अलंकार

**Q.12** तो पर वारौं उरबसी, सुनि, राधिके सुजान।
तू मोहन कै उर बसी है उरबसी-समान॥
इस अवतरण में कौन-सा अलंकार है?

A. अनुप्रास
B. यमक
C. श्लेष
D. रूपक

**Q.13** 'अस कहि कुटिल भई उठि ठाढ़ी। मानहुँ रोष-तरंगिनी बाढ़ी' - में 'मानहुँ' के द्वारा में कौन सा अलंकार बनता है?

A. रूपक अलंकार
B. उत्प्रेक्षा अलंकार
C. उपमा अलंकार
D. अन्योक्ति अलंकार

**Q.14** नीचे दी गई पंक्ति में कौन सा अलंकार है ?
"बिनु पग चलै सुनें बिनु काना। कर बिनु करम करै विधि नाना।।"

A. अतिशयोक्ति
B. उत्प्रेक्षा
C. अनुप्रास
D. विभावना

**Q.15** "नहिं पराग नहिं मधुर, मधु, नहिं विकास येहि काल। अली कली ही सों बध्यो, आगे कौन हवाल।।" इसमें कौन-सा अलंकार है?

A. रूपक
B. विशेषोक्ति
C. अन्योक्ति
D. अतिशयोक्ति

**Q.16** 'कंकन किंकिनि नूपुर धुनि सुनि' में कौन सा अलंकार है ?

A. मानवीकरण अलंकार
B. उत्प्रेक्षा अलंकार
C. अनुप्रास अलंकार
D. विशेषोक्ति अलंकार

**Q.17** "तुम मांसहीन, तुम रक्तहीन, हे अस्थिशेष तुम अस्थिहीन, तुम शुद्ध-बुद्ध आत्मा केवल, हे चिर पुराण हे चिर नवीन।"
उपर्युक्त पंक्तियों में कौन-सा अलंकार प्रयुक्त हुआ है ?

*[Super TET Paper - I, 2019]*

A. विरोधाभास
B. विशेषण विपर्यय
C. मानवीकरण
D. दृष्टांत

**Q.18** 'पिउ सो कहेव संदेसड़ा, हे भौंरा हे काग। सो धनि विरही जरिमुई, तेहिक धुवाँ हम लाग।' यहाँ कौन सा अलंकार होगा ?

A. उपमा अलंकार
B. श्लेष अलंकार
C. उत्प्रेक्षा अलंकार
D. यमक अलंकार

**Q.19** "कहै कवि बेनी बेनी ब्याल की चुराई लीनी।" इसमें किस अलंकार का प्रयोग हुआ है?

A. यमक अलंकार
B. उपमा अलंकार
C. श्लेष अलंकार
D. अनुप्रास अलंकार

**Q.20** "बीती विभावरी जाग री,
अम्बर-पनघट में डूबो रही,
तारा-घट ऊषा-नागरी।"

उपर्युक्त पंक्तियों में कौन-सा अलंकार है ?

*[Super TET Paper - I, 2019]*

**A.** अनुप्रास　　**B.** उपमा　　**C.** अन्योक्ति　　**D.** रूपक

**Q.21** "ध्वनि-मयी कर के गिरि-कंदरा। कलित-कानन केलि-निकुंज को।"
इसमें कौन-सा अलंकार है?

**A.** छेकानुप्रास　　　　　**B.** वृत्त्यनुप्रास
**C.** लाटानुप्रास　　　　　**D.** यमक

**Q.22** 'मानो माई घनघन अंतर दामिनी।'घन दामिनी दामिनी घन अंतरा॥"
काव्य पंक्ति में अलंकार है-

**A.** उत्प्रेक्षा अलंकार　　　**B.** उपमा अलंकार
**C.** अनुप्रास अलंकार　　　**D.** अतिश्योक्ति अलंकार

**Q.23** हाय! फूल-सी कोमल बच्ची हुई राख की ढेरी थी। काव्य पंक्ति में
अलंकार है।

**A.** उपमा अलंकार　　　　**B.** उत्प्रेक्षा अलंकार
**C.** अनुप्रास अलंकार　　　**D.** यमक अलंकार

**Q.24** एक कबूतर देख हाथ में, पूछा कहाँ अपर है।, उसने कहा अपर कैसा,
वह उड़ गया सपर है।। काव्य पंक्ति में अलंकार है।

**A.** अतिशयोक्ति अलंकार　　**B.** वक्रोक्ति अलंकार
**C.** उत्प्रेक्षा अलंकार　　　**D.** उल्लेख अलंकार

**Q.25** दादुर धुनि चहुँ दिशा सुहाई। बेद पढ़हिं जनु बटु समुदाई ।। काव्य
पंक्ति में अलंकार है।

**A.** अतिश्योक्ति अलंकार　　**B.** उत्प्रेक्षा अलंकार
**C.** उपमेयोपमा　　　　　**D.** रूपक

**Q.26** "या अनुरागी चित्त की, गति समझै नहीं कोय।
ज्यों ज्यों बूड़ै स्याम रंग, त्यों त्यों उज्ज्वल होय।।" इस पंक्ति में कौन सा
अलंकार है?

**A.** भ्रांतिमान　　　　　**B.** उत्प्रेक्षा
**C.** विरोधाभास　　　　　**D.** उपमा

**Q.27** 'खिड़कियों के खड़कने से खड़ता है खड़गसिंह' यह काव्य पंक्ति किस
अलंकार का उदाहरण है?

**A.** अनुप्रास　　**B.** यमक　　**C.** श्लेष　　**D.** उपमा

**Q.28** "बिरह-भुवंगम तन बसै, मन्त्र न लागै कोइ। राम बियोगी न जीवै, जिवै
तो बौरा होइ।।" कबीर के इस पद में कौन सा अलंकार है?

**A.** उपमा　　**B.** उत्प्रेक्षा　　**C.** विभावना　　**D.** रूपक

**Q.29** ज्यो-ज्यो निहारिए नेरे है नैनाहिं।
त्यों-त्यों खरी निकरै सा निकाई।
में कौन सा अलंकार है?

**A.** उपमा　　　　**B.** रुपक　　　**C.** अनुप्रास　　　**D.** पुनरुक्ति

**Q.30** माला फेरत जुग भया, गया न मन का फेर |
कर का मनका डारि के, मन का मनका फेर ||
उक्त पंक्तियों में कौन सा अलंकार है?

**A.** उत्प्रेक्षा　　　**B.** श्लेष　　　**C.** यमक　　　**D.** रूपक

# // स्मार्ट उत्तर पुस्तिका //

**सही उत्तर** उन छात्रों के प्रतिशत को इंगित करता है जिन्होंने प्रश्नों का सही उत्तर दिया था।

**छोड़ दिया** उन छात्रों के प्रतिशत को इंगित करता है जिन्होंने प्रश्नों को छोड़ दिया था।

| प्रश्न संख्या | उत्तर | सही उत्तर / छोड़ दिया |
|---|---|---|
| 1 | C | 23.8 % / 75.71 % |
| 2 | B | 12.18 % / 87.37 % |
| 3 | A | 19.0 % / 70.3 % |
| 4 | B | 26.58 % / 72.15 % |
| 5 | A | 32.58 % / 67.26 % |
| 6 | D | 23.08 % / 74.58 % |

| प्रश्न संख्या | उत्तर | सही उत्तर / छोड़ दिया |
|---|---|---|
| 7 | B | 16.98 % / 80.54 % |
| 8 | C | 13.04 % / 86.73 % |
| 9 | B | 14.25 % / 81.88 % |
| 10 | C | 29.72 % / 67.28 % |
| 11 | B | 25.11 % / 72.04 % |
| 12 | B | 28.11 % / 71.55 % |

| प्रश्न संख्या | उत्तर | सही उत्तर / छोड़ दिया |
|---|---|---|
| 13 | B | 12.45 % / 77.64 % |
| 14 | D | 11.38 % / 76.08 % |
| 15 | C | 16.41 % / 67.65 % |
| 16 | C | 20.96 % / 77.32 % |
| 17 | A | 15.68 % / 67.02 % |
| 18 | C | 11.54 % / 76.03 % |

| प्रश्न संख्या | उत्तर | सही उत्तर / छोड़ दिया |
|---|---|---|
| 19 | A | 17.08 % / 73.95 % |
| 20 | D | 25.17 % / 74.66 % |
| 21 | B | 20.56 % / 72.33 % |
| 22 | A | 11.97 % / 84.36 % |
| 23 | A | 10.2 % / 80.03 % |
| 24 | B | 24.56 % / 74.83 % |

| प्रश्न संख्या | उत्तर | सही उत्तर / छोड़ दिया |
|---|---|---|
| 25 | B | 22.14 % / 77.44 % |
| 26 | C | 21.36 % / 76.24 % |
| 27 | A | 22.84 % / 76.68 % |
| 28 | D | 13.29 % / 76.63 % |
| 29 | D | 27.63 % / 68.34 % |
| 30 | C | 26.26 % / 68.72 % |

| कार्य विश्लेषण | |
|---|---|
| औसत अंक ( % ) | **43.33%** |
| टॉपर्स स्कोर ( % ) | **63.33%** |
| आपका स्कोर | |

# //संकेत और समाधान//

**1.** "को तुम? हैं घनस्याम हम, तो बरसो कित जाय।

नहि मनमोहन हैं प्रिय, दिर क्यों पकरत पाँय।" 'में वक्रोक्ति अलंकार है।

- जब सुननेवाला अर्थात श्रोता कहने वाला अर्थात वक्ता की बातों का गलत अर्थ निकाले तो, वहाँ वक्रोक्ति अलंकार होता है।
- 'इन पंक्तियों में बाहर से आनेवाले कृष्ण को राधा के पूछने पर कृष्ण ने 'घनश्याम हूँ' जवाब देने पर राधा कहती है कि 'घनश्याम (काला बादल) होतो कही जाकर बरसो' यहाँ कृष्ण की कही बात का राधा ने गलत अर्थ निकाला, इसलिए यहाँ वक्रोक्ति अलंकार है।

अत: विकल्प (C) सही है।

**2.** 'देख लो साकेत नगरी है यही, स्वर्ग से मिलने गगन में जा रही। में अतिश्योक्ति अलंकार है।

- अतिश्योक्ति अलंकार: जब किसी व्यक्ति या वस्तु का वर्णन बढ़ा चढ़ा किए जाए तो उसे अतिश्योक्ति अलंकार कहते है। 'देख लो साकेत नगरी है यही, स्वर्ग से मिलने गगन में जा रही।' इन पंक्तियों में एक नगरी की वर्णन किया गया है, इसलिए यहाँ अतिश्योक्ति अलंकार है।

अत: विकल्प (B) सही है।

**3.** जन रंजन मंजन दनुज मनुज रूप सुर भूप्रा में अनुप्रास अलंकार है।

- जहाँ स्वर की समानता के बिना भी वर्णों की बार-बार आवृत्ति होती है, वहाँ अनुप्रास अलंकार होता है।
- अनुप्रास अलंकार: वर्णों की आवृत्ति को अनुप्रास कहते है। आवृत्ति का अर्थ किसी वर्ण का एक से अधिक बार आना है।

अत: विकल्प (A) सही है।

**4.** 'पहेली सा जीवन है व्यस्त' में उपमा अलंकार है।

- जब किसी व्यक्ति या वस्तु की तुलना किसी दूसरी व्यक्ति या वस्तु से की जाए तो वहाँ उपमा अलंकार होता है। 'पहेली सा जीवन है व्यस्त' इस वाक्य में जीवन को पहेली से तुलना की गयी है, इसलिए यहाँ पर उपमा अलंकार है।

अत: विकल्प (B) सही है।

**5.** 'पाहुन ज्यों आए हैं गाँव में शहर के, मेघ आये बड़े बनठन के सँवर के' में मानवीकरण अलंकार है।

- दी गयी पंक्तियों में बारिश की बात की जा रही है। यहाँ बारिश की तुलना पाहुन से की गयी है। यहाँ "मेघ आए बन-ठन के" में मेघो को मानव के समान बताया गया है।
- जहाँ किसी प्रकृति पदार्थ अथवा अमूर्त भावों को मानव के रूप में चित्रित किया जाता है, वहाँ मानवीकरण अलंकार होता है।

अत: विकल्प (A) सही है।

**6.** उपरोक्त पंक्तियों में उपमा अलंकार है।

- उपमा शब्द का अर्थ होता है – तुलना। जब किसी व्यक्ति या वस्तु की तुलना किसी दूसरे यक्ति या वस्तु से की जाए वहाँ पर उपमा अलंकार होता है। अर्थित जब किन्ही दो वस्तुओं के गुण, आकृति, स्वभाव आदि में समानता दिखाई जाए या दो भिन्न वस्तुओं कि तुलना कि जाए, तब वहां उपमा अलंकर होता है।

अत: विकल्प (D) सही है।

**7.** पूत कपूत तो क्यों धन संचय।

पूत सपूत तो क्यों धन संचय।। पंक्तियों में लाटानुप्रास अलंकार है।

- किसी शब्द या वाक्यखंड की आवृत्ति दूसरी पंक्ति में उसी रूप में हो लेकिन दूसरी पंक्ति में वाक्य का अर्थ बदल जाये उसे लाटानुप्रास अलंकार कहते है।

अत: विकल्प (B) सही है।

**8.** भ्रांतिमान अलंकार अर्थात् जब किसी वस्तु में किसी अन्य वस्तु होने का भ्रम हो जाये तो वहाँ भ्रांतिमान अलंकार होता है।

- "नाक का मोती अधर की कांति से, बीज दाडिम का समझकर भ्रांति से" यहाँ नाक के मोती का बीज दाडिम होने का भ्रम हो रहा है, अत: यह भ्रांतिमान अलंकार का उदाहरण है।

अतः विकल्प (C) सही है।

**9.** "या अनुरागी चित्त की गति समुझै नहिं कोय। ज्यों-ज्यों बूड़ै स्याम रंग त्यों-त्यों उज्जवल होय।।" में विरोधाभास अलंकार है।

- यहाँ श्याम (काले) रंग में डूबने पर अधिकाधिक उज्जवल होने में विरोधाभास अलंकार हैं।

अतः विकल्प (B) सही है।

**10.** जे रहीम गति दीप की, कुल कपूत गति सोय। बारे उजियारो करै, बढ़े अंधेरो होय। में श्लेष अलंकार है।

- 'श्लेष अलंकार' अर्थात 'जब एक ही शब्द के विभिन्न अर्थ निकलते हों', जैसे – 'रहिमन पानी राखिए बिन पानी सब सून 'पानी' गए न ऊबरे मोती मानस चून' यहाँ 'पानी' मोती के सन्दर्भ में 'चमक', मनुष्य के सन्दर्भ में 'विनम्रता' तथा 'चून' के सन्दर्भ में 'जल अर्थात पानी' है।उसी प्रकार जैसा कि आप ऊपर उदाहरण में देख सकते हैं कि रहीम जी ने दोहे के द्वारा दीये एवं कुपुत्र के चरित्र को एक जैसा दर्शाने की कोशिश की है। दीपक के सन्दर्भ में बढ़ने का मतलब है बुझ जाना जिससे अन्धेरा हो जाता है उसी प्रकार कुपुत्र के सन्दर्भ में बढ़ने से मतलब है बड़ा हो जाना अर्थात कुल का नाश हो जाना है।

अत: विकल्प (C) सही है।

**11.** 'दादुर धुनि चहु दिसा सुहाई। बेद पढ़हिं जनु बटु समुदाई॥' में अतिशयोक्ति अलंकार है।

- उपरोक्त पंक्ति में मेंढकों की आवाज़ (उपमेय) में ब्रह्मचारी समुदाय द्वारा वेद पढ़ने की संभावना प्रकट की गई है। यह एक तथ्य है कि मेंढकों की आवाज़ में एवं वेद पढ़ने में बहुत ही ज्यादा फर्क होता है, अत: मेंढकों के आवाज़ निकालने को वेद पढ़ने से तुलना किया गया है।
- अतिशयोक्ति अलंकार: जहाँ किसी वस्तु का इतना बढ़ा-चढ़ाकर वर्णन किया जाए कि सामान्य लोक सीमा का उल्लंघन हो जाए वहाँ अतिशयोक्ति अलंकार होता है।

अत: विकल्प (B) सही है।

**12.** तो पर वारौं उरबसी, सुनि, राधिके सुजान।

तू मोहन कै उर बसी है उरबसी-समान॥ में यमक अलंकार है।

- क्योंकि अवतरण में "उरबसी" शब्द की आवृत्ति एक से ज्यादा बार हुई है। कृष्ण कहते हैं कि हे सुजान राधिके, तुम यह समझ लो कि मैं तुम्हारे रूप सौंदर्य पर उर्वशी जैसी नारी को भी न्योछावर कर सकता हूं। कारण यह है कि तुम तो मेरे हृदय में उसी प्रकार निवास करती हो, जिस प्रकार उर्वशी नामक आभूषण हृदय में निवास करता है।
- एक ही शब्द, जब दो या दो से अधिक बार आये तथा उनका अर्थ अलग-अलग हो, तो वहाँ पर यमक अलंकार होता है।

अत: विकल्प (B) सही है।

**13.** 'अस कहि कुटिल भई उठि ठाढी। मानहुँ रोष-तरंगिनी बाढी' पंक्ति में मानहुँ के द्वारा में उत्प्रेक्षा अलंकार है।

- "जहाँ उपमेय  उपमान की सम्भावना की जाती है, वहाँ 'उत्प्रेक्षा' अलंकार होता है।"
- उत्प्रेक्षा को व्यक्त करने के लिए प्रायः मनु, मनहुँ, मानो, जानेहुँ, जानो आदि वाचक शब्दों का प्रयोग किया जाता है।

अतः विकल्प (B) सही है।

**14.** "बिनु पग चलै सुनैं बिनु काना। कर बिनु करम करै विधि नाना।।" में विभावना अलंकार है।

- जहाँ कारण के न होते हुए भी कार्य का होना पाया जाता है, वहाँ विभावना अलंकार होता है।
- स्पष्टीकरण - बिना पैर चलना बिना कान के सुनना, बिना हाथ के कार्य का होना ये सभी कारण के बिना ही हो रहे हैं। अतः यहाँ विभावना अलंकार है।

अतः विकल्प (D) सही है।

**15.** "नहिं पराग नहिं मधुर, मधु नहिं विकास येहि काल। अली कली ही सों बध्यो, आगे कौन हवाल।।" पद में अन्योक्ति अलंकार है। जहाँ उपमान के माध्यम से उपमेय का वर्णन किया जाये या कोई बात सीधे न कहकर किसी अन्य के सहारे कही जाए, वहाँ अन्योक्ति अलंकार होता है।

अतः विकल्प (C) सही है।

**16.** कंकन, किंकिनि, नूपुर, धुनि, सुनि। में 'न' वर्ण की आवृत्ति 5 बार हुई है। इसलिये यहाँ पर अनुप्रास का वृत्यानुप्रास है।

- अनुप्रास: जब काव्य में किसी वर्ण की आवृत्ति एक से अधिक बार होती है अर्थात् कोई वर्ण एक से अधिक बार आता है तो उसे अनुप्रास अलंकार कहते हैं।
- उदाहरण: तरनि तनूजा तट तमाल तरुवर बहु छाए।

अतः विकल्प (C) सही है।

**17.** "तुम मांसहीन, तुम रक्तहीन, हे अस्थिशेष तुम अस्थिहीन,

तुम शुद्ध-बुद्ध आत्मा केवल, हे चिर पुराण हे चिर नवीन।" में विरोधाभास अलंकार है।

- जब दो विरोधी पदार्थों का संयोग एक साथ दिखाया जाय तो विरोधाभास अलंकार प्रस्तुत होता है।

अतः विकल्प (A) सही है।

**18.** 'पिउ सो कहेव सन्देसड़ा, हे भौंरा हे काग। सो धनि विरही जरिमुई, तेहिक धुवाँ हम लाग।' यहाँ उत्प्रेक्षा अलंकार है।

- यहाँ कौआ और भ्रमर के काले होने का वास्तविक कारण विरहिणी के विरहाग्नि में जल कर मरने का धुवाँ नहीं हो सकता है फिर भी उसे कारण माना गया है। अतः यहाँ उत्प्रेक्षा अलंकार है।
- जहाँ उपमेय में उपमान की सम्भावना व्यक्त की जाए वहाँ उत्प्रेक्षा अलंकार होता है।

अतः विकल्प (C) सही है।

**19.** "कहै कवि बेनी बेनी ब्याल की चुराई लीनी। में  यमक अलंकार है।

इस काव्य पंक्ति में 'बेनी' शब्द दो बार आया है। दोनों बार इस शब्द का अर्थ अलग है। पहले 'बेनी' शब्द कवि की तरफ संकेत कर रहा है और दूसरे 'बेनी' शब्द का अर्थ 'चोटी' है। इसलिए इन पंक्तियों में यमक अलंकार है।

अतः विकल्प (A) सही है।

**20.** उपर्युक्त पंक्ति में रूपक अलंकार है।

जहां गुणों की अत्यधिक समानता के कारण उपमेय को उपमान का ही रूप मान लिया जाता हो अर्थित उपमान का उपमेय में आरोप कर अभेद स्थापित किया गया हो , वहां रूपक अलंकार होता है।

- अन्य विकल्प असंगत है।
- यह पंक्तियां जयशंकर प्रसाद की है।
- यह लहर (1935) काव्य संग्रह में संकलित है।
- रूपक के साथ-साथ इसमें मानवीकरण अलंकार भी है।

अत: विकल्प (D) सही है।

**21.** "ध्वनि-मयी कर के गिरि-कंदरा। कलित-कानन केलि-निकुंज को। में वृत्यनुप्रास अलंकार है।

- जहाँ एक व्यंजन की आवृत्ति एक या अनेक बार हो, वहाँ वृत्यनुप्रास होता है।
- रसानुकूल वर्णों की योजना को वृत्ति कहते हैं।

अतः विकल्प (B) सही है।

**22.** 'मानो माई घनघन अंतर दामिनी।घन दामिनी दामिनी घन अंतरा॥" में उत्प्रेक्षा अलंकार है।

- उपयुक्त काव्य पंक्तियों में रासलीला का सुन्दर वर्णन किया गया है।
- रास के समय पर गोपी को लगता था कि कृष्ण उसके पास नृत्य कर रहे हैं।
- गोरी गोपियाँ और श्याम वर्ण कृष्ण मंडलाकार नाचते हुए ऐसे लगते है मानो बादल और बिजली, बिजली और बादल साथ-साथ शोभायमान हो रहे है।
- यहाँ गोपिकाओं में बिजली की और कृष्ण में बादल की सम्भावना की गयी है। अतः सही विकल्प  उत्प्रेक्षा अलंकार है।

अतः विकल्प (A) सही है।

**23.** "हाय! फूल-सी कोमल बच्ची हुई राख की ढेरी थी। में उपमा अलंकार है।

दिए गए उदाहरण में बच्ची की तुलना फूल से की गई है।

- उपर्युक्त पंक्ति में बच्ची उपमेय है, फूल उपमान है, और 'कोमल' समान धर्म है, 'सी' वाचक शब्द है। अतः यहाँ उपमा अलंकार है।

अतः विकल्प (A) सही है।

**24.** एक कबूतर देख हाथ में, पूछा कहाँ अपर है।, उसने कहा अपर कैसा, वह उड़ गया सपर है।। में वक्रोक्ति अलंकार है।

- उपर्युक्त पंक्ति में जहांगीर ने दूसरे कबूतर के बारे में पूछने के लिए अपर (दूसरा) शब्द का प्रयोग किया है।
- जवाब में नूरजहां ने अपर का अर्थ बिना पंख का लगा कर उत्तर दिया है।
- अतः यह उदाहरण वक्रोक्ति अलंकार के अंतर्गत आएगा।

अतः विकल्प (B) सही है।

**25.** दादुर धुनि चहुँ दिशा सुहाई। बेद पढ़हिं जनु बटु समुदाई ।। में उत्प्रेक्षा अलंकार है।

- दिए गए उदाहरण में मेंढकों की आवाज़ (उपमेय) में ब्रह्चारी समुदाय द्वारा वेद पढ़ने की संभावना प्रकट की गई है। उपमेय में उपमान के होने की कल्पना की जा रही है। अतः यह उदाहरण उत्प्रेक्षा अलंकार के अंतर्गत आएगा।

अतः विकल्प (B) सही है।

**26.** या अनुरागी चित्त की, गति समझै नहीं कोय।

ज्यों ज्यों बूड़ै स्याम रंग, त्यों त्यों उज्ज्वल होय।। में विरोधाभासअलंकार है।

- जहाँ बाहर से तो विरोध जान पड़े, किन्तु यथार्थ में विरोध न हो।
- जहाँ वास्तविक विरोध न होने पर भी विरोध का आभास हो वहाँ विरोधाभास अलंकार होता है।

अत: विकल्प (C) सही है।

27. 'खिड़कियों के खड़कने से खड़ता है खड़गसिंह' इस काव्य पंक्ति में 'ख' वर्ण की आवृत्ति एक से अधिक बार होने के कारण अनुप्रास अलंकार है।

- जहाँ एक शब्द या वर्ण बार बार आता है, वहाँ अनुप्रास अलंकार होता है।
- अनुप्रास का अर्थ है दोहराना।

अत: विकल्प (A) सही है।

28. "बिरह-भुवंगम तन बसै, मन्त्र न लागै कोइ। राम बियोगी न जीवै, जिवै तो बौरा होइ।।" कबीर के इस पद में 'रूपक' अलंकार है।

- रूपक अलंकार में बीच में (-) लगा हुआ होता है या नहीं भी लगा हुआ होतो, दो शब्दों के बीच अंतर ,महसूस होता है।
- उपमेय ओर उपमान में कोई अंतर न दिखाई दे तब वह रूपक अलंकार कहलाता है।

अत: विकल्प (D) सही है।

29. "ज्यो-ज्यो निहारिए नेरे है नैनाहिं। त्यों-त्यों खरी निकरै सा निकाई।"....
पंक्ति में पुनरुक्ति अलंकार है।

- पुनरुक्ति अलंकार का साधारण सा अर्थ है जहां बार-बार शब्दों की आवृत्ति हो।
- पुनरुक्ति दो शब्दों के योग से बना है पुत्र+उक्ति, अतः वह उक्ति जो बार-बार प्रकट हो।
- जिस वाक्य में शब्दों की पुनरावृति होती है वहां पुनरुक्ति अलंकार माना जाता है।
- जिस काव्य में क्रमशः शब्दों की आवृत्ति एक समान होती है, किंतु अर्थ की भिन्नता नहीं होती वहां पुनरुक्ति अलंकार माना जाता है।

अत: विकल्प (D) सही है।

30. माला फेरत जुग भया, गया न मन का फेर | कर का मनका डारि के, मन का मनका फेर || में यमक अलंकार है।

- इन काव्य पंक्तियों में मनका शब्द दो बार आया है। जिसमें एक मनका का अर्थ हृदय और दूसरे मनका का अर्थ मोतियो की माला होगा। इसलिए यहां यमक अलंकार है।
- जब एक शब्द प्रयोग दो बार होता है और दोनों बार उसके अर्थ अलग-अलग होते हैं, वहाँ यमक अलंकार होता है।

अत: विकल्प (C) सही है।

**Q.1** 'वह एक सप्ताह बाद आया'- इस वाक्य में कौन सा शब्द क्रिया विशेषण है?

*[UPSSSC Village Development Officer, 2018]*

A. वह　　B. एक　　C. बाद　　D. आया

**Q.2** कौन सा पद विकृत नहीं होता?

*[UPSSSC Forest Guard, 2018]*

A. संज्ञा　　B. अव्यय　　C. विशेषण　　D. क्रिया

**Q.3** 'रातभर' किस प्रकार का अव्यय है?

A. विस्मयादिबोधक
B. संबंधबोधक
C. समुच्चयबोधक
D. कालवाचक क्रिया-विशेषण

**Q.4** किस वाक्य में समुच्चयबोधक अव्यय है?

A. बिजली चली गई और गर्मी लगने लगी
B. मेरे घर के सामने सिनेमा-घर है
C. शीतल ही देखेगी
D. अरे! बारह बज गए

**Q.5** निम्नलिखित प्रश्न में, चार विकल्पों में से, उस विकल्प का चयन करें, जो रेखांकित शब्द के सही अव्यय का भेद हो:

घर <u>के सामने</u> बगीचा है।

A. संबंधबोधक अव्यय　　B. क्रिया-विशेषण अव्यय
C. समुच्चयबोधक अव्यय　　D. विस्मयादिबोधक अव्यय

**Q.6** "तुम <u>कहाँ</u> जाओगे?" रेखांकित शब्द में कौन-सा अव्यय है?

A. रीतिवाचक क्रिया-विशेषण अव्यय
B. कालवाचक क्रिया-विशेषण अव्यय
C. स्थानवाचक क्रिया-विशेषण अव्यय
D. परिणामवाचक क्रिया-विशेषण अव्यय

**Q.7** 'रमेश खूब पढ़ता है।' वाक्य में कौन-सा अव्यय है?

A. क्रिया-विशेषण अव्यय　　B. संबंधबोधक अव्यय
C. समुच्चयबोधक अव्यय　　D. विस्मयादिबोधक अव्यय

**Q.8** 'उसका साथ छोड़ दीजिये।' में कौन-सा अव्यय है?

A. क्रिया-विशेषण अव्यय　　B. संबंधबोधक अव्यय
C. समुच्चयबोधक अव्यय　　D. विस्मयादिबोधक अव्यय

**Q.9** 'कम बोलना सेहत के लिए अच्छा होता है' में कौन-सा अव्यय है?

A. कालवाचक क्रिया-विशेषण अव्यय
B. रीतिवाचक क्रिया-विशेषण अव्यय
C. स्थानवाचक क्रिया-विशेषण अव्यय
D. परिमाणवाचक क्रिया-विशेषण अव्यय

**Q.10** 'रातभर' किस प्रकार का अव्यय है?

A. विस्मयादिबोधक अव्यय
B. संबंधबोधक
C. समुच्चयबोधक अव्यय
D. कालवाचक क्रिया-विशेषण अव्यय

**Q.11** किस विकल्प में क्रिया-विशेषण अव्यय शब्द है?

A. अब　　B. रात
C. धीरे-धीरे　　D. उपरोक्त सभी

**Q.12** 'मैं पूजा से पहले स्नान करता हूँ।' वाक्य में कौन-सा अव्यय है?

A. क्रिया-विशेषण अव्यय　　B. संबंधबोधक अव्यय
C. समुच्चयबोधक अव्यय　　D. विस्मयादिबोधक अव्यय

**Q.13** निम्नलिखित में से साधन वाची अव्यय का उदाहरण नहीं है?

A. संदेह　　B. जरिए
C. जबानी　　D. इनमें से कोई नहीं

**Q.14** किस वाक्य में रीतिवाचक क्रियाविशेषण अव्यय है?

A. वह अतिशय व्यथित होने पर भी मौन है।
B. वह आगे चला गया।
C. हमारे सामने शेर अचानक आ गया।
D. वे कब गए।

**Q.15** 'मुझे बहुत घबराहट हो रही है।' इस वाक्य में कौन-सा क्रिया-विशेषण अव्यय होगा?

A. कालवाचक क्रिया-विशेषण अव्यय
B. रीतिवाचक क्रिया-विशेषण अव्यय
C. परिमाणवाचक क्रिया-विशेषण अव्यय
D. स्थानवाचक क्रिया-विशेषण अव्यय

**Q.16** 'सेनाएं युद्ध क्षेत्र में आगे बढ़ी' - इस वाक्य में संबंध वाचक शब्द बताइए।

A. सेनाएं　　B. युद्ध क्षेत्र　　C. आगे　　D. बढ़ी

**Q.17** 'हाय! अब मैं क्या करूँ।' इस वाक्य में विस्मयबोधक शब्द बताइए।

*[UPSSSC Village Development Officer, 2018]*

A. हाय!　　B. अब　　C. मैं　　D. क्या

**Q.18** 'उत्तर की ओर पर्वत है।' में कौन-सा अव्यय है?

A. समुच्चयबोधक अव्यय　　B. संबंधबोधक अव्यय
C. क्रिया-विशेषण अव्यय　　D. विस्मयादिबोधक अव्यय

**Q.19** 'सहित' किस प्रकार का अव्यय है?

A. क्रिया-विशेषण अव्यय　　B. संबंधबोधक अव्यय
C. समुच्चयबोधक अव्यय　　D. विस्मयादिबोधक अव्यय

**Q.20** 'वह आया और मैं गया'-इस वाक्य में समुच्चय बोधक शब्द बताइए।

*[UPSSSC Village Development Officer, 2018]*

A. वह　　B. आया　　C. और　　D. गया

**Q.21** <u>अफसोस!</u> मैं नहीं जा सका।

रेखांकित शब्द का अव्यय का प्रकार बताइए:

A. सम्बोधनसूचक अव्यय　　B. शोकसूचक अव्यय
C. आश्चर्यसूचक अव्यय　　D. हर्षसूचक अव्यय

**Q.22** 'उसने कटोरा भर दूध पिया।'- वाक्य में अव्यय शब्द कौन सा है?

A. कटोरा　　B. दूध　　C. भर　　D. पिया

**Q.23** 'मैं वहाँ होकर आया हूँ।'- वाक्य में अव्यय शब्द कौन सा है?

A. मैं　　B. वहाँ　　C. होकर　　D. हूँ

**Q.24** 'भरोसे' में शब्द का कौन सा रुप है?

**A.** विशेषण  **B.** क्रिया-विशेषण
**C.** संबंध बोधक  **D.** समुच्चय बोधक

**Q.25** निम्नलिखित में से साधन वाची अव्यय उदाहरण नहीं है?
**A.** जरिए  **B.** द्वारा  **C.** जबानी  **D.** संदेह

**Q.26** संबंधबोधक अव्यय के कुल कितने भेद हैं?
**A.** 9  **B.** 10  **C.** 11  **D.** 12

**Q.27** 'राम और श्याम पढ़ने चले गए।' वाक्य में कौन-सा अव्यय है?
**A.** क्रिया-विशेषण अव्यय  **B.** संबंधबोधक अव्यय
**C.** समुच्चयबोधक अव्यय  **D.** विस्मयादिबोधक अव्यय

**Q.28** इनमें से तिरस्कारबोधक अव्यय कौन सा है?
**A.** हाय!  **B.** काश!  **C.** धिक्!  **D.** हे!

**Q.29** निम्नलिखित में कौन अव्यय का प्रकार नहीं है?
*[Rajasthan Teachers Eligibility Test - Level 1 Primary Level (RTET), 2015]*

**A.** क्रिया – विशेषण  **B.** संबंधबोधक
**C.** समुच्चयबोधक  **D.** संज्ञा-विशेषण

**Q.30** मनुष्य पानी के बिना जीवित नहीं रह सकता। वाक्य में कौन-सा अव्यय है?
**A.** समुच्चयबोधक अव्यय  **B.** संबंधबोधक अव्यय
**C.** क्रिया-विशेषण अव्यय  **D.** विस्मयादिबोधक अव्यय

# // स्मार्ट उत्तर पुस्तिका //

सही उत्तर — उन छात्रों के प्रतिशत को इंगित करता है जिन्होंने प्रश्नों का सही उत्तर दिया था।

छोड़ दिया — उन छात्रों के प्रतिशत को इंगित करता है जिन्होंने प्रश्नों को छोड़ दिया था।

| प्रश्न संख्या | उत्तर | सही उत्तर / छोड़ दिया |
|---|---|---|
| 1 | C | 22.12 % / 68.78 % |
| 2 | B | 18.67 % / 70.01 % |
| 3 | D | 14.87 % / 67.38 % |
| 4 | A | 24.33 % / 71.16 % |
| 5 | A | 21.09 % / 77.97 % |
| 6 | C | 22.79 % / 72.03 % |

| प्रश्न संख्या | उत्तर | सही उत्तर / छोड़ दिया |
|---|---|---|
| 7 | A | 24.19 % / 68.19 % |
| 8 | B | 30.43 % / 67.41 % |
| 9 | D | 13.54 % / 86.38 % |
| 10 | D | 32.95 % / 67.05 % |
| 11 | D | 32.82 % / 67.02 % |
| 12 | B | 25.54 % / 70.74 % |

| प्रश्न संख्या | उत्तर | सही उत्तर / छोड़ दिया |
|---|---|---|
| 13 | A | 17.11 % / 78.14 % |
| 14 | C | 13.04 % / 71.26 % |
| 15 | C | 27.9 % / 69.02 % |
| 16 | C | 22.82 % / 72.59 % |
| 17 | A | 15.08 % / 70.57 % |
| 18 | B | 14.73 % / 79.04 % |

| प्रश्न संख्या | उत्तर | सही उत्तर / छोड़ दिया |
|---|---|---|
| 19 | B | 26.77 % / 73.17 % |
| 20 | C | 13.31 % / 69.76 % |
| 21 | B | 14.85 % / 79.05 % |
| 22 | C | 23.41 % / 67.92 % |
| 23 | B | 24.41 % / 72.82 % |
| 24 | C | 18.78 % / 79.0 % |

| प्रश्न संख्या | उत्तर | सही उत्तर / छोड़ दिया |
|---|---|---|
| 25 | D | 30.26 % / 69.1 % |
| 26 | D | 26.78 % / 68.32 % |
| 27 | C | 21.9 % / 75.23 % |
| 28 | C | 29.85 % / 67.48 % |
| 29 | D | 31.64 % / 67.21 % |
| 30 | B | 13.94 % / 82.94 % |

| कार्य विश्लेषण | |
|---|---|
| औसत अंक ( % ) | 50.0% |
| टॉपर्स स्कोर ( % ) | 60.0% |
| आपका स्कोर | |

# //संकेत और समाधान//

**1.** 'वह एक सप्ताह बाद आया' वाक्य में 'बाद' शब्द क्रिया-विशेषण है। जिन शब्दों से क्रिया की विशेषता का ज्ञान होता है, उन्हें क्रिया विशेषण कहते हैं।

जैसे- यह कल अवश्य आयेगा। इस वाक्य में 'आयेगा' क्रिया है और 'अवश्य' उसकी विशेषता; इसलिए, 'अवश्य' शब्द क्रिया-विशेषण है। कुछ प्रमुख क्रिया विशेषण शब्द हैं- धीरे-धीरे, कब, बाद, पर्याप्त, अवश्य आदि।

अतः विकल्प (C) सही है।

**2.** अव्यय पद विकृत नहीं होता। अव्यय ऐसे शब्द होते हैं जिनके रूप में लिंग, वचन, पुरुष, काल, कारक इत्यादि के कारण कोई विकार नहीं होता। जैसे-जब, इधर, उधर, किन्तु, परन्तु, अतः, इसलिए आदि।

अतः विकल्प (B) सही है।

**3.** 'रातभर', कालवाचक क्रिया-विशेषण अव्यय है।

अव्यय शब्द - अव्यय शब्दों को अविकारी शब्द भी कहते हैं क्योंकि इनमें लिंग, कारक, वचन, पुरुष आदि के कारण कोई विकार/ परिवर्तन उत्पन्न नहीं होता। जैसे – आज, कब, इधर, किन्तु आदि।

क्रिया-विशेषण: जिन शब्दों से क्रिया की विशेषता का पता चले। उदाहरण: वह धीरे-धीरे खाना खाता है।

कालवाचक क्रिया-विशेषण: जिन अव्यय शब्दों से क्रिया के होने का पता चले उसे कालवाचक क्रियाविशेषण अव्यय कहते हैं। उदाहरण: आजकल, अभी, तुरंत, दिन भर, हर बार, आदि।

अतः विकल्प (D) सही है।

**4.** 'बिजली चली गई और गर्मी लगने लगी' वाक्य में समुच्चयबोधक अव्यय है।

अव्यय शब्द - अव्यय शब्दों को अविकारी शब्द भी कहते हैं क्योंकि इनमें लिंग, कारक, वचन, पुरुष आदि के कारण कोई विकार/ परिवर्तन उत्पन्न नहीं होता है। जैसे – आज, कब, इधर, किन्तु आदि।

समुच्चयबोधक: दो शब्दों या वाक्यों को जोड़ने वाले संयोजक शब्द को समुच्चयबोधक अव्यय कहते हैं। उदाहरण: वह दफ्तर से आया और सो गया।

अतः विकल्प (A) सही है।

**5.** 'घर <u>के सामने</u> बगीचा है।' में रेखांकित शब्द 'संबंधबोधक अव्यय' है, क्योंकि इसमें घर का सम्बन्ध बगीचे से बताया गया है।

वे शब्द जो संज्ञा, सर्वनाम शब्दों को अन्य संज्ञा, सर्वनाम शब्दों के साथ सम्बन्ध का बोध कराते हैं, संबंधबोधक अव्यय कहलाते हैं।

अतः विकल्प (A) सही है।

**6.** "तुम <u>कहाँ</u> जाओगे?" वाक्य में स्थानवाचक क्रिया-विशेषण अव्यय का प्रयोग हुआ है।

- जिन अव्यय शब्दों से कार्य के व्यापार के होने के स्थान का पता चले, उन्हें स्थानवाचक क्रियाविशेषण अव्यय कहते हैं।
- जहाँ पर, यहाँ, वहाँ, भीतर, बाहर, इधर, उधर, दाएँ, बाएँ, कहाँ, किधर, जहाँ, पास, दूर, अन्यत्र, इस ओर, उस ओर, ऊपर, नीचे, सामने, आगे, पीछे जैसे शब्द आते हैं, वहाँ पर स्थानवाचक क्रियाविशेषण अव्यय होता है।

अतः विकल्प (C) सही है।

**7.** 'रमेश खूब पढ़ता है।' वाक्य में क्रिया-विशेषण अव्यय है।

जहाँ पर थोड़ा, काफी, ठीक, ठाक, बहुत, कम, अत्यंत, अतिशय, बहुधा, थोड़ा -थोड़ा, अधिक, अल्प, कुछ, पर्याप्त, प्रभूत, न्यून, बूंद-बूंद, स्वल्प, केवल, प्रायः, अनुमानतः, सर्वथा, उतना, जितना, खूब, तेज, अति, जरा, कितना, बड़ा, भारी,

अत्यंत, लगभग, बस, इतना, क्रमश: आदि आते हैं, वहाँ पर परिमाणवाचक क्रिया-विशेषण अव्यय होता है।

अत: विकल्प (A) सही है।

**8.** 'उसका साथ छोड़ दीजिये।' में संबंधबोधक अव्यय है।

जहाँ पर बाद, भर, के ऊपर, की और, कारण, ऊपर, नीचे, बाहर, भीतर, बिना, सहित, पीछे, से पहले, से लेकर, तक, के अनुसार, की खातिर, के लिए जैसे शब्द आते हैं, वहाँ पर संबंधबोधक अव्यय होता है।

अत: विकल्प (B) सही है।

**9.** 'कम बोलना सेहत के लिए अच्छा होता है।' में परिमाणवाचक क्रिया-विशेषण अव्यय अव्यय है।

- जहां पर थोड़ा, काफी, ठीक, थक, बहुत, कम, अत्यंत, अतिशय, बहुधा, थोड़ा-थोड़ा, अधिक, अल्प, कुछ, पर्याप्त, प्रभूत, न्यून, बूंद-बूंद, स्वल्प, केवल, प्रायः, अनुमानतः, सर्वथा, उतना, जितना, खूब, तेज, कितना, भरी, लगभग, क्रमशः, बस, इतना, जरा, बड़ा आदि शब्द आए, वहाँ परिमाणवाचक क्रिया-विशेषण अव्यय होता है।
- इस वाक्य- 'कम बोलना सेहत के लिए अच्छा होता है।' में 'कम' शब्द वाक्य में परिमाणवाचक है, इसलिए, यहाँ पर परिमाणवाचक क्रिया-विशेषण अव्यय होगा।

अत: विकल्प (D) सही है।

**10.** 'रातभर' शब्द 'कालवाचक क्रिया-विशेषण' अव्यय है।

- जिन अव्यय शब्दों से क्रिया के होने का पता चले, उसे कालवाचक क्रिया-विशेषण अव्यय कहते हैं।
- जहाँ पर आजकल, जब, तब, हमेशा, तभी, तत्काल, निरंतर, शीघ्र, पूर्व, बाद, पीछे, घड़ी-घड़ी, अब, कल, फिर, कभी, प्रतिदिन, दिनभर, आज आदि आते है, वहाँ पर कालवाचक क्रिया-विशेषण अव्यय होता है।

अत: विकल्प (D) सही है।

**11.** उपरोक्त सभी शब्द क्रिया-विशेषण अव्यय शब्द है।

- जिन शब्दों से क्रिया की विशेषता का पता चले, उन्हें क्रियाविशेषण कहते हैं।
- जहाँ पर यहाँ, तेज, अब, रात, धीरे-धीरे, प्रतिदिन, सुंदर, वहाँ, तक, जल्दी, अभी, बहुत आते हैं, वहाँ पर क्रिया-विशेषण अव्यय होता है।

अत: विकल्प (D) सही है।

**12.** 'मैं पूजा से पहले स्नान करता हूँ।' वाक्य में संबंधबोधक अव्यय है।

- जहां पर बाद, भर, के ऊपर, की और, कारण, ऊपर, नीचे, बाहर, भीतर, बिना, सहित, पीछे, से पहले, से लेकर, तक, के अनुसार, की खातिर, के लिए आदि शब्द आते है, वहाँ 'संबंधबोधक अव्यय' होता है।
- 'मैं पूजा से पहले स्नान करता हूँ।' इस वाक्य में 'पहले' शब्द 'संबंधबोधक' है।

अत: विकल्प (B) सही है।

**13.** उपर्युक्त विकल्पों में से विकल्प संदेह सही है तथा अन्य विकल्प असंगत हैं।

संध्या शब्द प्रकार बोधक अव्यय है।

### रीतिवाचक अव्यय

अचानक, धीरे-धीरे, स्वयं, स्वतः, यथाशक्ति, ऐसे, वैसे, यथा, तथा, सहसा, अनायास, सहज, साक्षात, येन केन प्रकारेण, संदेह इत्यादि।

अत: विकल्प (A) सही है।

**14.** 'हमारे सामने शेर अचानक आ गया।' वाक्य में रीतिवाचक क्रियाविशेषण अव्यय है।

जिन अव्यय शब्दों से कार्य के व्यापार की रीति या विधि का पता चलता है उन्हें रीतिवाचक क्रियाविशेषण अव्यय कहते हैं। यहाँ 'ऐसे, वैसे, अचानक, इसलिए, कदाचित, यथासंभव, सहज, धीरे, सहसा, एकाएक, झटपट, आप ही, ध्यानपूर्वक, धड़ाधड़, यथा, ठीक, सचमुच, अवश्य, त्यों' आदि शब्द आते हैं।

अत: विकल्प (C) सही है।

**15.** 'मुझे बहुत घबराहट हो रही है।' इस वाक्य में परिमाणवाचक क्रिया-विशेषण अव्यय है।

- 'मुझे बहुत घबराहट हो रही है।' इस वाक्य में 'बहुत' शब्द घबराहट की मात्रा की ओर इंगित कर रहा है, इसलिए, इसमें परिमाणवाचक क्रिया विशेषण अव्यय है।
- जहां पर थोड़ा, काफी, ठीक, थक, बहुत, कम, अत्यंत, अतिशय, बहुधा, थोड़ा-थोड़ा, अधिक, अल्प, कुछ, पर्याप्त, प्रभूत, न्यून, बूंद-बूंद, स्वल्प, केवल, प्राय:, अनुमानत:, सर्वथा, उतना, जितना, खूब, तेज, कितना, भरी, लगभग, क्रमश:, बस, इतना, जरा, बड़ा आदि शब्द आए, वहाँ 'परिमाणवाचक क्रिया-विशेषण अव्यय' होता है।

अत: विकल्प (C) सही है।

**16.** 'सेनाएं युद्ध क्षेत्र में आगे बढ़ी' वाक्य में सम्बन्धवाचक शब्द 'आगे' है।

जिस अव्यय से दो पदों के बीच परस्पर सम्बन्ध सूचित हो, उसे सम्बन्ध बोधक अव्यय कहते है। जैसे-पहले, बाद, अब तक, द्वारा, अलावा, अपेक्षा, समीप, कारण, आसपास आदि।

अत: विकल्प (C) सही है।

**17.** 'हाय! अब मैं क्या करुँ।' वाक्य में विस्मयबोधक शब्द 'हाय!' है।

जो अव्यय शब्द हर्ष, उल्लास, शोक, दुःख, घृणा आदि मनोभावों को सूचित करते है, उन्हें विस्मयादिबोधक अव्यय कहते हैं, जैसे- वाह!, अच्छा!, हाय!, छिःछि!, अरे!, हे! आदि।

अत: विकल्प (A) सही है।

**18.** 'उत्तर की ओर पर्वत है।' में संबंधबोधक अव्यय है।

- वे शब्द जो संज्ञा/सर्वनाम को अन्य संज्ञा/सर्वनाम के साथ संबंध का बोध कराते हैं, उसे संबंधबोधक अव्यय कहते हैं।
- ये संज्ञा या सर्वनाम के बाद प्रयुक्त होते है।
- जैसे :- के पास, के ऊपर, से दूर, के कारण, के लिए, की ओर, की जगह, के अनुसार, के आगे, के साथ, के सामने आदि।

अत: विकल्प (B) सही है।

**19.** 'सहित' शब्द 'संबंधबोधक' अव्यय है।

- वे शब्द जो संज्ञा/सर्वनाम को अन्य संज्ञा/सर्वनाम के साथ संबंध का बोध कराते हैं, उसे संबंधबोधक अव्यय कहते हैं।
- ये संज्ञा या सर्वनाम के बाद प्रयुक्त होते है।
- जैसे :- के पास, के ऊपर, से दूर, के कारण, के लिए, की ओर, की जगह, के अनुसार, के आगे, के साथ, के सामने आदि।

अत: विकल्प (B) सही है।

**20.** 'वह आया और मै गया' वाक्य में समुच्चय बोधक शब्द 'और' है।

जो अव्यय दो पदों, दो उपवाक्यों या दो वाक्यों को परस्पर जोड़ते है, उन्हें समुच्चय बोधक अव्यय कहते हैं। जैसे-तथा, और, परन्तु, अतः, इसलिए, वरन आदि।

अतः विकल्प (C) सही है।

**21.** अफसोस! मैं नही जा सका। रेखांकित शब्द में शोक सूचक अव्यय का प्रयोग हुआ है।

हर्ष, शोक, विस्मय आदि भावों को प्रकट करने वाले अव्यय को विस्मयादि बोधक अव्यय कहते है।

अत: विकल्प (B) सही है।

**22.** 'उसने कटोरा भर दूध पिया' वाक्य में 'भर' शब्द अव्यय है।

अव्यय शब्दों को अविकारी शब्द भी कहा जाता है क्योंकि लिंग वचन, पुरुष, कारक इत्यादि के कारण इनके रूप में कोई विकार उत्पन्न नहीं होता है।

अत: विकल्प (C) सही है।

**23.** 'मैं वहाँ होकर आया हूँ'- वाक्य में 'वहाँ' शब्द अव्यय है।

'अव्यय' ऐसे शब्द को कहते हैं, जिसके रूप में लिंग, वचन, पुरूष, कारक इत्यादि के कारण कोई विकार उत्पन्न नहीं होता है। इसलिए दिए गए वाक्य में 'वहाँ' शब्द अव्यय है। सार्थक ध्वनि समूह को 'शब्द' कहा जाता है और जब इन्हीं शब्दों को वाक्य में प्रयोग करते है तो उन्हें 'पद' कहा जाता है। पद को ही रूप भी कहा जाता है। वाक्य में प्रयोग के योग्य शब्द ही 'पद' या 'रूप' कहलाता है।

अत: विकल्प (B) सही है।

**24.** 'भरोसे' में शब्द का संबंध बोधक रुप है।

'भरोसे' शब्द संबंध बोधक अव्यय के रूप में प्रयुक्त होता है। संबंध बोधक का शाब्दिक अर्थ है- सम्बन्ध का ज्ञान कराने वाला। जो अव्यय शब्द संज्ञा या सर्वनाम के साथ आकर उनका संबंध वाक्य के अन्य शब्दों से बताता है, उसे संबंधबोधक अव्यय कहते हैं। जैसे- ऊपर, नीचे, पीछे, आगे, बाहर, भीतर, बिना, भरोसे, सहित, निकट, पास आदि।

अत: विकल्प (C) सही है।

**25.** संदेह साधन वाची अव्यय उदाहरण नहीं है।

रीतिवाचक अव्यय: अचानक, धीरे-धीरे, स्वयं, स्वतः, यथाशक्ति, ऐसे, वैसे, यथा, तथा, सहसा, अनायास, सहज, साक्षात, येन केन प्रकारेण, संदेह इत्यादि।

अत: विकल्प (D) सही है।

**26.** हिंदी व्याकरण के अनुसार संबंधबोधक अव्यय के कुल 12 भेद होते हैं: 1. कालवाचक संबंधबोधक 2. स्थानवाचक संबंधबोधक 3. दिशाबोधक संबंधबोधक 4. साधनवाचक संबंधबोधक 5. विरोधसूचक संबंधबोधक 6. समतासूचक संबंधबोधक 7. हेतुवाचक संबंधबोधक 8. सहचरसूचक संबंधबोधक 9. विषयवाचक संबंधबोधक 10. संग्रवाचक संबंधबोधक 11. कारणवाचक संबंधबोधक 12. सीमावाचक संबंधबोधक।

अत: विकल्प (D) सही है।

**27.** दिए गए विकल्पों में सही उत्तर विकल्प (C) 'समुच्चयबोधक अव्यय' है।

'राम और श्याम पढ़ने चले गए।' इस वाक्य में राम और श्याम को 'और' शब्द के माध्यम से जोड़ा जा रहा है इसलिए यह वाक्य 'समुच्चयबोधक अव्यय' का उदाहरण है।

जहाँ पर तब , और , वरना , किन्तु, परन्तु , इसीलिए , बल्कि , ताकि , क्योंकि , या , अथवा , एवं , तथा , अन्यथा आदि शब्द जुड़ते हैं वहाँ पर समुच्चयबोधक होता है।

अत: विकल्प (C) सही है।

**28.** दिए गए विकल्पों में सही उत्तर विकल्प (C) 'धिक्!' है।

उपरोक्त विकल्पों में 'धिक्!' शब्द 'तिरस्कारबोधक' अव्यय है जो विस्मयादिबोधक अव्यय का एक भेद है।

उदाहरण- छि:! कितना गंदा है यहाँ।

विस्मयादिबोधक अव्यय- जिन वाक्यों में घृणा, हर्ष, शोक, आश्चर्य के भाव प्रकट हों, विस्मयादि बोधक अव्यय कहलाते हैं। इसमें विस्मयादिबोधक (!) चिह्न का प्रयोग किया जाता है। जैसे - वाह! तुमने तो कमाल कर दिया।

अत: विकल्प (C) सही है।

**29.** संज्ञा-विशेषण अव्यय का प्रकार नहीं है। अव्यय के पांच प्रकार होते हैं - क्रिया – विशेषण, समुच्चय बोधक, संबंध बोधक, विस्मयादि बोधक और निपात। अव्यय का अर्थ है जो व्यय न हो, इसे अविकारी शब्द भी कहते हैं, अर्थात जिसमे किसी प्रकार का विकार उत्पन्न न हो| इस प्रकार सही विकल्प 'संज्ञा-विशेषण' है।

अत: विकल्प (D) सही है।

**30.** दिए गए विकल्पों में सही उत्तर विकल्प (B) 'संबंधबोधक अव्यय' है।

वे अव्यय जो संख्या के बाद आकर संज्ञा का संबंध अन्य शब्दों से करते हैं। संबंध बोधक अव्यय कहलाते हैं।

जहाँ पर बाद, भर, के ऊपर, की और, कारण, ऊपर, नीचे, बाहर, भीतर, बिना, सहित, पीछे, से पहले, से लेकर, तक, के अनुसार, की खातिर, के लिए आते हैं वहाँ पर संबंधबोधक अव्यय होता है।

अत: विकल्प (B) सही है।

**Q.1** किस शब्द में 'अव' उपसर्ग का प्रयोग हुआ है?

*[Rajasthan Police Sub Inspector, 2016]*

A. अवश्य    B. अवचन    C. अव्याप्ति    D. अवध्य

**Q.2** किस शब्द में दो से अधिक उपसर्ग हैं?

*[Rajasthan Police Sub Inspector, 2016]*

A. अव्यवस्था    B. निरनुनसिकता
C. अपादान    D. निस्संकोच

**Q.3** व्यवस्था से पूर्व कौन सा उपसर्ग लगायें कि उसका अर्थ विपरीत हो जाए?

A. अ    B. आ    C. अप    D. परी

**Q.4** 'अच्छाई' शब्द में कौन-सा प्रत्यय का प्रयोग हुआ है?

A. ई    B. आई    C. अई    D. च्छाई

**Q.5** 'स' उपसर्ग से मिलकर कौन सा शब्द नहीं बना है?

A. सप्रेम    B. सहानुभूति    C. सजीव    D. सघन

**Q.6** किस शब्द में 'आस' प्रत्यय नहीं है?

A. मिठास    B. खटास    C. एहसास    D. आभास

**Q.7** 'अध्' उपसर्ग से बना शब्द निम्न में से कौन - सा है?

A. अछूता    B. अटल    C. अधकच्चा    D. अलगरज

**Q.8** निम्न में से किस शब्द में दो उपसर्ग हैं?

A. अनियंत्रित    B. अलबत्ता    C. अछूता    D. अधकचरा

**Q.9** 'पुनर्जन्म' शब्द में उपसर्ग बताइए।

A. पुन    B. पु    C. पू    D. पुनर

**Q.10** किस शब्द में उपसर्ग का प्रयोग हुआ है?

A. उपकार    B. लाभदायक    C. पढ़ाई    D. अपनापन

**Q.11** 'चौड़ान' शब्द में कौन-सा प्रत्यय का प्रयोग हुआ है?

A. आन    B. डान    C. डन    D. अन

**Q.12** कौन-सा शब्द उपसर्ग-युक्त नहीं है?

A. सुकार्य    B. निष्काम    C. विकार    D. कारी कार्य

**Q.13** पुरोहित में उपसर्ग है:

A. पुरस    B. पुर:    C. पुरा    D. पुर

**Q.14** निम्नलिखित में 'इया' प्रत्यय से बना कौन सा शब्द है?

A. जयपुरिया    B. कलकतिया
C. सुनहरा    D. तिरहुतिया

**Q.15** 'पुनर्जन्म' शब्द में उपसर्ग बताइए।

A. पुन    B. पु    C. पू    D. पुनः

**Q.16** निम्न में से किस शब्द में प्रत्यय का प्रयोग हुआ है?

A. विकल    B. अलक    C. पुलक    D. धनिक

**Q.17** किस शब्द में 'अ' उपसर्ग है?

*[UPSESSB TGT Hindi, 2015]*

A. अभिमान    B. अनजान    C. अभाव    D. अवमान

**Q.18** 'गुजारा' में प्रत्यय बताये।

A. आऊ    B. आडी    C. अक    D. आ

**Q.19** कौन देशज प्रत्यय का उदाहरण नहीं है?

*[UPSESSB TGT Hindi, 2015]*

A. फर्राटा    B. अड़ियल    C. उच्चतर    D. घुमम्कड़

**Q.20** किस शब्द में 'अति' उपसर्ग नहीं है?

A. अतिकाल    B. अत्याचार    C. अनुचर    D. अतिकर्मण

**Q.21** निर्वह में प्रयुक्त उपसर्ग है :

A. नि    B. निः    C. निर    D. निरि

**Q.22** दिए गए खटोला शब्द में कौन सा प्रत्यय है?

A. वाला    B. ओला    C. ईला    D. इक

**Q.23** निम्नलिखित में 'ईला' प्रत्यय से बना कौन सा शब्द है?

A. रमणीय    B. नागरिक    C. सजीला    D. क्रोधित

**Q.24** निम्नलिखित में 'डी' प्रत्यय से बना कौन सा शब्द है?

A. पगड़ी    B. डिबिया    C. पहाड़    D. खटिया

**Q.25** निम्नलिखित में 'हरा' प्रत्यय से बना कौन सा शब्द है?

A. चौराहा    B. तिहरा    C. तिराहा    D. विद्यार्थी

**Q.26** दिए गए शब्द 'देखकर' में कौन सा प्रत्यय है?

A. खाकर    B. कार    C. खकर    D. कर

**Q.27** दिए गए **मिलन** शब्द में कौन सा प्रत्यय है?

A. लन    B. अन    C. आन    D. मन

**Q.28** 'खिलौना' शब्द में कौन-सा प्रत्यय का प्रयोग हुआ है?

A. लौना    B. पौना    C. औना    D. छौना

**Q.29** निम्नलिखित शब्दों में से किस शब्द में प्रत्यय है?

A. निकाय    B. ऊंचाई
C. दुर्बोध    D. आत्मकथा

**Q.30** निम्न पद **इक प्रत्यय** लगने से बने है इनमें से कौन सा पद गलत है?

A. दैविक    B. सामाजिक    C. भौमिक    D. प्रक्षिक

# // स्मार्ट उत्तर पुस्तिका //

सही उत्तर — उन छात्रों के प्रतिशत को इंगित करता है जिन्होंने प्रश्नों का सही उत्तर दिया था।

छोड़ दिया — उन छात्रों के प्रतिशत को इंगित करता है जिन्होंने प्रश्नों को छोड़ दिया था।

| प्रश्न संख्या | उत्तर | सही उत्तर / छोड़ दिया | प्रश्न संख्या | उत्तर | सही उत्तर / छोड़ दिया | प्रश्न संख्या | उत्तर | सही उत्तर / छोड़ दिया | प्रश्न संख्या | उत्तर | सही उत्तर / छोड़ दिया | प्रश्न संख्या | उत्तर | सही उत्तर / छोड़ दिया |
|---|---|---|---|---|---|---|---|---|---|---|---|---|---|---|
| 1 | A | 26.98 % / 71.27 % | 7 | C | 30.66 % / 69.01 % | 13 | B | 24.79 % / 68.68 % | 19 | C | 13.2 % / 75.48 % | 25 | B | 12.67 % / 80.57 % |
| 2 | B | 19.21 % / 71.64 % | 8 | A | 21.68 % / 71.55 % | 14 | A | 28.48 % / 70.78 % | 20 | C | 31.31 % / 68.14 % | 26 | D | 13.87 % / 81.74 % |
| 3 | A | 31.73 % / 67.87 % | 9 | D | 26.12 % / 69.41 % | 15 | D | 19.09 % / 69.89 % | 21 | C | 21.74 % / 76.37 % | 27 | B | 26.47 % / 72.38 % |
| 4 | B | 15.57 % / 80.42 % | 10 | A | 30.82 % / 68.68 % | 16 | D | 27.77 % / 67.09 % | 22 | B | 18.85 % / 74.41 % | 28 | C | 16.45 % / 74.73 % |
| 5 | B | 28.08 % / 71.44 % | 11 | A | 17.61 % / 80.78 % | 17 | C | 30.28 % / 69.19 % | 23 | C | 32.46 % / 67.42 % | 29 | B | 26.68 % / 72.67 % |
| 6 | D | 16.19 % / 71.6 % | 12 | D | 22.94 % / 71.23 % | 18 | D | 23.82 % / 70.44 % | 24 | A | 29.54 % / 69.45 % | 30 | D | 13.05 % / 73.49 % |

| कार्य विश्लेषण | |
|---|---|
| औसत अंक ( % ) | **50.0%** |
| टॉपर्स स्कोर ( % ) | **63.33%** |
| आपका स्कोर | |

# //संकेत और समाधान//

**1.** दिए गए विकल्पों में से 'अवश्य' शब्द में 'अव' उपसर्ग है।

अवश्य = अव + शय

'अव' उपसर्ग से बनने वाले अन्य शब्द - अवगुण, अवतरण आदि।

'अव' का अर्थ – दूर या नीचे, निश्चय, व्याप्ति, अल्पता, हास

अतः विकल्प (A) सही है।

**2.** दिए गए विकल्पों में से 'निरनुनसिकता' शब्द में 'निर' और 'अनु' उपसर्ग का प्रयोग है।

निरनुनसिकता = निर + अनु + नासिक + ता (प्रत्यय)

'निर' उपसर्ग से बनने वाले अन्य शब्द - निर्भय, निराकार आदि।

'निर' का अर्थ – रहित, बगैर

'अनु' उपसर्ग से बनने वाले अन्य शब्द - अनुचर, अनुभव आदि।

'अनु' का अर्थ – पीछे, अंतर्गत

अतः विकल्प (B) सही है।

**3.** वह शब्दांश या अव्यय, जो किसी शब्द के आरंभ में जुड़कर मूल शब्द के अर्थ में विशेषता ला दे या उसका अर्थ ही बदल दे।

व्यवस्था संस्कृत [संज्ञा स्त्रीलिंग] प्रबंध; इंतज़ाम

अव्यवस्था संस्कृत [संज्ञा स्त्रीलिंग] व्यवस्था का अभाव; व्यवस्थाहीनता

व्यवस्था से पूर्व 'अ' उपसर्ग लगायें कि उसका अर्थ विपरीत हो जाता है। अन्य विकल्प असंगत है।

अतः विकल्प (A) सही है।

**4.** दिए गए सभी विकल्पों में 'अच्छाई' शब्द में 'आई' प्रत्यय का योग है, अन्य सभी विकल्प का कोई सार्थक अर्थ न होने की वजह से वह गलत हैं।

अच्छाई = अच्छा + आई। इसमें तद्धित प्रत्यय है।

तद्धित प्रत्यय: धातुओं को छोड़कर अन्य शब्दों में लगने वाले प्रत्ययों को तद्धित कहते हैं।

जैसे: विदाई, ठकुराई आदि।

जो शब्दांश, शब्दों के अंत में जुड़कर अर्थ में परिवर्तन लाये, प्रत्यय कहलाते हैं। जैसे: पाठक, शक्ति, भलाई, मनुष्यता आदि

अतः विकल्प (B) सही है।

**5.** 'सहानुभूति' शब्द में 'स' उपसर्ग नहीं है।

इसमें 'सह' उपसर्ग लगा है।

इसमें 'अनुभूति' मूल शब्द है।

'सह+अनुभूति' शब्द योग से यह शब्द बना है।

इसका अर्थ 'संवेदना' होता है।

उपसर्ग: वह शब्दांश जो किसी शब्द के पूर्व अथवा पहले लगकर उस शब्द का अर्थ बदल देते हैं अथवा उसमें नई विशेषता उत्पन्न कर देते हैं उपसर्ग कहलाते हैं. अथवा लघुत्तम सार्थक शब्द खंड जो अन्य शब्दों के आदि में जुड़ कर उनका अर्थ बदल देते हैं उपसर्ग कहलाते हैं।

अतः विकल्प (B) सही है।

**6.** 'आभास' शब्द में 'आस' प्रत्यय नहीं है, अन्य सभी विकल्पों में 'आस' प्रत्यय का योग है।

- 'आस' तद्धित प्रत्यय है।
- तद्धित प्रत्यय - जो प्रत्यय क्रिया के मूल रूप (धातु) को छोड़कर अन्य शब्दों (संज्ञा, सर्वनाम, विशेषण आदि) के साथ जुड़ते हैं, तद्धित प्रत्यय कहलाते हैं।
- आभास = आ + भास
- आभास शब्द में प्रत्यय न होकर 'आ' उपसर्ग है।
- 'आ' उपसर्ग के शब्द - आगम, आजीवन
- 'आ' प्रत्यय के शब्द - ठेला, झूला

अतः विकल्प (D) सही है।

**7.** 'अध्' + 'कच्चा' = अधकच्चा  सही है।

'अध्' उपसर्ग से बनने वाले अन्य शब्द - अधजला, अधखिला, अधपका।

'अध्' का अर्थ – आधे अर्थ में

ऐसे शब्दांश जो किसी शब्द के पूर्व जुड़कर उसके अर्थ में परिवर्तन कर देते हैं उसे उपसर्ग कहते है।

अतः विकल्प (C) सही है।

**8.** अनियंत्रित = 'अ' + 'नि' + 'यंत्रित '

'अ' उपसर्ग से बनने वाले अन्य शब्द - अथाह, अटल आदि।

'अ' का अर्थ – अभाव, निषेध

'नि' उपसर्ग से बनने वाले अन्य शब्द - निकम्मा, निखरा आदि।

'नि' का अर्थ – अभाव, विशेष

ऐसे शब्दांश जो किसी शब्द के पूर्व जुड़कर उसके अर्थ में परिवर्तन कर देते हैं उसे उपसर्ग कहते है।

अतः विकल्प (A) सही है।

**9.** 'पुनर्जन्म' शब्द में 'पुनर' उपसर्ग है। अन्य विकल्प असंगत है।

उपसर्ग: पुनर

अर्थ: फिर

उदाहरण: पुनर्जन्म, पुनर्लेखन, पुनर्जीवन, पुननिर्माण, पुनरागमन

उपसर्ग: शब्दांश या अव्यय जो किसी शब्द के पहले आकर उसका विशेष अर्थ प्रकट करते हैं, उपसर्ग कहलाते हैं।

अतः विकल्प (D) सही है।

**10.** उप + कार = उपकार

उपकार: संज्ञा पुलिंग [संस्कृत] [विशेषण उपकारक, उपकारी, उपकार्य, उपकृत]

लाभदायक संस्कृत [विशेषण] जो लाभ देने वाला हो; फ़ायदेमंद।

अपनापन [संज्ञा पुल्लिंग] आत्मीयता; घनिष्ठता

उपकार, शब्द में उपसर्ग का प्रयोग हुआ है। अन्य विकल्प में उपसर्ग का प्रयोग नही हुआ है।

अतः विकल्प (A) सही है।

**11.** चौड़ान = चौड़ा + आन। इसमें भाववाचक तद्धित प्रत्यय है।

भाववाचक तद्धित प्रत्यय: भाव का बोध कराने वाले प्रत्यय भाववाचक तद्धित प्रत्यय कहलाते हैं।

जैसे: ऊँचान, निचान आदि।

प्रत्यय: जो शब्दांश, शब्दों के अंत में जुड़कर अर्थ में परिवर्तन लाये, प्रत्यय कहलाते हैं। जैसे: पाठक, शक्ति, भलाई, मनुष्यता आदि।

दिए गए सभी विकल्पों में 'चौड़ान' शब्द में 'आन' प्रत्यय का योग है, अन्य सभी विकल्प का कोई सार्थक अर्थ न होने की वजह से वह गलत हैं।

अतः विकल्प (A) सही है।

**12.** कारी कार्य शब्द उपसर्ग नहीं है।

कारी संस्कृत (परप्रत्यय) शब्दों के अंत में जुड़ने वाला प्रत्यय है जो कार्य करने वाले का अर्थ देता है, जैसे- आज्ञाकारी, विध्वंसकारी आदि।

जो शब्दांश शब्दों के प्रारम्भ में जुड़ कर उनके अर्थ में कुछ विशेषता लाते हैं, वे उपसर्ग कहलाते हैं।

अतः विकल्प (D) सही है।

**13.** पुरः शब्द के प्रयोग से पुरोहित शब्द का निर्माण हुआ है। 'पुरः' संस्कृत का उपसर्ग है जिसका अर्थ है पूर्व।

वह शब्दांश जो किसी शब्द के पूर्व अथवा पहले लगकर उस शब्द का अर्थ बदल देते हैं अथवा उसमें नई विशेषता उत्पन्न कर देते हैं उपसर्ग कहलाते हैं।

**उदाहरण:** प्र + हार = प्रहार, 'हार' शब्द का अर्थ है पराजय।
अतः विकल्प (B) सही है।

**14.** 'जयपुरिया' शब्द में 'इया' प्रत्यय का योग है।

* जयपुरिया = जयपुर + इया इसमें स्थानवाचक तद्धित प्रत्यय है।

* स्थानवाचक तद्धित प्रत्यय - ऐसे प्रत्यय जिनसे हमें किसी स्थान का बोध हो, वे प्रत्यय स्थानवाचक तद्धित प्रत्यय कहलाते हैं। जैसे- पटनिया, मुम्बईया आदि।

* शब्द के उपरांत जिस शब्द का प्रयोग किया जाता है, उसे प्रत्यय कहते हैं।

अतः विकल्प (A) सही है।

**15.** 'पुनर्जन्म' शब्द में 'पुनः' उपसर्ग है। अन्य विकल्प असंगत है।

उपसर्ग: पुनः, अर्थः 'फिर'

उदाहरण: पुनर्जन्म, पुनर्लेखन, पुनर्जीवन, पुननिर्माण, पुनरागमन

उपसर्ग: शब्दांश या अव्यय जो किसी शब्द के पहले आकर उसका विशेष अर्थ प्रकट करते हैं, उपसर्ग कहलाते हैं।

अतः विकल्प (D) सही है।

**16.** 'धनिक' शब्द में 'इक' प्रत्यय का प्रयोग हुआ है।

इसका उचित संधि विच्छेद 'निर् + गुण = गुण' होगा।

निर्गुण संस्कृत भाषा का शब्द है, जिसका अर्थ विशिष्टता रहित या गुण रहित, स्वरूप रहित होता है।

प्रत्यय वे शब्द हैं जो दूसरे शब्दों के अन्त में जुड़कर, अपनी प्रकृति के अनुसार, शब्द के अर्थ में परिवर्तन कर देते हैं।

अतः विकल्प (D) सही है।

**17.** "अभाव" शब्द में "अ" उपसर्ग है।

इसका उचित संधि विच्छेद 'अ + भाव = अभाव' (कमी) होगा।

जो शब्दांश शब्दों के प्रारम्भ में जुड़ कर उनके अर्थ में कुछ विशेषता लाते हैं, वे उपसर्ग कहलाते हैं।

अतः विकल्प (C) सही है।

**18.** 'गुजारा' में 'आ' प्रत्यय है।

प्रत्यय उस शब्दांश को कहते हैं, जो किसी शब्द के अंत में आकर उस शब्द के विभिन्न अर्थ में प्रकट करते हैं। प्रत्यय शब्द के अंत में आता है, जैसे 'भला' शब्द के अंत में आई प्रत्यय लगाकर 'भलाई' शब्द बनता है।

अतः विकल्प (D) सही है।

**19.** "उच्चतर" देशज का उदाहरण नहीं है।

प्रत्यय वे शब्द हैं जो दूसरे शब्दों के अन्त में जुड़कर, अपनी प्रकृति के अनुसार, शब्द के अर्थ में परिवर्तन कर देते हैं।

अतः विकल्प (C) सही है।

**20.** दिए गए विकल्पों में से 'अनुचर' शब्द में 'अति' उपसर्ग नहीं है। अन्य सभी विकल्पों में 'अति' उपसर्ग का प्रयोग है।

अनुचर = अनु + चर

'अनु' उपसर्ग से बनने वाले अन्य शब्द - अनुशासन, अनुज, अनुपात आदि।

'अनु' का अर्थ – पीछे, समानता, क्रम, पश्चात

अतः विकल्प (C) सही है।

**21.** निर्वाह, शब्द में निर उपसर्ग है। अन्य विकल्प असंगत है।

निर्वाह- संज्ञा पुलिंग [संस्कृत]

1. किसी क्रम या परंपरा का चला चलना।

किसी बात का जारी रहना निबाह।

जैसे, प्रीति का निर्वाह, कार्य का निर्वाह।

2. किसी बात के अनुसार बराबर आचरण पालन।

जैसे, प्रतिज्ञा का निर्वाह, वचन का निर्वाह।

अतः विकल्प (C) सही है।

**22.** दिए गए सभी विकल्पों में 'खटोला' शब्द में 'ओला' प्रत्यय का योग है, अन्य सभी विकल्प का कोई सार्थक अर्थ न होने की वजह से वह गलत हैं। इसलिए, विकल्प (B) 'ओला' इसका सही उत्तर है।

खटोला = खाट + ओला। इसमें ऊनवाचक तद्धित प्रत्यय है।

ऊनवाचक तद्धित प्रत्यय - ऐसे प्रत्यय जिनसे हमें किसी वास्तु व्यक्ति आदि कि लघुता, प्रियता, हीनता आदि का बोध हो वह प्रत्यय ऊनवाचक तद्धित प्रत्यय कहलाते हैं।

जैसे- संपोला आदि।

अतः विकल्प (B) सही है।

**23.** दिए गए सभी विकल्पों में 'सजीला' शब्द में 'ईला' प्रत्यय का योग है, अन्य सभी विकल्प का कोई सार्थक अर्थ न होने की वजह से वह गलत हैं। इसलिए, विकल्प (C) 'सजीला' इसका सही उत्तर है।

सजीला = सज + ईला। इसमें गुणवाचक तद्धित प्रत्यय है।

गुणवाचक तद्धित प्रत्यय - ऐसे प्रत्यय जो शब्द में लगने के बाद शब्द को गुणवाचक बना दे, वे प्रत्यय गुणवाचक तद्धित प्रत्यय कहलाते हैं।

जैसे- चमकीला, भडकीला आदि।

अतः विकल्प (C) सही है।

**24.** दिए गए सभी विकल्पों में 'पगड़ी' शब्द में 'डी' प्रत्यय का योग है, अन्य सभी विकल्प का कोई सार्थक अर्थ न होने की वजह से वह गलत हैं। इसलिए, विकल्प (A) 'पगड़ी' इसका सही उत्तर है।

पगड़ी = पाग + डी। इसमें ऊनवाचक तद्धित प्रत्यय है।

ऊनवाचक तद्धित प्रत्यय - ऐसे प्रत्यय जिनसे हमें किसी वास्तु व्यक्ति आदि कि लघुता, प्रियता, हीनता आदि का बोध हो वह प्रत्यय ऊनवाचक तद्धित प्रत्यय कहलाते हैं।

जैसे- टुकड़ी , टंगड़ी आदि।

अतः विकल्प (A) सही है।

**25.** दिए गए सभी विकल्पों में 'तिहरा' शब्द में 'हरा' प्रत्यय का योग है।

तिहरा = ति + हरा। इसमें गणनावाचक तद्धित प्रत्यय है।

गणनावाचक तद्धित प्रत्यय - ऐसे प्रत्यय जो शब्द में लगने के बाद शब्द को संख्यावाची बना दे, वे प्रत्यय गणनावाचक प्रत्यय कहलाए हैं। जैसे- इकहरा, दुहरा आदि।

अतः विकल्प (B) सही है।

**26.** दिए गए सभी विकल्पों में 'देखकर' शब्द में 'कर' प्रत्यय का योग है।

देखकर = देख + कर। इसमें क्रियाद्योतक कृत् प्रत्यय है।

क्रियाद्योतक कृत् प्रत्यय - जिस प्रत्यय के कारण बने शब्दों से क्रिया के होने का भाव पता चले, उसे क्रिया वाचक कृत् प्रत्यय कहते हैं।

अतः विकल्प (D) सही है।

**27.** दिए गए सभी विकल्पों में 'मिलन' शब्द में 'अन' प्रत्यय का योग है।

मिलन = मिल + अन। इसमें भाववाचक कृत् प्रत्यय है।

भाववाचक कृत् प्रत्यय - भाववाचक कृत् प्रत्यय वे होते हैं, जो क्रिया से भाववाचक संज्ञा का निर्माण करते हैं। जैसे- गमन, मनन आदि।

अतः विकल्प (B) सही है।

**28.** 'खिलौना' शब्द में 'औना' प्रत्यय का प्रयोग हुआ है।

खिलौना = खिल + औना। इसमें कर्मवाचक कृत् प्रत्यय है।

कर्मवाचक कृत् प्रत्यय - जिस प्रत्यय से बनने वाले शब्दों से किसी कर्म का पता चले उसे, कर्मवाचक कृत् प्रत्यय कहते हैं।

अतः विकल्प (C) सही है।

**29.** दिए गए विकल्पों में 'ऊंचाई ' शब्द में प्रत्यय है।

'ऊंचाई' शब्द 'आई' प्रत्यय के योग से बना है,

'ऊंचा' + 'आई' = 'ऊंचाई'

प्रत्यय वे शब्द हैं जो दूसरे शब्दों के अन्त में जुड़कर, अपनी प्रकृति के अनुसार, शब्द के अर्थ में परिवर्तन कर देते हैं।

अतः विकल्प (B) सही है।

**30.** प्रक्षिक, शब्द  इक प्रत्यय लगने से नही बना है। अन्य विकल्प इक प्रत्यय लगने से बने है। इसलिए सही उत्तर विकल्प (D) प्रक्षिक होगा।

- दैविक = देव + इक
- सामाजिक = समाज + इक
- भौमिक = भूमि + इक

अतः विकल्प (D) सही है।

**Ques (1-10):निर्देश**: पांच कथन दिए गए है | उन्हें क्रमबद्ध कीजिए कि उनसे एक अर्थपूर्ण परिच्छेद बन जाए | फिर उसके बाद दिए गए विकल्प में से सही विकल्प को चुनिए |

**Q.1** I. इसे तैयार करने में खेल की तरह आनन्द मिलता है |

II. यह आपको तथ्यों को जुटाने तथा उन पर विचार करने का अवसर प्रदान करती है |

III. हर व्यक्ति अपने ढंग से परियोजना तैयार करता है |

IV. परियोजना शिक्षा का एक महत्वपूर्ण अंग है |

V. कुछ परियोजनाएँ समस्या के निदान से जुड़ी होती है और कुछ समुचित विषय से जुड़ी होती है |

**A.** (I), (II), (IV), (III), (V)

**B.** (IV), (III), (II), (V), (I)

**C.** (III), (I), (IV), (V), (II)

**D.** (I), (III), (IV), (II), (V)

**Q.2** I. अच्छे विचार मनुष्य को अच्छे कामों के लिए प्रेरित करते है |

II. सत्संगति से मनुष्य के विचारों को एक नई दिशा मिलती है |

III. सत्संगति वर्तमान जीवन की दुर्लभ अनुभूति है |

IV. किसी व्यक्ति विशेष के शिथिल चरित्र होने पर सम्पूर्ण राष्ट्र के चरित्र पर नकारात्मक प्रभाव आता है |

V. चरित्र से ही जीवन की सार्थकता है |

**A.** (V), (I), (IV), (II), (III)

**B.** (I), (III), (IV), (II), (V)

**C.** (III), (II), (V), (I), (IV)

**D.** (V), (I), (III), (II), (IV)

**Q.3** I. इसका कारण है बढ़ता ओद्योगिकरण |

II. वायु प्रदूषण का सबसे अधिक प्रकोप महानगरों से हुआ है |

III. सारे समाज को प्रदूषण में विलीन कर दिया है |

IV. पर्यावरण को सुरक्षित रखने के लिए वृक्ष लगाने चाहिए |

V. वायु प्रदूषण से अनेक बीमारियाँ उत्पन्न हो रही है |

**A.** (II), (I), (III), (V), (IV)

**B.** (V), (III), (I), (IV), (II)

**C.** (II), (I), (V), (IV), (III)

**D.** (II), (I), (IV), (III), (V)

**Q.4** I. रमज़ान के पूरे तीस रोजों के बाद ईद आई है | कितना मनोहर, कितना सुहावना प्रभात है|

II. गांव में कितनी हलचल है | ईदगाह जाने की तैयारियाँ हो रही हैं |

III. आज का सूर्य देखो, कितना प्यारा, कितना शीतल है, मानो संसार को ईद की बधाई दे रहा है |

IV. वृक्षों पर कुछ अजीब हरियाली है, खेतों में कुछ अजीब रौनक है, आसमान पर कुछ अजीब लालिमा है |

V. किसी के कुरते में बटन नहीं है, पड़ोस के घर से सुई-तागा लाने को दौड़ा जा रहा है |

**A.** (I), (II), (IV), (III), (V)

**B.** (I), (III), (IV), (II), (V)

**C.** (V), (I), (III), (II), (IV)

**D.** (I), (IV), (III), (II), (V)

**Q.5** I. "माँझे में, यहाँ कहाँ रहती हैं?'

II. 'अतरसिंह की बैठक में, वह मेरे मामा होते हैं |'

III. 'मैं भी मामा के आया हूँ, उनका घर गुरु बजार में हैं |'

IV. 'मगरे में – और तेरा?

V. इतने मे दुकानदार निबटा और इनका सौदा देने लगा | सौदा लेकर दोनो साथ-साथ चले |

**A.** (I), (II), (IV), (III), (V)

**B.** (V), (I), (II), (III), (V)

**C.** (IV), (I), (II), (III), (V)

**D.** (V), (III), (I), (IV), (II)

**Q.6** (I) मित्रों के बीच सम्मान और प्रेम का केंद्र –बिन्दु बन जाता है |

(II) बोलने का विवेक,बोलने की कला और पटुता व्यक्ति की शोभा है, उसका आकर्षण है |

(III) अतएव कम बोलो सार्थक और हितकर बोलो |

(IV) वाणी का अनुशासन, वाणी का सयंम और संतुलन एक ऐसी शक्ति है

(V) जो हर कठिन स्थिति में हमारे अनुकूल रहती है |

**A.** (II), (V), (I), (IV), (III)

**B.** (II), (III), (I), (IV), (V)

**C.** (V), (I), (III), (II), (IV)

**D.** (V), (I), (IV), (II), (III)

**Q.7** (I) उसको तीन गतिशील आयामों – जनता , सर्वांगीण,अर्थव्यवस्था और सामरिक हितों में ध्यान रखते हुए प्रोद्योगिकीय आवश्यकणीय पर ध्यान केन्द्रित करना है |

(II) यदि भारत को अपनी आंतरिक शक्तियां विकसित करनी है |

(III) प्रोद्योगिकी पर अपेक्षाकृत अधिक बल की अनुपस्थिति मादकता और मूल्यवान प्राकृतिक संस्थानों की बर्बादी का मार्ग प्रशस्त हो सकता है |

(IV) चौथा समय पर भी ध्यान देना आवश्यक होता है |

(V) अधिक रोज़गार पैदा करने करने के लिए प्रोद्योगिकी का उचित प्रयोग अनिवार्य है |

**A.** (II), (I), (V), (IV), (III)

**B.** (V), (III), (I), (IV), (II)

**C.** (IV), (I), (V), (II), (III)

**D.** (II), (I), (IV), (III), (V)

**Q.8** (I) लोचन सिंह ने रानी को भी कैद कर लिया |

(II) और एक दल कालेखां का पीछा करने के लिए भी भेजा |

(III) रामलाल पहले ही कैद कर लिया गया था |

(IV) मशालों की रौशनी में किले का प्रबंध करके लोचनसिंह ने किले के बाहर सेना को नियुक्त किया |

(V) लोचन सिंह की विजयनी सेना किले की ओर ओर बढ़ती गई |

**A.** (I), (II), (IV), (III), (V)

**B.** (V), (III), (I), (IV), (II)

**C.** (IV), (I), (V), (II), (III)

**D.** (II), (I), (IV), (V), (III)

**Q.9** (I) आतंकवाद में मानवीय संवेदनाओं का स्थान नहीं होता |

(II) मानवतावाद और आतंकवाद सर्वथा दो विरोधी अवधारणाएँ है |

(III) आतंकवाद की समस्या का समाधान बौद्धिक और सैनिक दोनों स्तरों पर किया जाना चाहिए |

(IV) यह बेरोज़गारी, अशिक्षा, समाजिक अर्थव्यवस्था विषमताओं से समाज में असंतोष का जन्म होता है|

(V) आंतकवादी अनेक प्रकार से आंतक फैलाने का प्रयास करते हैं।

**A.** (I), (II), (IV), (III), (V)

**B.** (V), (I), (IV), (II), (III)

**C.** (II), (I), (V), (IV), (III)

**D.** (II), (I), (IV), (III), (V)

**Q.10** (I) प्रतीक्षा और आशा जीवन के दो प्रकाश स्तम्भ हैं।

(II) हर किसी के उज्ज्वल और प्रकाशमान पक्ष को खोजो।

(III) इससे तुम्हारा जीवन भी प्रकाशमान और सुखी हो जाएगा।

(IV) आशा से भरकर जीवन को देखो।

(V) चीज़ों को, व्यक्तियों को, स्थितियों को, अपने आसपास के वातावरण को उनके अँधेरे हिस्से की ओर मत देखो।

**A.** (IV), (I), (V), (II), (III)

**B.** (I), (II), (IV), (III), (V)

**C.** (V), (I), (IV), (II), (III)

**D.** (I), (III), (IV), (II), (V)

**Ques (11-15):निर्देश:** निम्नलिखित छः (A, B, C, D, E तथा F) वाक्यों को व्यवस्थित कर एक सार्थकपूर्ण लेख बनाएं, और पूछे गए निम्न प्रश्नों के उत्तर दें।

A. मीडिया का काम सत्ता एवं समाज में मौजूद महामानवों पर नजर रखना, उनकी मनमानी पर अंकुश लगाने की कोशिश करना, उनके गलत कार्यों को जनता के सामने लाना है। प्रश्न यह है कि क्या मीडिया अपनी ज़िम्मेदारी निभा रहा है?

B. इस अवधारणा के अनुसार मानव को अन्यायोचित और अपमान जनक व्यवहार से संरक्षित किया जाना चाहिए।

C. अधिकार उन्मुक्ति होने के कारण इस बात को निर्दिष्ट करते है कि कोई भी कार्य व्यक्ति की इच्छा के विरूद्ध नहीं किया जा सकता या नहीं किया जाना चाहिए।

D. वर्तमान में लोकतंत्र का चौथा स्तम्भ माना जाने वाला मीडिया, मानवाधिकार संरक्षण में अपनी महत्ती भूमिका आवश्यक रूप से निभा सकता है। वास्तव में मीडिया क्या है? मीडिया शब्द मीडियेटरश् शब्द से बना है जिसका आशय दो लोगों के बीच परस्पर संवाद बनाने का माध्यम है।

E. मानव बुद्धिमान एवं विवेक पूर्ण प्राणी है और इसी कारण इसको कुछ ऐसे मूल तथा अहरणीय अधिकार प्राप्त होते है जिन्हें समान्यतः "मानवाधिकार" कहा जाता है।

F. मीडिया का मुख्य कार्य है कि वह जितनी जल्दी हो सके सूचना को पूरे समाज में प्रसारित कर दे। इस आधार पर कहा जा सकता है कि मीडिया जितना अधिक सक्रिय होगा मानव अधिकारों का संरक्षण उतनी ही तेजी से होगा। दूसरी ओर यह भी कहा जा सकता है कि मीडिया के अधिकतम सक्रियता के चलते समाज में व्याप्त विसंगतियाँ और मानव अधिकार के हनन को द्रुत गति से रोका जा सकता हैं।

**Q.11** पुनर्व्यवस्थित करने के बाद उपरोक्त पद में पहला वाक्य क्या होगा?

**A.** A     **B.** B     **C.** C     **D.** E

**Q.12** पुनर्व्यवस्थित करने के बाद उपरोक्त पद में दूसरा वाक्य क्या होगा?

**A.** A     **B.** B     **C.** C     **D.** D

**Q.13** पुनर्व्यवस्थित करने के बाद उपरोक्त पद में तीसरा वाक्य क्या होगा?

**A.** A     **B.** B     **C.** C     **D.** D

**Q.14** पुनर्व्यवस्थित करने के बाद उपरोक्त पद में चौथा वाक्य क्या होगा?

**A.** A     **B.** B     **C.** C     **D.** D

**Q.15** पुनर्व्यवस्थित करने के बाद उपरोक्त पद में अंतिम वाक्य क्या होगा?

**A.** A     **B.** B     **C.** C     **D.** D

**Ques (16-20):निर्देश:** निम्नलिखित पाँच (A, B, C, D, E) वाक्यों को व्यवस्थित कर एक सार्थक लेख बनायें और निम्न प्रश्नों का उत्तर दें:

A. ये प्रयास ज्यादातर मनरेगा के तहत ही हुए हैं, जिसका एक मतलब यह भी है कि बेरोज़गारी प्रतिशत में कमी के इन आंकड़ों को एक हद से ज्यादा अहमियत नहीं दी जा सकती।

B. सीएमआईई की यह रिपोर्ट साफ तौर पर बताती है कि स्थिति में यह सुधार गांव लौटे प्रवासी मज़दूरों को उनके गांव में या उसके आसपास ही काम उपलब्ध कराने के प्रयासों का नतीजा है।

C. ये काम प्रवासी मज़दूरों को तात्कालिक राहत तो दे सकते हैं, लेकिन उनके कौशल के साथ न्याय नहीं कर सकते।

D. इस तरह की मदद को रोज़गार मानकर हम तात्कालिक तौर पर अपने आंकड़े भले दुरुस्त कर लें, लेकिन इन्हें वास्तविक रोज़गार के रूप में देखना भविष्य के रिसर्चरों की राह कठिन बनाएगा।

E. इन कुशल कामगारों का जो काम छूटा है, उससे उस काम की कोई तुलना नहीं हो सकती जो उन्हें उपलब्ध कराया गया है।

**Q.16** पुनर्व्यवस्था के उपरांत इस गद्यांश का पहला पद कौन-सा होगा ?

**A.** A     **B.** B     **C.** C     **D.** D

**Q.17** पुनर्व्यवस्था के उपरांत इस गद्यांश का दूसरा पद कौन-सा होगा ?

**A.** A     **B.** B     **C.** C     **D.** D

**Q.18** पुनर्व्यवस्था के उपरांत इस गद्यांश का तीसरा पद कौन-सा होगा ?

**A.** A     **B.** B     **C.** C     **D.** D

**Q.19** पुनर्व्यवस्था के उपरांत इस गद्यांश का चौथा पद कौन-सा होगा ?

**A.** A     **B.** B     **C.** C     **D.** E

**Q.20** पुनर्व्यवस्था के उपरांत इस गद्यांश का पाँचवा पद कौन-सा होगा?

**A.** A     **B.** B     **C.** C     **D.** D

**Ques (21-25):निर्देश:** निम्नलिखित पाँच (A, B, C, D, E) वाक्यों को व्यवस्थित कर एक सार्थक लेख बनायें और निम्न प्रश्नों का उत्तर दें:

A. यह सिलसिला न केवल कायम रहना चाहिए, बल्कि कोशिश यह की जानी चाहिए कि टेस्ट की संख्या और अधिक बढ़े।

B. अभी भिन्न-भिन्न राज्यों ने अलग-अलग नियम बना रखे हैं।

C. कोरोना मरीजों की बढ़ती संख्या के बीच यह राहत की बात है कि संक्रमण का पता लगाने के लिए अब रोजाना दो लाख से अधिक टेस्ट हो रहे हैं।

D. आवश्यक यह भी है कि इसके बारे में पूरे देश में एक समान व्यवस्था बने कि किसकी जांच होनी है और उसके पश्चात किसे घर पर कारंटाइन होना है और किसे अस्पताल में भर्ती होना है?

E. ज्यादा से ज्यादा टेस्ट करके ही कोरोना संक्रमण को फैलने से रोकने में मदद मिलेगी, लेकिन केवल इतना ही पर्याप्त नहीं।

**Q.21** पुनर्व्यवस्था के उपरांत इस गद्यांश का पहला पद कौन-सा होगा ?

**A.** A     **B.** B     **C.** C     **D.** D

**Q.22** पुनर्व्यवस्था के उपरांत इस गद्यांश का दूसरा पद कौन-सा होगा ?

**A.** A     **B.** B     **C.** C     **D.** D

**Q.23** पुनर्व्यवस्था के उपरांत इस गद्यांश का तीसरा पद कौन-सा होगा ?

**A.** A     **B.** B     **C.** C     **D.** E

**Q.24** पुनर्व्यवस्था के उपरांत इस गद्यांश का चौथा पद कौन-सा होगा ?

**A.** A     **B.** B     **C.** C     **D.** D

**Q.25** पुनर्व्यवस्था के उपरांत इस गद्यांश का पाँचवा पद कौन-सा होगा ?

**A.** A          **B.** B          **C.** C          **D.** D

**Ques (26-30):निर्देश:** निम्नलिखित छः (A, B, C, D, E, F) वाक्यों को व्यवस्थित कर एक सार्थक लेख बनाये और निम्न प्रश्नों का उत्तर दें:

A. मौजूद न हो। भले ही देश की सुरक्षा जैसे संवेदनशील मामले ही क्यों न हों

B. मिलता है कि हमारे सत्ता केन्द्र के शीर्ष पर बैठे हुए राजनेताओं को स्वीकारोक्ति करनी पड़ रही है और

C. जीवन से लेकर राष्ट्रीय स्तर तक एक भी क्षेत्र ऐसा नहीं है, जहाँ भ्रष्टाचार अपने निकृष्टतम रूप में

D. सार्वजनिक रूप से इसका उल्लेख व इसकी चर्चा करने को वे विवश हैं भारत में आम आदमी के

E. आज हमारे देश में भ्रष्टाचार किस सीमा तक पहुंच चुका है, इसका प्रमाण हमें इस तथ्य से

F. सेना के लिए जीपों की खरीद के संबंध में, ब्रिटेन के साथ समझौते से लेकर बोफोर्स तोपों से मिलता है

**Q.26** पुनर्व्यवस्था करने के बाद उपरोक्त गद्यांश का तीसरा वाक्य कौन-सा होगा?

**A.** A          **B.** B          **C.** C          **D.** D

**Q.27** पुनर्व्यवस्था करने के बाद उपरोक्त गद्यांश का छठा वाक्य कौन-सा होगा?

**A.** A          **B.** F          **C.** C          **D.** D

**Q.28** पुनर्व्यवस्था करने के बाद उपरोक्त गद्यांश का पहला वाक्य कौन-सा होगा?

**A.** A          **B.** F          **C.** C          **D.** E

**Q.29** पुनर्व्यवस्था करने के बाद उपरोक्त गद्यांश का चौथा वाक्य कौन-सा होगा?

**A.** A          **B.** E          **C.** C          **D.** F

**Q.30** पुनर्व्यवस्था करने के बाद उपरोक्त गद्यांश का पाँचवा वाक्य कौन-सा होगा?

**A.** A          **B.** C          **C.** B          **D.** D

# // स्मार्ट उत्तर पुस्तिका //

**सही उत्तर** — उन छात्रों के प्रतिशत को इंगित करता है जिन्होंने प्रश्नों का सही उत्तर दिया था।

**छोड़ दिया** — उन छात्रों के प्रतिशत को इंगित करता है जिन्होंने प्रश्नों को छोड़ दिया था।

| प्रश्न संख्या | उत्तर | सही उत्तर / छोड़ दिया |
|---|---|---|
| 1 | B | 79.84 % / 10.24 % |
| 2 | C | 79.91 % / 14.56 % |
| 3 | A | 83.47 % / 10.32 % |
| 4 | D | 84.4 % / 13.72 % |
| 5 | C | 89.7 % / 10.25 % |
| 6 | B | 88.38 % / 10.16 % |
| 7 | D | 85.34 % / 13.56 % |
| 8 | B | 79.65 % / 19.62 % |
| 9 | C | 81.21 % / 17.18 % |
| 10 | A | 86.2 % / 13.53 % |
| 11 | D | 40.25 % / 57.83 % |
| 12 | C | 31.71 % / 67.08 % |
| 13 | B | 11.65 % / 72.84 % |
| 14 | D | 43.24 % / 48.99 % |
| 15 | A | 57.19 % / 41.87 % |
| 16 | B | 57.8 % / 32.02 % |
| 17 | A | 12.6 % / 75.78 % |
| 18 | C | 68.47 % / 31.36 % |
| 19 | D | 32.6 % / 67.03 % |
| 20 | D | 65.11 % / 31.06 % |
| 21 | C | 25.64 % / 67.19 % |
| 22 | A | 51.69 % / 46.82 % |
| 23 | D | 48.39 % / 39.97 % |
| 24 | D | 18.22 % / 80.04 % |
| 25 | B | 65.81 % / 30.62 % |
| 26 | D | 23.61 % / 71.31 % |
| 27 | B | 52.08 % / 32.85 % |
| 28 | D | 43.71 % / 52.24 % |
| 29 | C | 27.63 % / 69.3 % |
| 30 | A | 23.8 % / 73.37 % |

| कार्य विश्लेषण | |
|---|---|
| औसत अंक ( % ) | 63.33% |
| टॉपर्स स्कोर ( % ) | 73.33% |
| आपका स्कोर | |

# //संकेत और समाधान//

**1. सही उत्तर है:** (IV), (III), (II), (V), (I)

**उचित परिच्छेद है:** परियोजना शिक्षा का एक महत्वपूर्ण अंग है, हर व्यक्ति अपने ढंग से परियोजना तैयार करता है, यह आपको तथ्यों को जुटाने तथा उन पर विचार करने का अवसर प्रदान करती है, कुछ परियोजनाएँ समस्या के निदान से जुड़ी होती है और कुछ समुचित विषय से जुड़ी होती है,इसे तैयार करने में खेल की तरह आनन्द मिलता है |

अतः विकल्प (B) सही है।

**2. सही उत्तर है:** (III), (II), (V), (I), (IV)

**उचित परिच्छेद है:** सत्संगति वर्तमान जीवन की दुर्लभ अनुभूति है, सत्संगति से मनुष्य के विचारों को एक नई दिशा मिलती है, चरित्र से ही जीवन की सार्थकता है, अच्छे विचार मनुष्य को अच्छे कामों के लिए प्रेरित करते, किसी व्यक्ति विशेष के शिथिल चरित्र होने पर सम्पूर्ण राष्ट्र के चरित्र पर नकारात्मक प्रभाव आता है |

अतः विकल्प (C) सही है।

**3. सही उत्तर है:** (II), (I), (III), (V), (IV)

**उचित परिच्छेद है:** वायु प्रदूषण का सबसे अधिक प्रकोप महानगरों से हुआ है, इसका कारण है बढ़ता ओद्योगिकरण, सारे समाज को प्रदूषण में विलीन कर दिया है, वायु प्रदूषण से अनेक बीमारियाँ उत्पन्न हो रही है, वायु प्रदूषण से अनेक बीमारियाँ उत्पन्न हो रही है | वाक्य को पढ़कर क्रम में लगाया जा सकता है |

अतः विकल्प (A) सही है।

**4. सही उत्तर है:** (I), (IV), (III), (II), (V)

**उचित परिच्छेद है:** रमज़ान के पूरे तीस रोजों के बाद ईद आई है | कितना मनोहर, कितना सुहावना प्रभात है,वृक्षों पर कुछ अजीब हरियाली है, खेतों में कुछ अजीब रौनक है, आसमान पर कुछ अजीब लालिमा है, आज का सूर्य देखो, कितना प्यारा, कितना शीतल है, मानो संसार को ईद की बधाई दे रहा है,गांव में कितनी हलचल है | ईदगाह जाने की तैयारियाँ हो रही हैं, किसी के कुरते में बटन नहीं है, पड़ोस के घर से सुई-तागा लाने को दौड़ा जा रहा है |

अतः विकल्प (D) सही है।

**5. सही उत्तर है:** (IV), (I), (II), (III), (V)

**उचित परिच्छेद है:** 'मगरे में – और तेरा? "माँझे में, यहाँ कहाँ रहती हैं?' 'अतरसिंह की बैठक में, वह मेरे मामा होते हैं !' 'मैं भी मामा के आया हूँ, उनका घर गुरु बजार में हैं !' इतने मे दुकानदार निबटा और इनका सौदा देने लगा | सौदा लेकर दोनो साथ-साथ चले ।

अतः विकल्प (C) सही है।

**6. सही उत्तर है:** (II), (III), (I), (IV), (V)

**उचित परिच्छेद है:** बोलने का विवेक,बोलने की कला और पटुता व्यक्ति की शोभा है, उसका आकर्षण है | अतएव कम बोलो सार्थक और हितकर बोलो | मित्रों के बीच सम्मान और प्रेम का केंद्र –बिन्दु बन जाता है | वाणी का अनुशासन, वाणी का सयंम और संतुलन एक ऐसी शक्ति है,जो हर कठिन स्थिति में हमारे अनुकूल रहती है |

अतः विकल्प (B) सही है।

**7. सही उत्तर है:** (II), (I), (IV), (III), (V)

**उचित परिच्छेद है:** यदि भारत को अपनी आंतरिक शक्तियां विकसित करनी है, उसको तीन गतिशील आयामों – जनता , सर्वागीण,अर्थव्यवस्था और सामरिक हितों में ध्यान रखते हुए प्रोद्योगिकीय आवश्यकणीय पर ध्यान केन्द्रित करना है | चौथा समय पर भी ध्यान देना आवश्यक होता है | प्रोद्योगिकी पर अपेक्षाकृत अधिक बल की अनुपस्थिति मादकता और मूल्यवान प्राकृतिक संस्थानों की बर्बादी का मार्ग प्रशस्त हो सकता है | अधिक रोज़गार पैदा करने करने के लिए प्रोद्योगिकी का उचित प्रयोग अनिवार्य है |

अतः विकल्प (D) सही है।

**8. सही उत्तर है:** (V), (III), (I), (IV), (II)

**उचित परिच्छेद है:** लोचन सिंह की विजयनी सेना किले की ओर ओर बढ़ती गई | रामलाल पहले ही कैद कर लिया गया था | लोचन सिंह ने रानी को भी कैद कर लिया | मशालों की रौशनी में किले का प्रबंध करके लोचनसिंह ने किले के बाहर सेना को नियुक्त किया | और एक दल कालेखा का पीछा करने के लिए भी भेजा |

अतः विकल्प (B) सही है।

**9. सही उत्तर है:** (II), (I), (V), (IV), (III)

**उचित परिच्छेद है:** मानवतावाद और आतंकवाद सर्वथा दो विरोधी अवधारणाएँ हैं | आतंकवाद में मानवीय संवेदनाओं का स्थान नहीं होता | आंतकवादी अनेक प्रकार से आंतक फैलाने का प्रयास करते हैं | यह बेरोज़गारी, अशिक्षा, समाजिक अर्थव्यवस्था विषमताओं से समाज में असंतोष का जन्म होता है | आतंकवाद की समस्या का समाधान बौद्धिक और सैनिक दोनों स्तरों पर किया जाना चाहिए |

अतः विकल्प (C) सही है।

**10. सही उत्तर है:** (IV), (I), (V), (II), (III)

**उचित परिच्छेद है:** आशा से भरकर जीवन को देखो | प्रतीक्षा और आशा जीवन के दो प्रकाश स्तम्भ हैं | चीज़ों को, व्यक्तियों को, स्थितियों को, अपने आसपास के वातावरण को उनके अँधेरे हिस्से की ओर मत देखो| हर किसी के उज्ज्वल और प्रकाशमान पक्ष को खोजो| इससे तुम्हारा जीवन भी प्रकाशमान और सुखी हो जाएगा |

अतः विकल्प (A) सही है।

**Ques (11-15):**पुनर्व्यवस्था का सही क्रम ECBDFA है।

E. मानव बुद्धिमान एवं विवेकपूर्ण प्राणी है और इसी कारण इसको कुछ ऐसे मूल तथा अहरणीय अधिकार प्राप्त होते है जिन्हें समान्यतः "मानवाधिकार" कहा जाता है।

C. अधिकार उन्मुक्ति होने के कारण इस बात को निर्दिष्ट करते है कि कोई भी कार्य व्यक्ति की इच्छा के विरूद्ध नहीं किया जा सकता या नहीं किया जाना चाहिए।

B. इस अवधारणा के अनुसार मानव को अन्यायोचित और अपमान जनक व्यवहार से संरक्षित किया जाना चाहिए।

D. वर्तमान में लोकतंत्र का चौथा स्तम्भ माना जाने वाला मीडिया, मानवाधिकार संरक्षण में अपनी महत्ती भूमिका आवश्यक रूप से निभा सकता है। वास्तव में मीडिया क्या है? मीडिया शब्द मीडियेटरश् शब्द से बना है जिसका आशय दो लोगों के  बीच परस्पर संवाद बनाने का माध्यम है।

F. मीडिया का मुख्य कार्य है कि वह जितनी जल्दी हो सके सूचना को पूरे समाज में प्रसारित कर दे। इस आधार पर कहा जा सकता है कि मीडिया जितना अधिक सक्रिय होगा मानव अधिकारों का संरक्षण उतनी ही तेजी से होगा। दूसरी ओर यह भी कहा जा सकता है कि मीडिया के अधिकतम सक्रियता के चलते समाज में व्याप्त विसंगतियाँ और मानव अधिकार के हनन को द्रुत गति से रोका जा सकता हैं।

A. मीडिया का काम सत्ता एवं समाज में मौजूद महामानवों पर नजर रखना, उनकी मनमानी पर अंकुश लगाने की कोशिश करना, उनके गलत कार्यों को जनता के सामने लाना। प्रश्न यह है कि क्या मीडिया अपनी भूमिका निभा रहा है?

**11.** दिए गए विस्तृत विवरण के आधार पर हम यह कह सकते हैं कि पुनर्व्यवस्था के उपरांत पहला वाक्य, वाक्य E है।

अतः विकल्प (D) सही है।

**12.** दिए गए विस्तृत विवरण के आधार पर हम यह कह सकते हैं कि पुनर्व्यवस्था के उपरांत दूसरा वाक्य, वाक्य C है।

अतः विकल्प (C) सही है।

**13.** दिए गए विस्तृत विवरण के आधार पर हम यह कह सकते हैं कि पुनर्व्यवस्था के उपरांत तीसरा वाक्य, वाक्य B है।

अतः विकल्प (B) सही है।

**14.** दिए गए विस्तृत विवरण के आधार पर हम यह कह सकते हैं कि पुनर्व्यवस्था के उपरांत चौथा वाक्य, वाक्य D है।

अतः विकल्प (D) सही है।

**15.** दिए गए विस्तृत विवरण के आधार पर हम यह कह सकते हैं कि पुनर्व्यवस्था के उपरांत अंतिम वाक्य, वाक्य A है।

अतः विकल्प (A) सही है।

**Ques (16-20):**पुनर्व्यवस्था का सही क्रम BACED होगा।

### विस्तृत विवरण:

उपरोक्त पदों के अध्ययन से यह ज्ञात होता है कि इसमें सीएमआईई द्वारा आई हुई रिपोर्ट का विश्लेषण किया गया है। विकल्प B में दिया गया वाक्य का इस गद्यांश के सही अर्थपूर्ण होने के लिए प्रथम पद पर होना आवश्यक है, क्युकि इस पद में रिपोर्ट की पृष्ठभूमि एवं उसका परिचय दिया गया है। इसके उपरांत विकल्प A के निष्कर्षों से यह ज्ञात होता है कि इन रिपोर्टों में आई सुधर की असली वजह क्या है, अतः विकल्प A इस गद्यांश का दूसरा पद होगा। बचे हुए विकल्पों के अध्ययन के उपरांत हमे ज्ञात होता है कि विकल्प C में दिए गए वाक्य में मनरेगा के विषय में बात की गयी है, जो की इस रिपोर्ट में आई सुधर की असली वजह थी, अतः विकल्प C का वाक्य इस गद्यांश का तीसरा पद होगा। बचे हुए वाक्यों में यह बताने की कोशिश की गयी है की मनरेगा भले ही तात्कालिक राहत दे रही हो लेकिन यह एक उचित विकल्प नहीं है, इसलिए हमे एक उचित विकल्प की खोज करनी चाहिए, जिसका जिक्र विकल्प E में किया गया है। अतः विकल्प E का वाक्य इस गद्यांश का चौथा पद होगा और विकल्प D में दिया गया वाक्य इस गद्यांश का अंतिम अर्थात पाँचवा पद होगा।

**16.** इस गद्यांश का पहला पद B होगा।

अतः विकल्प (B) सही है।

**17.** इस गद्यांश का दूसरा पद A होगा।

अतः विकल्प (A) सही है।

**18.** इस गद्यांश का तीसरा पद C होगा।

अतः विकल्प (C) सही है।

**19.** इस गद्यांश का चौथा पद E होगा।

अतः विकल्प (D) सही है।

**20.** इस गद्यांश का पाँचवा पद D होगा।

अतः विकल्प (D) सही है।

**Ques (21-25):**पुनर्व्यवस्था का सही क्रम CAEDB होगा।

### विस्तृत विवरण:

उपरोक्त वाक्य-खण्डों के अध्ययन के उपरांत यह ज्ञात होता है कि समस्त वाक्य-खण्डों में कोरोना मरीजों की बढ़ती संख्या एवं उनके लिए उठाये गए कदमों का जिक्र है। ध्यानपूर्वक अध्ययन के उपरांत हम इस निष्कर्ष पर पहुंच सकते है कि विकल्प C में दिया गया वाक्य इस गद्यांश का प्रथम वाक्य होगा, क्योंकि इसमें कोरोना मरीजों की बढ़ती संख्या के पीछे का मूल कारण वर्णित है। अतः विकल्प C का वाक्य इस गद्यांश का पहला वाक्य होगा। इसके उपरांत विकल्प A के वाक्य में हो रहे टेस्ट को आने वाले समय में कायम रखने की बात की गयी है, अतः विकल्प A का वाक्य इस गद्यांश का दूसरा पद होगा। शेष बचे हुए विकल्पों क अध्ययन के उपरांत हमें यह ज्ञात होता है कि विकल्प E में यह निष्कर्ष निहित है कि आज के समय में रोजाना ज्यादा से ज्यादा टेस्ट की क्या महत्ता है, जो कि इस गद्यांश के तीसरे पद पर होने का प्रबल दावेदार है। अतः विकल्प E का वाक्य इस गद्यांश का तीसरा पद होगा। विकल्प D इस गद्यांश का चौथा पद होगा। विकल्प B का वाक्य इस गद्यांश का सार प्रस्तुत करता है, अतः यह वाक्य इस गद्यांश का अंतिम अर्थात पाँचवा वाक्य होगा।

**21.** इस गद्यांश का पहला पद C होगा।

अतः विकल्प (C) सही है।

**22.** इस गद्यांश का दूसरा पद A होगा।

अतः विकल्प (A) सही है।

**23.** इस गद्यांश का तीसरा पद E होगा।

अतः विकल्प (D) सही है।

**24.** इस गद्यांश का चौथा पद D होगा।

अतः विकल्प (D) सही है।

**25.** इस गद्यांश का पाँचवा पद B होगा।

अतः विकल्प (B) सही है।

**Ques (26-30):**पुनर्व्यवस्था का सही क्रम EBDCAF होगा।

### विस्तृत विवरण:

सारे वाक्यों के अध्ययन से यह ज्ञात होता है कि इस गद्यांश में देश में बढ़ते हुए भ्रष्टाचार का वर्णन किया गया है। किसी भी गद्यांश का प्रथम पद उसका परिचय होता है, इन वाक्य-खण्डों में गद्यांश का परिचय वाक्य-खण्ड E में है, अतः इस गद्यांश का पहला वाक्य E होगा। इसके उपरांत शेष बचे हुए वाक्यों में से वाक्य B भ्रष्टाचार के हो रहे कुप्रभाव का वर्णन है, जो कि गद्यांश का दूसरा वाक्य होगा। इसके उपरांत समाज और लोगों में होने वाले इसके कुप्रभाव का वर्णन जो कि वाक्य D में किया गया है, इस गद्यांश के तीसरे पद का प्रबल दावेदार है। समाज के कुप्रभाव के उपरांत आम आदमी पर होने वाले प्रभाव का वर्णन अनिवार्य है, जिसका जिक्र वाक्य C में है, अतः इस गद्यांश का चौथा खण्ड वाक्य C होगा। शेष बचे हुए वाक्यों में से A में देश की सुरक्षा का वर्णन किया गया है, जबकि F में देश की सुरक्षा मामले में होने वाले भ्रष्टाचार का वर्णन है, अतः पांचवा और छठा वाक्य इस गद्यांश का क्रमशः A और F होगा।

**26.** उपरोक्त गद्यांश का तीसरा वाक्य D होगा।

अतः विकल्प (D) सही है।

**27.** उपरोक्त गद्यांश का छठा वाक्य F होगा।

अतः विकल्प (B) सही है।

**28.** उपरोक्त गद्यांश का पहला वाक्य E होगा।

अतः विकल्प (D) सही है।

**29.** उपरोक्त गद्यांश का चौथा वाक्य C होगा।

अतः विकल्प (C) सही है।

**30.** उपरोक्त गद्यांश का पाँचवा वाक्य A होगा।

अतः विकल्प (A) सही है।

**Q.1** नीचे दिये 'तत्सम-तद्भव' शब्दों के युग्म में से कौन-सा युग्म त्रुटिपूर्ण है?

**A.** क्षीर - खीर  **B.** दहि - दही  **C.** दुग्ध - दूध  **D.** घृत - घी

**Q.2** दिए गए विकल्पों में से तद्भव शब्द को चुनें:

**A.** केवर्त  **B.** गर्दभ  **C.** घोटक  **D.** गुसाई

**Q.3** 'केला' का तत्सम शब्द क्या है?

**A.** केलक:  **B.** कदली  **C.** कदलिक:  **D.** कदर्लिक:

**Q.4** 'साखी' का मूल तत्सम शब्द क्या है?

**A.** शिक्षा  **B.** साक्षी

**C.** दिया  **D.** इनमे से कोई नहीं

**Q.5** निम्नलिखित में कौन सा शब्द तद्भव है।

**A.** नग्न  **B.** नृत्य  **C.** नाक  **D.** निद्रा

**Q.6** दिए गए विकल्पों में से 'कर्पूर' किस श्रेणी का शब्द है?

**A.** देशज  **B.** विदेशी  **C.** तत्सम  **D.** तद्भव

**Q.7** 'पूड़ी' का तत्सम शब्द है-

**A.** पुरी  **B.** पूरी  **C.** पुड़ी  **D.** पूपालिका

**Q.8** 'मृतिका' का तद्भव रूप बताइए।

**A.** मरना  **B.** मारना  **C.** मिट्टी  **D.** बालू

**Q.9** 'मगही' शब्द है?

**A.** विदेशज  **B.** तत्सम  **C.** देशज  **D.** तद्भव

**Q.10** निम्नलिखित शब्दों में तद्भव शब्द है:

**A.** भ्रमर  **B.** अग्नि  **C.** मस्तक  **D.** मछली

**Q.11** 'कंघी' का तत्सम शब्द क्या है?

*[Super TET Paper - I, 2018]*

**A.** कोठार  **B.** कपित्थ  **C.** कज्जल  **D.** कंकति

**Q.12** दिए गये विकल्पों में से "ज्येष्ठ" का तद्भव रूप क्या होगा?

*[Allahabad High Court ARO, 2020]*

**A.** जेठ  **B.** जेठानी  **C.** जेठमलानी  **D.** ज्येष्ठा

**Q.13** निम्नलिखित प्रश्न में, चार विकल्पों में से, उस विकल्प का चयन करें जो दिए गए शब्द का तत्सम रूप हो।

फंदा

**A.** पाश  **B.** पर्पट  **C.** पर्ण  **D.** पक्क

**Q.14** तत्सम - तद्भव शब्द का कौन-सा युग्म उपयुक्त नहीं है?

**A.** ग्रंथि - ग्रंथ  **B.** गृह - घर

**C.** दूर्वा - दूब  **D.** कर्म - काम

**Q.15** नीचे दिए गये विकल्पों में से तत्सम - तदभव शब्दो का कौन सा युग्म सही सुमेलित नहीं है?

**A.** काक - कौआ  **B.** कोकिल - कोयल

**C.** कुष्ठ - कोढ़  **D.** केवर्त - केवल

**Q.16** नीचे दिए गये विकल्पों में से तत्सम - तदभव शब्दो का कौन सा युग्म सही सुमेलित नहीं है?

**A.** महिषी - मूसल  **B.** भिक्षा - भीख

**C.** मुख - मुँह  **D.** मृत्तिका - मिट्टी

**Ques (17-20):निर्देश**: निम्नलिखित का तत्सम शब्द का चयन कीजिए।

**Q.17** आसरा

**A.** आच्छारी  **B.** शरण  **C.** गृह  **D.** आवास

**Q.18** आम

**A.** रसाल  **B.** मादक  **C.** आम्र  **D.** सौरभ

**Q.19** गाँठ

**A.** ग्रंथि  **B.** गिल्टी  **C.** समूह  **D.** सूजन

**Q.20** घी

**A.** नवनीत  **B.** घृत  **C.** अमृत  **D.** रोग़न

**Q.21** 'अक्षि' का तद्भव क्या होगा?

**A.** नमन  **B.** लोचन  **C.** नेत्र  **D.** आँख

**Q.22** नीचे दिए गये विकल्पों में से तत्सम - तदभव शब्दो का कौन सा युग्म सही सुमेलित नहीं है?

**A.** धृष्ट - ढीठ  **B.** धूम्र - धुआँ

**C.** प्रहेलिका - फूल  **D.** प्रतिवेशिक - पड़ोसी

**Q.23** 'मिट्टी' का तत्सम शब्द है:

**A.** मृत्तिका  **B.** मटिटका  **C.** म्रिटिटका  **D.** मृटी

**Q.24** 'मोती' का तत्सम रूप है:

**A.** मौती  **B.** मौक्तिक

**C.** मुक्तक  **D.** उपर्युक्त में से कोई नहीं

**Q.25** निम्नलिखित में से तत्सम-तद्भव का सही युग्म है:

**A.** खर्पट – खोपड़ी  **B.** सक्तु – सत्य

**C.** पर्यंक – पलंग  **D.** घोटक – घड़ा

**Q.26** 'खीरा' का तत्सम क्या होगा?

**A.** क्षीरक  **B.** क्षीर  **C.** खर्बुज  **D.** क्षार

**Q.27** खीर का तत्सम क्या होगा?

**A.** क्षीरक  **B.** क्षीर  **C.** खर्बुज  **D.** क्षार

**Q.28** निम्नलिखित तत्सम-तद्भव शब्दों के युग्म में से त्रुटिपूर्ण है-

**A.** गोमय - गोबर  **B.** क्षीर - खीर

**C.** पर्यंक - पटरी  **D.** सपत्नी - सौत

**Q.29** 'विष्ठा' का तद्भव शब्द क्या होगा?

**A.** खीर  **B.** भीख  **C.** बीट  **D.** भीत

**Q.30** 'चना' शब्द का तत्सम शब्द क्या होगा?

**A.** चक्र  **B.** चणक  **C.** चवर्ण  **D.** चक्रवात

# // स्मार्ट उत्तर पुस्तिका //

**सही उत्तर** उन छात्रों के प्रतिशत को इंगित करता है जिन्होंने प्रश्नों का सही उत्तर दिया था।

**छोड़ दिया** उन छात्रों के प्रतिशत को इंगित करता है जिन्होंने प्रश्नों को छोड़ दिया था।

| प्रश्न संख्या | उत्तर | सही उत्तर / छोड़ दिया |
|---|---|---|
| 1 | B | 29.71 % / 69.55 % |
| 2 | D | 10.17 % / 76.98 % |
| 3 | B | 25.64 % / 71.15 % |
| 4 | B | 12.11 % / 72.19 % |
| 5 | C | 29.76 % / 67.03 % |
| 6 | C | 16.7 % / 82.4 % |
| 7 | D | 21.04 % / 67.1 % |
| 8 | C | 12.6 % / 70.16 % |
| 9 | D | 17.53 % / 77.58 % |
| 10 | D | 14.15 % / 76.47 % |
| 11 | D | 15.85 % / 70.77 % |
| 12 | A | 24.99 % / 67.48 % |
| 13 | A | 30.06 % / 67.76 % |
| 14 | A | 27.24 % / 71.31 % |
| 15 | D | 21.78 % / 75.37 % |
| 16 | A | 10.03 % / 79.75 % |
| 17 | A | 10.64 % / 75.47 % |
| 18 | C | 27.71 % / 69.48 % |
| 19 | A | 20.12 % / 79.01 % |
| 20 | B | 26.55 % / 69.14 % |
| 21 | D | 29.21 % / 69.6 % |
| 22 | C | 32.57 % / 67.17 % |
| 23 | A | 31.39 % / 68.31 % |
| 24 | B | 31.09 % / 68.05 % |
| 25 | C | 27.31 % / 69.48 % |
| 26 | A | 22.84 % / 67.66 % |
| 27 | B | 13.44 % / 69.28 % |
| 28 | C | 20.52 % / 78.96 % |
| 29 | C | 17.75 % / 76.73 % |
| 30 | B | 29.43 % / 69.7 % |

| कार्य विश्लेषण | |
|---|---|
| औसत अंक ( % ) | 46.67% |
| टॉपर्स स्कोर ( % ) | 56.67% |
| आपका स्कोर | |

# //संकेत और समाधान//

**1.** दिये गये विकल्पों में क्षीर का खीर, दुग्ध का दूध और घृत का घी तत्सम होता है, जबकि दही का दधि तत्सम रूप होता है न कि दहि।

अतः विकल्प (B) सही है।

**2.** दिए गए विकल्पों में "गुसाई" तद्भव शब्द है जिसका तत्सम "गोस्वामी" होता है।

अन्य दिए गए तत्सम शब्दो का सही तद्भव है-

केवर्त - केवट

गर्दभ - गधा

घोटक - घोड़ा

अतः विकल्प (D) सही है।

**3.** निम्न विकल्पों में से केला' का तत्सम शब्द है 'कदली' है।

**तत्सम**- संस्कृत भाषा के वे शब्द जो हिन्दी में अपने वास्तविक रूप में प्रयुक्त होते है, उन्हें तत्सम शब्द कहते है।

अतः विकल्प (B) सही है।

**4.** निम्न विकल्पों में से 'साखी' शब्द का तत्सम रूप है साक्षी'।

**तत्सम**- संस्कृत भाषा के वे शब्द जो हिन्दी में अपने वास्तविक रूप में प्रयुक्त होते है, उन्हें तत्सम शब्द कहते है। जैसे- कवि, माता, नदी।

अतः विकल्प (B) सही है।

**5.** समय और परिस्थिति की वजह से तत्सम शब्दों में जो परिवर्तन हुए हैं उन्हें तद्भव शब्द कहते हैं। संस्कृत के जो शब्द प्राकृत, अपभ्रंश, पुरानी हिन्दी आदि से गुजरने के कारण आज परिवर्तित रूप में मिलते हैं, वे तद्भव शब्द कहलाते हैं।

नासिका का तद्भव नाक हैं।

अतः विकल्प (C) सही है।

**6.** 'कर्पूर' शब्द तत्सम है जिसका तद्भव रूप 'कपूर' होगा। तत्सम शब्द का अर्थ होता है ज्यों का त्यों। जिन शब्दों को संस्कृत से बिना किसी परिवर्तन के ले लिया जाता है उन्हें तत्सम शब्द कहते हैं। इनमें ध्वनि परिवर्तन नहीं होता है। समय और परिस्थिति की वजह से तत्सम शब्दों में जो परिवर्तन हुए हैं उन्हें तद्भव शब्द कहते हैं।

अतः विकल्प (C) सही है।

**7.** तत्सम दो शब्दों से मिलकर बना है – तत +सम , जिसका अर्थ होता है ज्यों का त्यों। जिन शब्दों को संस्कृत से बिना किसी परिवर्तन के ले लिया जाता है उन्हें तत्सम शब्द कहते हैं। इनमें ध्वनि परिवर्तन नहीं होता है।

अतः विकल्प (D) सही है।

**8.** 'मिट्टी' एक तद्भव शब्द है।

**तद्भव**- ऐसे शब्द, जो संस्कृत और प्राकृत से विकृत होकर हिंदी में आये है, तद्भव कहलाते है।

अतः विकल्प (C) सही है।

**9.** 'मगही' तद्भव शब्द है।

**तद्भव**- ऐसे शब्द, जो संस्कृत और प्राकृत से विकृत होकर हिंदी में आये है, तद्भव कहलाते है।

अतः विकल्प (D) सही है।

**10.** मछली एक तद्भव शब्द है इसका तत्सम मत्स्य होता हैं। भ्रमर का तद्भव रूप भौंरा तथा अग्नि का तद्भव रूप आग होता है।

तद्भव शब्द: संस्कृत के कुछ शब्द जिसमे कुछ परिवर्तन करके हिंदी में प्रयोग जाता है  उन्हें तद्भव शब्द कहते।
अतः विकल्प (D) सही है।

**11.** कंघी शब्द का तत्सम शब्द कंकति है।

- कंघी संस्कृत [संज्ञा स्त्रीलिंग]
    - छोटे आकार का कंघा
    - एक पौधा जिसकी पत्तियाँ औषधि बनाने के काम आती हैं ; अतिबला
    - जुलाहों द्वारा प्रयोग किया जाने वाला एक उपकरण।

अतः विकल्प (D) सही है।

**12.** 'जेठ' तद्भव शब्द है, जो संस्कृत के 'ज्येष्ठ' शब्द से निकला है।

ऐसे शब्द जो संस्कृत से हिंदी में आने पर उनका रूप बदल गया तद्भव शब्द कहलाते हैं, जैसे- आग, खीर, लकड़ी आदि।

अतः विकल्प (A) सही है।

**13.** "फंदा" शब्द का तत्सम शब्द पाश है। क्योंकि यह संस्कृत से ज्यों के त्यों प्रयोग में लिया जा रहा है। अन्य विकल्प असंगत हैं।

फंदा का अर्थ: रस्सी में गाँठ लगाकर बनाया गया घेरा

अन्य शब्द:

- पर्पट - पराठा
- पर्ण - परा
- पक्क पक्का

अतः विकल्प (A) सही है।

**14.** दिए गये विकल्पों में से 'तत्सम -तद्भव' शब्द युग्म का 'ग्रंथि - ग्रंथ' यह विकल्प सही नही है।

क्योंकि ग्रंथि शब्द का अर्थ गाँठ होता है, ग्रन्थ नही। अन्य सभी विकल्प सही है।

अत: विकल्प (A) सही है।

**15.** दिए गए विकल्पो में "केवर्त - केवल" युग्म गलत है।

"केवर्त" का उचित तद्भव शब्द "केवट" होगा।
अतः विकल्प (D) सही है।

**16.** दिए गए विकल्पो में "महिषी - मूसल" युग्म सही सुमेलित नहीं है।

"महिषी" का उचित तद्भव "भैंस" होगा तथा "मूसल", "मुषल" का तदभव।
अतः विकल्प (A) सही है।

**17.** आसरा का तत्सम आच्श्ारी होगा। अन्य सभी आसरा के पर्यायवाची शब्द है।

संस्कृत के कुछ शब्द ऐसे होते हैं, जो हिंदी में भी बिना परिवर्तन के प्रयुक्त होते हैं उन शब्दों को तत्सम  शब्द कहते हैं तद्भव  शब्द वे शब्द हैं, जिनमे थोडा सा परिवर्तन करके हिंदी में प्रयुक्त किया जाता है।

अत: विकल्प (A) सही है।

**18.** आम का तत्सम आम्र होगा। अन्य सभी आम के पर्यायवाची शब्द है।

संस्कृत के कुछ शब्द ऐसे होते हैं, जो हिंदी में भी बिना परिवर्तन के प्रयुक्त होते हैं उन शब्दों को तत्सम  शब्द कहते हैं तद्भव  शब्द वे शब्द हैं, जिनमे थोडा सा परिवर्तन करके हिंदी में प्रयुक्त किया जाता है।

अत: विकल्प (C) सही है।

**19.** गाँठ का तत्सम ग्रंथि होगा। अन्य सभी गाँठ के पर्यायवाची शब्द है।

संस्कृत के कुछ शब्द ऐसे होते हैं, जो हिंदी में भी बिना परिवर्तन के प्रयुक्त होते हैं उन शब्दों को तत्सम शब्द कहते हैं तद्भव शब्द वे शब्द हैं, जिनमे थोडा सा परिवर्तन करके हिंदी में प्रयुक्त किया जाता है।

अत: विकल्प (A) सही है।

**20.** घी का तत्सम घृत होगा। अन्य सभी घी के पर्यायवाची शब्द है।

संस्कृत के कुछ शब्द ऐसे होते हैं, जो हिंदी में भी बिना परिवर्तन के प्रयुक्त होते हैं उन शब्दों को तत्सम शब्द कहते हैं तद्भव शब्द वे शब्द हैं, जिनमे थोडा सा परिवर्तन करके हिंदी में प्रयुक्त किया जाता है।

अत: विकल्प (B) सही है।

**21.** 'अक्षि' का तद्भव रूप आँख है।

तद्भव शब्द तत्+भव से मिलकर बना है, जिसका अर्थ है–विकसित या उससे उत्पन्न। यानि वे शब्द जो संस्कृत से उत्पन्न या विकसित हुए हैं, तद्भव शब्द कहलाते हैं।

**उदाहरण**: आँख के बदले आँख' के प्राचीन सिद्धान्त से तो एक दिन सभी अंधे हो जाएंगे।

अत: विकल्प (D) सही है।

**22.** दिए गए विकल्पो में "प्रहेलिका - फूल" युग्म सही सुमेलित नहीं है।

"प्रहेलिका" का सही तदभव "पहेली" होगा तथा "फूल" "पुष्प" का तदभव है।

अत: विकल्प (C) सही है।

**23.** मिट्टी का तत्सम रूप मृतिका होता है।

तत्सम दो शब्दों से मिलकर बना है – तत + सम, जिसका अर्थ होता है – उसके (संस्कृत के) समान। जिन संस्कृत के मूल शब्दों को बिना किसी परिवर्तन के हिन्दी में ज्यों का त्यों प्रयोग किया जाता है, उन्हें तत्सम शब्द कहते हैं।

अत: विकल्प (A) सही है।

**24.** मोती शब्द का तत्सम रूप मौक्तिक है। मौक्तिक का तद्भव रूप मोती है। तत्सम दो शब्दों से मिलकर बना है – तत + सम, जिसका अर्थ होता है – उसके (संस्कृत के) समान। जिन संस्कृत के मूल शब्दों को बिना किसी परिवर्तन के हिन्दी में ज्यों का त्यों प्रयोग किया जाता है, उन्हें तत्सम शब्द कहते हैं।

अत: विकल्प (B) सही है।

**25.** पर्यंक – पलंग यहाँ तत्सम और तद्भव शब्दों का सही युग्म है। अन्य विकल्प असंगत है।, पर्यंक और पलंग दोनों एक ही अर्थ वाले शब्द है।

तत्सम: ऐसे शब्द जो संस्कृत से ज्यों के त्यों लिए गए, तत्सम होते हैं। कूप, उष्ट्र, पंचम आदि।

तद्भव: संस्कृत से हिंदी में आने पर जिन शब्दों का रूप बदल गया हो, तद्भव कहलाते हैं।आग, काम, पाँच आदि।

अत: विकल्प (C) सही है।

**26.** 'खीरा' का तत्सम क्षीरक है।

तत्सम शब्द संस्कृत भाषा के दो शब्दों, तत् + सम् से मिलकर बना है। तत् का अर्थ है – उसके, तथा सम् का अर्थ है – समान। जिन शब्दों को संस्कृत से बिना किसी परिवर्तन के ले लिया जाता है, उन्हें तत्सम शब्द कहते हैं। इनमें ध्वनि परिवर्तन नहीं होता है।

उदाहरण:

- खीरा खाने से बाल स्वस्थ रहतें हैं।
- क्षीरक ब्लड प्रेशर को सन्तुलित रखता है!

अत: विकल्प (A) सही है।

**27.** खीर का तत्सम क्षीर है।

जिन शब्दों को संस्कृत से बिना किसी परिवर्तन के ले लिया जाता है, उन्हें तत्सम शब्द कहते हैं। तत्सम शब्द के उदाहरण:- आम्र, आश्चर्य तथा अक्षि।

अत: विकल्प (B) सही है।

**28.** "पर्यंक - पटरी" तत्सम-तद्भव शब्द का युग्म त्रुटिपूर्ण है।

गोमय का गोबर, क्षीर का खीर और सपत्नी का सौत सही शब्द युग्म हैं।  पर्यंक का पटरी जोड़ा गलत है। इसका सही युग्म होगा - पर्यंक-पलंग।

अत: विकल्प (C) सही है।

**29.** दिए गए विकल्पों में 'बीट' शब्द 'विष्ठा' शब्द का तद्भव शब्द है।

'विष्ठा' शब्द का अर्थ पाखाना, मल, गंदी और त्याज्य वस्तु होता है।

संस्कृत भाषा के वे शब्द जो हिन्दी में अपने वास्तविक रूप में प्रयुक्त होते है, उन्हें तत्सम शब्द कहते है।

ऐसे शब्द, जो संस्कृत और प्राकृत से विकृत होकर हिंदी में आये है, तद्भव शब्द कहलाते है।

अत: विकल्प (C) सही है।

**30.** 'दिए गए शब्दों में 'चना' तद्भव शब्द है जिसका तत्सम रूप 'चणक' होगा।

संस्कृत भाषा के वे शब्द जो हिन्दी में अपने वास्तविक रूप में प्रयुक्त होते है, उन्हें तत्सम शब्द कहते है।

ऐसे शब्द, जो संस्कृत और प्राकृत से विकृत होकर हिंदी में आये है, तद्भव शब्द कहलाते है।

अत: विकल्प (B) सही है।

**Q.1** निम्न में कौन सा शब्द देशज है?
A. उम्र　　　　B. टोटी　　　　C. औरत　　　　D. कुर्सी

**Q.2** निम्न में कौन सा शब्द देशज है?
A. जगमग　　　B. दवा　　　　C. दिमाग　　　D. तमाशा

**Q.3** निम्न में कौन सा शब्द देशज है?
A. तकिया　　　B. तारिख　　　C. तकदीर　　　D. लाला

**Q.4** निम्न में कौन सा शब्द देशज है?
A. चपटा　　　B. अजीब　　　C. अक्ल　　　　D. असर

**Q.5** निम्न में कौन सा शब्द देशज है?
A. आखिर　　　　　　　　B. झाड़
C. आदमी　　　　　　　　D. इनमें से कोई नहीं

**Q.6** निम्न में कौन सा शब्द देशज है?
A. तोंद　　　　B. इनाम　　　C. इज्जत　　　D. ईमारत

**Q.7** निम्न में कौन सा शब्द देशज है?
A. इस्तीफ़ा　　B. एहसान　　　C. औलाद　　　D. उटपटांग

**Q.8** निम्न में कौन सा शब्द देशज है?
A. काका　　　　B. कब्र　　　　C. किस्मत　　　D. कुर्सी

**Q.9** निम्न में कौन सा शब्द देशज है?
A. किताब　　　B. ख़त्म　　　C. खिदमत　　　D. खर्राटा

**Q.10** निम्न में कौन सा शब्द देशज है?
A. खटपट　　　B. गरीब　　　C. जवाब　　　D. जहाज

**Q.11** निम्न में कौन सा शब्द देशज है?
A. तकदीर　　　　　　　　B. खुसुर-पुसर
C. नशा　　　　　　　　　D. नकद

**Q.12** निम्न में कौन सा शब्द देशज है?
A. नक़ल　　　　B. नहर　　　　C. डिबिया　　　D. फ़कीर

**Q.13** "मुहावरा" किस प्रकार का शब्द है?
A. विदेशज　　　B. देशज　　　C. तत्सम　　　D. तद्भव

**Q.14** "आतिशबाजी" किस प्रकार का शब्द है?
A. तत्सम　　　B. विदेशज　　　C. देशज　　　D. तद्भव

**Q.15** "आवारा" किस प्रकार का शब्द है?
A. तत्सम　　　B. विदेशज　　　C. देशज　　　D. तद्भव

**Q.16** "मरजादा" किस प्रकार का शब्द है?
A. तत्सम　　　B. विदेशज　　　C. देशज　　　D. तद्भव

**Q.17** निम्न में विदेशी शब्द कौन सा है?
A. उत　　　　B. आईना　　　C. अपरस　　　D. पुरइन पात

**Q.18** निम्न में कौन सा शब्द देशज है?
A. डाब　　　　B. अफ़सोस　　　C. आबरू　　　D. कबूतर

**Q.19** निम्न में कौन सा शब्द देशज है?
A. उम्मीद　　　B. आवाज　　　C. परागी　　　D. कमीना

**Q.20** निम्न में कौन सा शब्द देशज है?
A. कमीना　　　B. कुश्ती　　　C. किशमिश　　　D. आवन

**Q.21** निम्न में विदेशी शब्द कौन सा है?
A. विथा　　　　B. विरहिन　　　C. गुहारि　　　D. क्रिकेट

**Q.22** निम्न में विदेशी शब्द कौन सा है?
A. तिनहिं　　　B. मधुकर　　　C. चेयरमैन　　　D. मन चकरी

**Q.23** निम्न में विदेशी शब्द कौन सा है?
A. पठाए　　　　B. बोतल　　　C. अनीति　　　D. मन चकरी

**Q.24** निम्न में विदेशी शब्द कौन सा है?
A. मील　　　　B. रिसाइ　　　C. अवमाने　　　D. लकिराई

**Q.25** निम्न में विदेशी शब्द कौन सा है?
A. कोही　　　　B. बिलोक　　　C. अर्भक　　　D. सिलेट

**Q.26** निम्न में विदेशी शब्द कौन सा है?
A. महाभट　　　B. कीर　　　　C. तम्बाकू　　　D. चटकारी

**Q.27** निम्न में विदेशी शब्द कौन सा है?
A. कनस्टर　　　B. भीति　　　C. मकरंद　　　D. उमगे

**Q.28** निम्न में विदेशी शब्द कौन सा है?
A. बाल्टी　　　B. प्रवंचना　　　C. मधुप　　　D. पंथा

**Q.29** निम्न में विदेशी शब्द कौन सा है?
A. धाराधर　　　B. निदाध　　　C. परत　　　D. आभा

**Q.30** निम्न में विदेशी शब्द कौन सा है?
A. अट　　　　B. इतर　　　　C. छाया　　　D. पिस्तौल

# // स्मार्ट उत्तर पुस्तिका //

**सही उत्तर** — उन छात्रों के प्रतिशत को इंगित करता है जिन्होंने प्रश्नों का सही उत्तर दिया था।

**छोड़ दिया** — उन छात्रों के प्रतिशत को इंगित करता है जिन्होंने प्रश्नों को छोड़ दिया था।

| प्रश्न संख्या | उत्तर | सही उत्तर / छोड़ दिया |
|---|---|---|
| 1 | B | 15.81 % / 80.92 % |
| 2 | A | 24.81 % / 69.16 % |
| 3 | D | 31.64 % / 67.63 % |
| 4 | A | 32.41 % / 67.57 % |
| 5 | B | 10.48 % / 88.75 % |
| 6 | A | 31.98 % / 67.93 % |

| प्रश्न संख्या | उत्तर | सही उत्तर / छोड़ दिया |
|---|---|---|
| 7 | D | 31.28 % / 68.56 % |
| 8 | A | 16.32 % / 75.28 % |
| 9 | D | 17.12 % / 75.19 % |
| 10 | A | 30.13 % / 68.19 % |
| 11 | B | 10.44 % / 76.2 % |
| 12 | C | 23.82 % / 75.03 % |

| प्रश्न संख्या | उत्तर | सही उत्तर / छोड़ दिया |
|---|---|---|
| 13 | A | 11.14 % / 86.65 % |
| 14 | B | 30.87 % / 68.85 % |
| 15 | B | 28.31 % / 68.19 % |
| 16 | C | 26.9 % / 70.22 % |
| 17 | B | 25.24 % / 69.73 % |
| 18 | A | 24.48 % / 68.21 % |

| प्रश्न संख्या | उत्तर | सही उत्तर / छोड़ दिया |
|---|---|---|
| 19 | C | 23.63 % / 68.92 % |
| 20 | D | 10.31 % / 88.53 % |
| 21 | D | 20.07 % / 77.85 % |
| 22 | C | 11.49 % / 83.23 % |
| 23 | B | 20.03 % / 77.34 % |
| 24 | A | 22.22 % / 70.8 % |

| प्रश्न संख्या | उत्तर | सही उत्तर / छोड़ दिया |
|---|---|---|
| 25 | D | 26.0 % / 72.22 % |
| 26 | C | 31.54 % / 68.36 % |
| 27 | A | 32.27 % / 67.26 % |
| 28 | A | 15.71 % / 80.43 % |
| 29 | C | 25.31 % / 73.14 % |
| 30 | D | 20.58 % / 70.1 % |

| कार्य विश्लेषण | |
|---|---|
| औसत अंक ( % ) | 63.33% |
| टॉपर्स स्कोर ( % ) | 66.67% |
| आपका स्कोर | |

# //संकेत और समाधान//

**1.** "टोटी" शब्द देशज है।

अन्य शब्द अरबी भाषा से हिंदी भाषा में लिए गए शब्द है।

वे शब्द जिनकी उत्पत्ति का पता नहीं चलता 'देशज' शब्द कहा जाता है। जैसे - खिड़की, खिचड़ी, लोटा, ठेठ, पगड़ी, टोटी इत्यादि।

अतः विकल्प (B) सही है।

**2.** "जगमग" शब्द देशज है।

अन्य शब्द अरबी भाषा से हिंदी भाषा में लिए गए शब्द है।

वे शब्द जिनकी उत्पत्ति का पता नहीं चलता 'देशज' शब्द कहा जाता है। जैसे - खिड़की, खिचड़ी, लोटा, ठेठ, पगड़ी, टोटी, जगमग इत्यादि।

अतः विकल्प (A) सही है।

**3.** "लाला" शब्द देशज है।

अन्य शब्द अरबी भाषा से हिंदी भाषा में लिए गए शब्द है।

वे शब्द जिनकी उत्पत्ति का पता नहीं चलता 'देशज' शब्द कहा जाता है। जैसे - खिड़की, खिचड़ी, लोटा, ठेठ, लाला, टोटी, जगमग इत्यादि।

अतः विकल्प (D) सही है।

**4.** "चपटा" शब्द देशज है।

अन्य शब्द अरबी भाषा से हिंदी भाषा में लिए गए शब्द है।

वे शब्द जिनकी उत्पत्ति का पता नहीं चलता 'देशज' शब्द कहा जाता है। जैसे - खिड़की, खिचड़ी, लोटा, ठेठ, चपटा, टोटी, जगमग इत्यादि।

अतः विकल्प (A) सही है।

**5.** "झाड़" शब्द देशज है।

अन्य शब्द अरबी भाषा से हिंदी भाषा में लिए गए शब्द है।

वे शब्द जिनकी उत्पत्ति का पता नहीं चलता 'देशज' शब्द कहा जाता है। जैसे - खिड़की, झाड़, लोटा, ठेठ, पगड़ी, टोटी इत्यादि।

अतः विकल्प (B) सही है।

**6.** "तोंद" शब्द देशज है।

अन्य शब्द अरबी भाषा से हिंदी भाषा में लिए गए शब्द है।

वे शब्द जिनकी उत्पत्ति का पता नहीं चलता 'देशज' शब्द कहा जाता है। जैसे - खिड़की, खिचड़ी, लोटा, ठेठ, तोंद, टोटी इत्यादि।

अतः विकल्प (A) सही है।

**7.** "उटपटांग" शब्द देशज है।

अन्य शब्द अरबी भाषा से हिंदी भाषा में लिए गए शब्द है।

वे शब्द जिनकी उत्पत्ति का पता नहीं चलता 'देशज' शब्द कहा जाता है। जैसे - खिड़की, उटपटांग, खिचड़ी, लोटा, ठेठ, पगड़ी, टोटी इत्यादि।

अतः विकल्प (D) सही है।

**8.** "काका" शब्द देशज है।

अन्य शब्द अरबी भाषा से हिंदी भाषा में लिए गए शब्द है।

वे शब्द जिनकी उत्पत्ति का पता नहीं चलता 'देशज' शब्द कहा जाता है। जैसे - खिड़की, खिचड़ी, लोटा, ठेठ, पगड़ी, काका इत्यादि।

अतः विकल्प (A) सही है।

**9.** "खर्राटा" शब्द देशज है।

अन्य शब्द अरबी भाषा से हिंदी भाषा में लिए गए शब्द है।

वे शब्द जिनकी उत्पत्ति का पता नहीं चलता 'देशज' शब्द कहा जाता है। जैसे - खिड़की, खिचड़ी, खर्राटा, ठेठ, पगड़ी, टोटी इत्यादि।

अतः विकल्प (D) सही है।

**10.** "खटपट" शब्द देशज है।

अन्य शब्द अरबी भाषा से हिंदी भाषा में लिए गए शब्द है।

वे शब्द जिनकी उत्पत्ति का पता नहीं चलता 'देशज' शब्द कहा जाता है। जैसे - खिड़की, खिचड़ी, लोटा, ठेठ, पगड़ी, खटपट इत्यादि।

अतः विकल्प (A) सही है।

**11.** "खुसुर-पुसर" शब्द देशज है।

अन्य शब्द अरबी भाषा से हिंदी भाषा में लिए गए शब्द है।

वे शब्द जिनकी उत्पत्ति का पता नहीं चलता 'देशज' शब्द कहा जाता है। जैसे - खिड़की, खिचड़ी, लोटा, ठेठ, खुसुर-पुसर, टोटी इत्यादि।

अतः विकल्प (B) सही है।

**12.** "डिबिया" शब्द देशज है।

अन्य शब्द अरबी भाषा से हिंदी भाषा में लिए गए शब्द है।

वे शब्द जिनकी उत्पत्ति का पता नहीं चलता 'देशज' शब्द कहा जाता है। जैसे - खिड़की, डिबिया, लोटा, ठेठ, पगड़ी, टोटी इत्यादि।

अतः विकल्प (C) सही है।

**13.** 'मुहावरा' विदेशी शब्द है।

अरबी भाषा का शब्द है जिसका अर्थ है बातचीत करना या उत्तर देना। कुछ लोग मुहावरे को 'रोज़मर्रा', 'बोलचाल', 'तर्ज़ेकलाम', या 'इस्तलाह' कहते हैं, किन्तु इनमें से कोई भी शब्द 'मुहावरे' का पूर्ण पर्यायवाची नहीं बन सका।

अन्य विकल्प असंगत है।

अत: विकल्प (A) सही है।

**14.** 'आतिशबाजी' विदेशी शब्द है।

आतिशबाज़ी एक फारसी शब्द है। आतश या आतिश का अर्थ होता है - आग। हमारे देश के पौराणिक ग्रंथों में आतिशबाजी को 'अग्निक्रीड़ा' और बारूद को 'अग्नि चूर्ण' कहा गया है। यही बारूद आतिशबाजी की जान होती है, जिससे आतिशबाजी-पटाखों का निर्माण होता है। आतिशबाजी की शुरुआत का समय सही-सही तो नहीं बताया जा सकता, लेकिन यह अवश्य कहा जा सकता है कि बारूद का आविष्कार चीन में हुआ था और आतिशबाजी का इतिहास लगभग डेढ़ हजार वर्षों का रहा है।

अन्य विकल्प असंगत है।

अत: विकल्प (B) सही है।

**15.** 'आवारा' विदेशी शब्द है।

आवारा शब्द फारसी भाषा से लिया गया है। आवारा का अर्थ निरर्थक इधर-उधर घूमनेवाला या निकम्मा है। विदेशी शब्द आवारा का वाक्य प्रयोग – वह यूं ही आवारा बना घूमता रहता है। अन्य विकल्प असंगत है।

अत: विकल्प (B) सही है।

**16.** 'मरजादा ' देशज शब्द है।

उदाहरण - करति न लाज हाट घर बर की कुछ मरजादा जाति डगी सी ।

अन्य विकल्प असंगत है।

अतः विकल्प (C) सही है।

**17.** निम्न में "आईना" विदेशी शब्द है।

अन्य देश की भाषा से आये हुए शब्द विदेशज शब्द कहलाते हैं जैसे - अमीर, आर्डर, लालटेन, हास्पिटल, अलमारी, आदमी इत्यादि।

अतः विकल्प (B) सही है।

**18.** "डाब" शब्द देशज है।

अन्य शब्द फारसी भाषा से हिंदी भाषा में लिए गए शब्द है।

वे शब्द जिनकी उत्पत्ति का पता नहीं चलता 'देशज' शब्द कहा जाता है। जैसे - डाब, खिचड़ी, लोटा, ठेठ, पगड़ी, टोटी इत्यादि।

अतः विकल्प (A) सही है।

**19.** "परागी" शब्द देशज है।

अन्य शब्द फारसी भाषा से हिंदी भाषा में लिए गए शब्द है।

वे शब्द जिनकी उत्पत्ति का पता नहीं चलता 'देशज' शब्द कहा जाता है। जैसे - परागी, खिचड़ी, लोटा, ठेठ, पगड़ी, टोटी इत्यादि।

अतः विकल्प (C) सही है।

**20.** "आवन" शब्द देशज है।

अन्य शब्द फारसी भाषा से हिंदी भाषा में लिए गए शब्द है।

वे शब्द जिनकी उत्पत्ति का पता नहीं चलता 'देशज' शब्द कहा जाता है। जैसे - परागी, आवन, लोटा, ठेठ, पगड़ी, टोटी इत्यादि।

अतः विकल्प (D) सही है।

**21.** "क्रिकेट" विदेशी शब्द है।

अन्य देश की भाषा से आये हुए शब्द विदेशज शब्द कहलाते हैं जैसे - अमीर, क्रिकेट, लालटेन, हास्पिटल, अलमारी, आदमी इत्यादि।

अतः विकल्प (D) सही है।

**22.** "चेयरमैन" विदेशी शब्द है।

अन्य देश की भाषा से आये हुए शब्द विदेशज शब्द कहलाते हैं जैसे - अमीर, क्रिकेट, लालटेन, हास्पिटल, अलमारी, चेयरमैन इत्यादि।

अतः विकल्प (C) सही है।

**23.** "बोतल" विदेशी शब्द है।

अन्य देश की भाषा से आये हुए शब्द विदेशज शब्द कहलाते हैं जैसे - अमीर, बोतल, लालटेन, हास्पिटल, अलमारी, चेयरमैन इत्यादि।

अतः विकल्प (B) सही है।

**24.** "मील" विदेशी शब्द है।

अन्य देश की भाषा से आये हुए शब्द विदेशज शब्द कहलाते हैं जैसे - अमीर, बोतल, लालटेन, हास्पिटल, अलमारी, मील इत्यादि।

अतः विकल्प (A) सही है।

**25.** "सिलेट" विदेशी शब्द है।

अन्य देश की भाषा से आये हुए शब्द विदेशज शब्द कहलाते हैं जैसे - अमीर, सिलेट, लालटेन, हास्पिटल, अलमारी, आदमी इत्यादि।

अतः विकल्प (D) सही है।

**26.** "तम्बाकू" विदेशी शब्द है।

अन्य देश की भाषा से आये हुए शब्द विदेशज शब्द कहलाते हैं जैसे - अमीर, तम्बाकू, लालटेन, हास्पिटल, अलमारी, चेयरमैन इत्यादि।

अतः विकल्प (C) सही है।

**27.** "कनस्टर" विदेशी शब्द है।

अन्य देश की भाषा से आये हुए शब्द विदेशज शब्द कहलाते हैं जैसे - अमीर, बोतल, लालटेन, कनस्टर, अलमारी, मील इत्यादि।

अतः विकल्प (A) सही है।

**28.** "बाल्टी" विदेशी शब्द है।

अन्य देश की भाषा से आये हुए शब्द विदेशज शब्द कहलाते हैं जैसे - अमीर, बाल्टी, लालटेन, हास्पिटल, अलमारी, मील इत्यादि।

अतः विकल्प (A) सही है।

**29.** "परत" विदेशी शब्द है।

अन्य देश की भाषा से आये हुए शब्द विदेशज शब्द कहलाते हैं जैसे - अमीर, तम्बाकू, परत, हास्पिटल, अलमारी, चेयरमैन इत्यादि।

अतः विकल्प (C) सही है।

**30.** "पिस्तौल" विदेशी शब्द है।

अन्य देश की भाषा से आये हुए शब्द विदेशज शब्द कहलाते हैं जैसे - अमीर, पिस्तौल, लालटेन, हास्पिटल, अलमारी, आदमी इत्यादि।

अतः विकल्प (D) सही है।

**Q.1** 'शिकारी' शब्द का पर्यायवाची होगा?

**A.** अहेरी, व्याध          **B.** सतर्क, चौकस

**C.** तालिका, फेहरिस्त      **D.** तुषार, तुहिन

**Q.2** 'विमल' शब्द का पर्यायवाची होगा?

**A.** टेढ़ा, वक्र          **B.** पावन, विशुद्ध

**C.** ध्वनि, नाद          **D.** सर्वकालिक, अक्षय

**Q.3** दिए गए विकल्पों में से कौन-सा शब्द 'प्रसून' का पर्यायवाची है?

**A.** चन्द्रमा    **B.** लपट    **C.** पुष्प    **D.** वृक्ष

**Q.4** 'क्षणभंगुर' शब्द का पर्यायवाची होगा?

**A.** शक्ति, सामर्थ्य      **B.** नश्वर, क्षणिका

**C.** स्वर्ण, सोना        **D.** निशारंभ, दिनावसान

**Q.5** 'योम' का पर्यायवाची शब्द नहीं है:

**A.** सूर्यकाल    **B.** दिवस    **C.** अह    **D.** काल

**Q.6** 'फलतः' का पर्यायवाची शब्द नहीं है:

**A.** आख़िरकार        **B.** इसके बाद

**C.** अंततः           **D.** इसलिए

**Q.7** दिए गए विकल्पों में से कौन-सा शब्द 'कपड़ा' का पर्यायवाची नहीं है?

**A.** चीर    **B.** पट    **C.** वासन    **D.** वसन

**Q.8** दिए गए विकल्पों में से कौन-सा शब्द 'किरण' का पर्यायवाची नहीं है?

**A.** कर्ण    **B.** कर    **C.** अंशु    **D.** रश्मि

**Q.9** दिए गए विकल्पों में से कौन-सा शब्द 'चांद' का पर्यायवाची है।

**A.** सुधा    **B.** सुधांशु    **C.** सदन    **D.** आलय

**Q.10** पर्यायवाची दृष्टि से एक शब्द-युग्म अशुद्ध है:

*[UPPSC Staff Nurse, 2017]*

**A.** गंगा - जाह्नवी      **B.** पानी - पाणि

**C.** गृह - सदन        **D.** मयूर - केकी

**Q.11** इनमें से 'फणींद्र' का पर्यायवाची शब्द है?

**A.** भद्रता    **B.** भाषांतर    **C.** भेषज    **D.** वासुकी

**Q.12** इनमें से 'अलकेश' किसका पर्यायवाची है?

**A.** बादल    **B.** कल्पवृक्ष    **C.** कुबेर    **D.** चपला

**Q.13** 'अंदेशा' शब्द का सही पर्यायवाची शब्द चुनिए।

**A.** बेकार, व्यर्थ       **B.** असमंजस, फिक्र

**C.** अखंड, अक्षय      **D.** अधिकार, वश

**Q.14** 'झेंपना' का पर्यायवाची शब्द ____ नहीं है।

**A.** लज्जित होना      **B.** शरमाना

**C.** शर्मिन्दा होना     **D.** ढकेलना

**Q.15** "वसुंधरा" का पर्यायवाची शब्द है:

*[UPPSC Staff Nurse, 2017]*

**A.** क्षिति    **B.** रत्नाकर    **C.** कलाधर    **D.** दिनकर

**Q.16** खगेश का पयार्यवाची है:

**A.** वासुदेव             **B.** विधु

**C.** वैनतेय            **D.** इनमें से कोई नहीं

**Q.17** इनमें से कौनसा शब्द 'धनुष' का पर्यायवाची नहीं है?

*[Rajasthan Police Sub Inspector, 2016]*

**A.** विशिख    **B.** कोदण्ड    **C.** चाप    **D.** शरासन

**Q.18** किस विकल्प के सभी शब्द परस्पर पर्यायवाची हैं?

*[Rajasthan Police Sub Inspector, 2016]*

**A.** अग्रि, वह्नि, अनल      **B.** पाषाण, अश्म, उत्पल

**C.** व्योम, नभ, धरती      **D.** पयोधर, उरोज, सरोज

**Q.19** 'अतुल' शब्द का सही पर्यायवाची शब्द का चयन करें।

**A.** गूढ़, कठिन

**B.** श्रद्धा रखना, पूजा-भाव रखना

**C.** गिनती, अंक

**D.** असमान, अनुपमेय

**Q.20** 'डोली' का पर्यायवाची शब्द ____ नहीं है।

**A.** मियाना    **B.** बटमार    **C.** सवारी    **D.** शिविका

**Q.21** 'टीकाकार' का पर्यायवाची शब्द ____ नहीं है।

**A.** समालोचक        **B.** व्याख्याता

**C.** आनाकानी        **D.** भाष्यकार

**Q.22** निम्नलिखित प्रश्न में, चार विकल्पों में से, उस सही विकल्प का चयन करें, जो दिए गए पर्यायवाची शब्द का सही विकल्प नहीं है।

शर्वरी

**A.** तम    **B.** निशा    **C.** यामिनी    **D.** राका

**Q.23** दिए गए विकल्पो में से "किल्मिष" का समानार्थी शब्द का चयन करें।

**A.** भयंकर    **B.** महाविष    **C.** पाप    **D.** विषैला

**Q.24** इनमें से 'कच' किसका पर्यायवाची शब्द है?

**A.** बाल    **B.** कान    **C.** गाय    **D.** उदर

**Q.25** दिए गए विकल्पों में 'उपांश' का पर्यायवाची शब्द कौन सा नहीं है?

**A.** अवयव    **B.** शैल    **C.** काया    **D.** हिस्सा

**Q.26** रिक्त, छूछा निम्न में से किसके पर्यायवाची हैं?

**A.** यज्ञोपवीत    **B.** थोथा    **C.** मोती    **D.** थाह

**Q.27** इनमें से 'कुंभिल' शब्द के लिए सही पर्यायवाची का चयन करें।

**A.** दस्यु, तस्कर, रजनीचर      **B.** अमर, दस्यु, किंकर

**C.** किंकर, दारा, दस्यु       **D.** किंकर, अमर, वल्लभ

**Q.28** निम्नलिखित वाक्य के रेखांकित शब्द का पर्यायवाची चयन करें।

वह <u>पलंग</u> पर सो गया।

**A.** मयंक    **B.** पर्यंक    **C.** पर्यंत    **D.** पर्जन्य

**Q.29** 'व्याल' के लिए सही पर्यायवाची वाले शब्दों के विकल्प का चयन करें।

**A.** सरंग, भुजग, उराग      **B.** सारग, भजंग, उरग

**C.** सारंग, भुजंग, उरग     **D.** सरग, भुजग, उरगा

**Q.30** 'तोरण' शब्द का उचित पर्यायवाची युग्म का चयन करें।

**A.** पाषाण, पहन, उपल      **B.** पताका, ध्वज, झंडा

**C.** ज्योति, चमक, प्रभा     **D.** वेणु, बंशी, मुरली

# // स्मार्ट उत्तर पुस्तिका //

**सही उत्तर** — उन छात्रों के प्रतिशत को इंगित करता है जिन्होंने प्रश्नों का सही उत्तर दिया था।

**छोड़ दिया** — उन छात्रों के प्रतिशत को इंगित करता है जिन्होंने प्रश्नों को छोड़ दिया था।

| प्रश्न संख्या | उत्तर | सही उत्तर / छोड़ दिया |
|---|---|---|
| 1 | A | 29.31 % / 67.29 % |
| 2 | B | 19.79 % / 71.7 % |
| 3 | C | 15.42 % / 68.08 % |
| 4 | B | 16.45 % / 80.3 % |
| 5 | D | 25.29 % / 67.57 % |
| 6 | B | 29.92 % / 70.07 % |
| 7 | C | 26.87 % / 71.96 % |
| 8 | A | 22.32 % / 74.23 % |
| 9 | B | 18.68 % / 79.71 % |
| 10 | B | 25.37 % / 68.4 % |
| 11 | D | 31.8 % / 67.65 % |
| 12 | C | 13.66 % / 67.35 % |
| 13 | B | 17.95 % / 81.03 % |
| 14 | D | 21.02 % / 70.98 % |
| 15 | A | 17.6 % / 76.62 % |
| 16 | C | 15.94 % / 68.66 % |
| 17 | A | 10.02 % / 69.29 % |
| 18 | A | 20.21 % / 78.24 % |
| 19 | D | 24.8 % / 70.65 % |
| 20 | B | 12.3 % / 82.76 % |
| 21 | C | 22.72 % / 67.44 % |
| 22 | A | 10.5 % / 87.31 % |
| 23 | C | 26.63 % / 68.21 % |
| 24 | A | 28.43 % / 67.57 % |
| 25 | B | 29.66 % / 69.95 % |
| 26 | B | 28.08 % / 70.58 % |
| 27 | A | 32.6 % / 67.18 % |
| 28 | B | 32.81 % / 67.1 % |
| 29 | C | 22.29 % / 76.88 % |
| 30 | B | 22.59 % / 73.41 % |

## कार्य विश्लेषण

| | |
|---|---|
| औसत अंक ( % ) | 46.67% |
| टॉपर्स स्कोर ( % ) | 70.0% |
| आपका स्कोर | |

# //संकेत और समाधान//

**1.** शिकारी के अन्य पर्यायवाची शब्द हैं - आखेटक, लुब्धक, बहेलिया।

इन शब्दों में अर्थ की समानता होते हुए भी इनके प्रयोग एक तरह के नहीं हैं।

ये शब्द अपने में इतने पूर्ण हैं कि एक ही शब्द का प्रयोग सभी स्थितियों में और सभी स्थलों पर अच्छा नहीं लगता- कहीं कोई शब्द ठीक बैठता है और कहीं कोई।

प्रत्येक शब्द की महत्ता विषय और स्थान के अनुसार होती है।

अतः विकल्प (A) सही है।

**2.** विमल के अन्य पर्यायवाची शब्द हैं - स्वच्छ, निर्मल, पवित्र।

इन शब्दों में अर्थ की समानता होते हुए भी इनके प्रयोग एक तरह के नहीं हैं।

ये शब्द अपने में इतने पूर्ण हैं कि एक ही शब्द का प्रयोग सभी स्थितियों में और सभी स्थलों पर अच्छा नहीं लगता- कहीं कोई शब्द ठीक बैठता है और कहीं कोई।

प्रत्येक शब्द की महत्ता विषय और स्थान के अनुसार होती है।

अतः विकल्प (B) सही है।

**3.** दिए गए विकल्पों में 'पुष्प' शब्द 'प्रसून' का पर्यायवाची शब्द है।

प्रसून - पुष्प, फूल, सुमन, संतान इत्यादि।

अतः विकल्प (C) सही है।

**4.** 'क्षणभंगुर' के पर्यायवाची हैं - नश्वर, क्षणिका । अन्य पर्यायवाची शब्द हैं - अस्थिर, अनित्य।

शक्ति के अन्य पर्यायवाची शब्द हैं - स्वत्व, प्रभुत्व।

नश्वर के अन्य पर्यायवाची शब्द हैं - नाशवान, फानी, क्षयी, क्षर, भंगुर।

स्वर्ण के अन्य पर्यायवाची शब्द हैं - कनक, स्वर्ण. हेन, हारक, जातरूप।

निशारंभ के अन्य पर्यायवाची शब्द हैं - सायंकाल, गोधूलि, साँझ।

अतः विकल्प (B) सही है।

**5.** दिए गए विकल्पों में काल 'योम' शब्द का पर्यायवाची शब्द नहीं है।

योम के अन्य पर्यायवाची शब्द हैं - दिनमान, दिन, दिवस, अह, सूर्यकाल।

अतः विकल्प (D) सही है।

**6.** दिए गए विकल्पों में इसके बाद 'फलतः' शब्द का पर्यायवाची शब्द नहीं है।

फलतः के अन्य पर्यायवाची शब्द हैं -फलस्वरुप, परिणामतः।

अतः विकल्प (B) सही है।

**7.** वासन 'कपड़ा' का पर्यायवाची नहीं है। अन्य विकल्प "चीर, पट, वसन" 'कपड़ा' का पर्यायवाची है।

कपड़ा का पर्यायवाची- वस्त्र, वसन, अंबर, पट, चीर, अंशुष्क, आच्छादन, चैल

वासन का अर्थ है निवास करना, बसना।

पर्यायवाची शब्द: ऐसे शब्द जिनके अर्थ समान हों, पर्यायवाची शब्द कहलाते हैं।

अतः विकल्प (C) सही है।

**8.** कर्ण 'किरण' का पर्यायवाची नहीं है। अन्य विकल्प "कर, अंशु, रशिम" 'किरण' का पर्यायवाची है।

कर्ण का अर्थ है कान, समकोण के सामने की भुजा।

पर्यायवाची शब्द: ऐसे शब्द जिनके अर्थ समान हों, पर्यायवाची शब्द कहलाते हैं।

अतः विकल्प (A) सही है।

**9.** सुधांशु 'चांद' का पर्यायवाची  है। अन्य विकल्प "सुधा, सदन, आलय" 'चांद' का पर्यायवाची नहीं  है।

चांद का पर्यायवाची- सुधांशु, सुधाधर, राकेश, सारंग, निशाकर, निशापति, रजनीपति, मृगांक, कलानिधि, हिमांशु, इंदु, सुधाकर, विधु, शशि, चंद्रमा, तारापति

सुधा का अर्थ अमृत, सदन और आलय  का अर्थ आवास है।

अतः विकल्प (B) सही है।

**10.** पर्यायवाची दृष्टि से पानी - पाणि युग्म अशुद्ध है।

पानी : जल, नीर, पेय, सलिल, अंबु, अंभ, उदक, तोय, जीवन, वारि, पय, अमृत, मेघपुष्प

पाणि , यहाँ पानी का तत्सम शब्द है।

इसलिए, यह तत्सम तद्भव युग्म है और अन्य पर्याय युग्म है।

अत: विकल्प (B) सही है।

**11.** दिए गए विकल्पों में 'वासुकी' शब्द 'फणींद्र' का पर्यायवाची शब्द है।

'फणींद्र' का पर्यायवाची वासुकी, शेषनाग, नागराज,है।

अन्य विकल्प:

भद्रता का पर्यायवाची - शिष्टता, सभ्यता, विनय

भाषांतर का पर्यायवाची -  उल्था, तरजुमा, अनुवाद

भेषज का पर्यायवाची - औषध, दवा, दवाई

अतः विकल्प (D) सही है।

**12.** उपरोक्त विकल्पों में 'अलकेश 'का पर्यायवाची शब्द कुबेर है। इसलिए कुबेर इसका सही उत्तर है।

अन्य विकल्प:

बादल का पर्यायवाची - मेघ, घन, जलधर, जलद

कल्पवृक्ष का पर्यायवाची - कल्पतरु, देवतरु, कल्पलता

चपला का पर्यायवाची - चंचल, बिजली, दामिनी

अतः विकल्प (C) सही है।

**13.** दिए गए विकल्पों में असमंजस, फिक्र 'अंदेशा' शब्द के पर्यायवाची हैं।

अंदेशा के अन्य पर्यायवाची शब्द हैं - सोच, चिन्ता, फिक्र, खटका, भय, खतरा।

अतः विकल्प (B) सही है।

**14.** दिए गए विकल्पों में ढकेलना 'झेंपना' शब्द का पर्यायवाची शब्द नहीं है।

झेंपना के अन्य पर्यायवाची शब्द हैं - सकुचाना, लजाना।

अतः विकल्प (D) सही है।

**15.** "वसुंधरा" का पर्यायवाची शब्द क्षिति है।

क्षिति: उर्वी, भूमि, धरती, पृथ्वी, भू धरणी, वसुंधरा, अचला, धरा, जमीन, रत्नगर्भा, मही, वसुधा, धरित्री

पर्यायवाची शब्द उन्हें कहते हैं, जब भिन्न-भिन्न शब्दों का अर्थ समान हो, अर्थात एक ही शब्द के स्थान पर समान अर्थ वाले अलग-अलग शब्द प्रयोग किये जा सके।

अतः विकल्प (A) सही है।

**16.** खगेश का पर्यायवाची शब्द 'वैनतेय' है।

इसके अन्य पर्यायवाची शब्द हैं- गरुण, सर्पारि, हरियान, नागांतक। 'वासुदेव' श्रीकृष्ण का तथा 'विधु' चन्द्रमा का पर्यायवाची है।

अतः विकल्प (C) सही है।

**17.** उपरोक्त शब्दों में से 'धनुष' का पर्यायवाची शब्द 'विशिख' नहीं है।

'विशिख' के पर्यायवाची शब्द हैं - तीर, बाण , इषु , नाराच, आशुग, शर , शायक, शिलीमुख आदि।

अतः विकल्प (A) सही है।

**18.** उपरोक्त शब्दों युग्मों में से 'अग्नि, वह्नी, अनल 'के सभी शब्द परस्पर पर्यायवाची शब्द है।

'आग' के पर्यायवाची शब्द हैं - अग्नि, अनल, पावक, दहन, ज्वलन, धूमकेतु, कृशानु हुताशन, वैश्वानर, शुचि, ज्वाला

अतः विकल्प (A) सही है।

**19.** दिए गए विकल्पों में असमान, अनुपमेय 'अतुल' शब्द के पर्यायवाची हैं।

अतुल के अन्य पर्यायवाची शब्द हैं - अमित, असीम, अपरिमित।

इन शब्दों में अर्थ की समानता होते हुए भी इनके प्रयोग एक तरह के नहीं हैं। ये शब्द अपने में इतने पूर्ण हैं कि एक ही शब्द का प्रयोग सभी स्थितियों में और सभी स्थलों पर अच्छा नहीं लगता- कहीं कोई शब्द ठीक बैठता है और कहीं कोई। प्रत्येक शब्द की महत्ता विषय और स्थान के अनुसार होती है।

अतः विकल्प (D) सही है।

**20.** दिए गए विकल्पों में बटमार 'डोली' शब्द का पर्यायवाची शब्द नहीं है।

डोली के अन्य पर्यायवाची शब्द हैं - पालकी, डोला

अतः विकल्प (B) सही है।

**21.** दिए गए विकल्पों में आनाकानी 'टीकाकार' शब्द का पर्यायवाची शब्द नहीं है।

टीकाकार के पर्यायवाची शब्द हैं - कुंजीकार, वृत्तिकार, वृत्तकार, व्याख्याकार।

अतः विकल्प (C) सही है।

**22.** ऊपर दिए गए विकल्पों में से 'तम' शर्वरी का पर्यायवाची शब्द नहीं है। निशा, यामिनी, राका आदि सभी शब्द शर्वरी के पर्यायवाची शब्द हैं।

तम के पर्यायवाची- अँधियारा, अंधेरा, तिमिर।

एक ही अर्थ में प्रयुक्त होने वाले शब्द जो बनावट में भले ही अलग हों, पर्यायवाची या समानार्थी शब्द कहलाते हैं।

अतः विकल्प (A) सही है।

**23.** दिए गए विकल्पों में से "किल्मिष" का समानार्थी शब्द "पाप" है।

पाप के अन्य समानार्थी शब्द हैं - अपकर्म, अपकृति, अधर्म, कुधर्म, कुकर्म, गुनाह, अपराध, कसूर, अनिष्ट।

पाप शब्द का विलोम शब्द पुण्य होता है।

अतः विकल्प (C) सही है।

**24.** दिए गए विकल्पों में 'बाल' शब्द कच का पर्यायवाची शब्द है।

'कच' का पर्यायवाची 'बाल' है।

बाल के अन्य पर्यायवाची शब्द - केश, कुन्तल, जटा, शिरोरुह।

अतः विकल्प (A) सही है।

**25.** दिए गए विकल्पों में 'शैल' विकल्प गलत है।

'उपांश' के पर्यायवाची शब्द 'अवयव, काया, हिस्सा' है। 'शैल' इसका गलत उत्तर है। 'शैल' के पर्यायवाची शब्द हैं- गिरि, नग, अटल, पक्का आदि।

अतः विकल्प (B) सही है।

**26.** दिए गए विकल्पों में रिक्त, छूछा 'थोथा' शब्द के पर्यायवाची हैं।

थोथा के अन्य पर्यायवाची शब्द हैं - पोला, खाली, खोखला।

इन शब्दों में अर्थ की समानता होते हुए भी इनके प्रयोग एक तरह के नहीं हैं।

ये शब्द अपने में इतने पूर्ण हैं कि एक ही शब्द का प्रयोग सभी स्थितियों में और सभी स्थलों पर अच्छा नहीं लगता- कहीं कोई शब्द ठीक बैठता है और कहीं कोई।

प्रत्येक शब्द की महत्ता विषय और स्थान के अनुसार होती है।

अतः विकल्प (B) सही है।

**27.** दिए गए विकल्पों में से 'कुंभिल' के पर्यायवाची शब्द 'दस्यु, तस्कर, रजनीचर' हैं।

| शब्द | पर्यायवाची |
| --- | --- |
| अमर | चिरंजीवी, देव |
| किंकर | चाकर, नौकर |
| दारा | भार्या, बहू |
| वल्लभ | नाथ, स्वामी |

अतः विकल्प (A) सही है।

**28.** दिए गए विकल्पों में से 'पलंग' शब्द का उचित पर्यायवाची शब्द 'पर्यंक' है।

पर्यंक के अन्य पर्यायवाची शब्द हैं - खटिया, खाट, चारपाई, पल्यंक।

अतः विकल्प (B) सही है।

**29.** 'सारंग, भुजंग, उरग' 'व्याल' के पर्यायवाची शब्द है।

इसके अन्य पर्यायवाची शब्द हैं- शेषनाग, अहि, नाग, पन्नग, फणीश।

अतः विकल्प (C) सही है।

**30.** 'तोरण' शब्द के पर्यायवाची शब्द 'पताका, ध्वज, झंडा' है।

'तोरण' जिसे बंदनवार भी कहा जाता है इसके अन्य पर्यायवाची होंगे- झंडी, वंदनमाला, नांदीक, स्वागत द्वार आदि।

अतः विकल्प (B) सही है।

**Ques (1-2):निर्देश:** नीचे दिए गए मुहावरा के लिए सबसे उचित अर्थ वाले विकल्प का चयन कीजिये।

**Q.1** छाती पर मूंग दलना

A. असम्भव कार्य करना

B. दुःख देना

C. कठिन कार्य करना

D. मूंग की दाल खाना

**Q.2** जाके पाँव न फटी बिवाई वो क्या जाने पीर पराई

A. बिना दुख भोगे दूसरे के दुख का अनुभव नहीं होता

B. दूसरों का दुख समझने के लिए पैर में बिवाई फटना आवश्यक है

C. बिवाई फटने पर ही दूसरे की पीड़ा का पता चलता

D. दूसरों का मजाक नहीं उड़ाना चाहिए

**Q.3** निम्नलिखित में से 'नौ दिन चले अढ़ाई कोस' मुहावरे का अर्थ क्या है?

A. बहुत कष्ट होना

B. गलती करने पर भी उसे स्वीकार न करना

C. अधिक उधार से कम नकद अच्छा है

D. धीमी गति से कार्य करना

**Q.4** 'सीधी उँगली से घी नहीं निकलता' लोकोक्ति का भावार्थ _______ है।

*[Rajasthan Police Sub Inspector, 2016]*

A. उँगली टेढ़ी करके घी निकालना चाहिए

B. कभी उँगली से घी नहीं निकालना चाहिए

C. बहुत सीधा होने से काम नहीं चलता

D. घी हमेशा चम्मच से ही निकलना चाहिए

**Q.5** किस विकल्प में मुहावरे का भावार्थ सही है?

*[Rajasthan Police Sub Inspector, 2016]*

A. पेट पर लात मारना = बुरी तरह पीटना

B. पहाड़ टूटना = अतिवृष्टि होना

C. बगलें झाँकना = इधर-उधर देख कर चलना

D. नाक का बाल होना = अत्यधिक घनिष्ठ या प्रिय व्यक्ति होना

**Q.6** इनमें से किस लोकोक्ति का भावार्थ सुसंगत नहीं है?

*[Rajasthan Police Sub Inspector, 2016]*

A. मन चंगा तो कठौती में गंगा = यदि मन शुद्ध है तो घर में ही तीर्थाटन का फल मिल सकता है

B. आ बैल मुझे मार = जान-बुझकर विपत्ति में पड़ना

C. काला अक्षर भैंस बराबर = बिलकुल अनपढ़

D. आँख के अंधे, नाम नयनसुख = दृष्टिबाधित को अपना नाम सोच-विचार कर ही रखना चाहिए

**Q.7** मुहावरे के भावार्थ की दृष्टि से कौन सा विकल्प सही नहीं है?

*[Rajasthan Police Sub Inspector, 2016]*

A. बाल की खाल निकालना = बहुत परिश्रम करना

B. कलेजा ठंडा होना = शांति या संतोष प्राप्त होना

C. कमर कसना = अच्छी तरह तैयार होना

D. फटेहाल होना = बहुत गरीब होना

**Q.8** 'नौ दिन चले अढ़ाई कोस' लोकोक्ति का भावार्थ है:

*[Rajasthan Police Sub Inspector, 2016]*

A. काम करने की बहुत धीमी गति

B. पैदल चलने की आदत होनी चाहिए चाहे बहुत धीरे-धीरे ही चलें

C. व्यक्ति कौ नौ दिन तक प्रतिदिन अढ़ाई कोस पैदल चलना चाहिए

D. पैदल चलने में बहुत समय लगता है, इसलिए पैदल न चलें, समय की बचत करें

**Q.9** 'जैसी बहे बयार, पीठ तब तैसी दीजे' लोकोक्ति का अर्थ है:

A. समय का रुख देखकर काम करते रहना चाहिए

B. राजनीति में दल-बदल करते रहना चाहिए

C. ऐसा काम करना चाहिए जिससे संकट में न फंसा जाए

D. पवन की तरह कभी शीतल और कभी उष्ण होना चाहिए

**Q.10** "कबहुँ निरामिष होय न कागा", लोकोक्ति का उपयुक्त अर्थ है:

A. कौवा कभी शाकाहारी नहीं होता

B. कौवा कभी मांसाहारी नहीं होता

C. कौवा मांसाहारी होता है

D. दुष्ट अपनी दुष्टता नहीं छोड़ता

**Q.11** "खटाई में पड़ना" मुहावरे का आशय है:

A. बहुत कष्ट होना

B. नुकसान होना

C. पछतावा होना

D. निर्णय न होना

**Q.12** "गूँगे का गुड़" का अर्थ है -

A. मुद्राएं बनाना

B. तेवर बदलना

C. बखेड़ा खड़ा करना

D. वर्णनातीत अर्थात जिसका वर्णन न किया जा सके

**Q.13** "घर फूँककर तमाशा देखना" का अर्थ है -

A. पराजय स्वीकार कर लेना

B. मरने के लिए तैयार होना

C. अपना घर स्वयं उजाड़ना या अपना नुकसान खुद करना

D. अत्यन्त लज्जित होना

**Q.14** "चूँ-चूँ का मुरब्बा" का अर्थ है-

A. बेमेल चीजों का योग

B. नष्ट करना

C. पीछे-पीछे निंदा करना

D. सेवा करना

**Q.15** "एक परेशानी या मुसीबत से निकलकर दूसरी में जाना" किस मुहावरें का अर्थ है?

A. खटाई में पड़ना

B. खेल खेलाना

C. खटाई में डालना

D. खाई से निकलकर खंदक में कूदना

**Q.16** 'चमड़ी जाए पर दमड़ी न जाए' लोकोक्ति का अर्थ होगा:

A. अत्यधिक कंजूस होना

B. धन की हानि होना

C. आपस में फूट पड़ना

D. चोट लगना

**Q.17** 'पानी में आग लगाना' - मुहावरे के अर्थ का दिए गए विकल्पों में से चयन कीजिए:

A. असंभव कार्य को संभव कर डालना

B. शांति में विघ्न डालना

C. क्षुब्ध होना

D. पुरानी दुश्मनी को ताजा करना

**Q.18** किस विकल्प में मुहावरे का भावार्थ सही नहीं है?

**A.** अँधा बनना – आगे पीछे कुछ न देखना

**B.** अँधा बनाना – धोखा देना

**C.** अँधा होना – विवेक भ्रष्ट हो जाना

**D.** अंधे की लकड़ी – स्वावलम्बी होना

**Q.19** 'घर का जोगी जोगड़ा, आन गाँव का सिद्ध' लोकोक्ति का अर्थ है:

**A.** घर के ज्ञानी को सम्मान नहीं

**B.** घर-घर में मिट्टी की चूल्हे

**C.** घर की मुर्गी दाल बराबर

**D.** घर का भेदी लंका ढाए

**Q.20** 'कोयले की दलाली में मूह काला' लोकोक्ति का अर्थ है:

**A.** कोयले का व्यापार करना

**B.** बुरे काम से बुराई मिलना

**C.** झूठ बोलना

**D.** व्यापार में घाटा होना

**Q.21** 'प्रभावहीन धमकी' के लिए मुहावरा है:

**A.** बट्टा लगना      **B.** बंदर घुड़की

**C.** पाँव उखड़ना      **D.** पौ बारह होना

**Q.22** 'बड़बोले रवि से श्याम ने कहा कि जो बहुत बढ़-बढ़ कर बातें करते हैं, वे काम कम करते हैं।' दिए गए वाक्य में रेखांकित वाक्यांश के लिए उपयुक्त मुहावरे का चयन कीजिये।

**A.** घोड़ों को घर कितनी दूर

**B.** गरजने वाले बादल बरसते नहीं हैं

**C.** चोर पर मोर

**D.** जिन ढूँढ़ा तिन पाइयाँ गहरे पानी पैठ

**Q.23** 'गायब हो जाना' के लिए मुहावरा है:

**A.** काम आना      **B.** काफूर होना

**C.** किरकिरा हो जाना      **D.** काम तमाम करना

**Q.24** 'बरस पड़ना' मुहावरे का अर्थ निम्न में से कौन सा है?

**A.** पानी बरसना      **B.** क्रोध में आना

**C.** गिर पडना      **D.** इज्जत बचाना

**Q.25** 'चूहे के चाम से नगाड़े नहीं मढ़े जाते' लोकोक्ति का अर्थ है:

**A.** कंजूसी करना

**B.** सिमित साधनों से काम चलाना

**C.** छोटे होकर बड़ा काम करना

**D.** सिमित साधनों से बड़े काम नहीं होते

**Q.26** 'नए शौक को पूरा करने के लिए अजीब तरह का व्यवहार करना' अभिप्राय की वाचक लोकोक्ति है-

**A.** नई नाइन बाँस का नेहन्ना

**B.** न नौ मन तेल होगा न राधा नाचेगी

**C.** आपु न जावै सासुरे औरन कूँ सिख देत

**D.** अपना दाम खोटा तो परखैया को क्या दोष

**Q.27** 'तन पर नहीं लत्ता पान खाए अलबत्ता' लोकोक्ति का अर्थ है:

**A.** बहुत गरीब होना      **B.** झूठा दिखावा करना

**C.** एक साथ दो लाभ होना      **D.** बुरी आदत का शिकार

**Q.28** 'गूंगे को गुड़' मुहावरे का क्या अर्थ है?

**A.** अवर्णीय सुख      **B.** गूंगे के हाथ में गुड़

**C.** गूंगे का गुण      **D.** इनमें से कोई नहीं

**Q.29** 'साँप मरे न लाठी टूटे' लोकोक्ति का सही अर्थ नीचे दिए विकल्पों में से चुनें।

**A.** बिना बल प्रयोग के काम हो जाए

**B.** कुछ सीखा पाया नहीं

**C.** शुरू में ही विघ्न पड़ गया

**D.** सदा एक सी दशा

**Q.30** "आगे कुआँ, पीछे खाई" लोकोक्ति किस अर्थ में प्रयुक्त होती है?

**A.** जब कोई कठिन परिस्थिति हो

**B.** जहाँ दोनों ओर संकट हो

**C.** जब कोई साथ देने को तैयार न हो

**D.** जहाँ मार्ग कंटकाकीर्ण हो

# // स्मार्ट उत्तर पुस्तिका //

**सही उत्तर** उन छात्रों के प्रतिशत को इंगित करता है जिन्होंने प्रश्नों का सही उत्तर दिया था।

**छोड़ दिया** उन छात्रों के प्रतिशत को इंगित करता है जिन्होंने प्रश्नों को छोड़ दिया था।

| प्रश्न संख्या | उत्तर | सही उत्तर / छोड़ दिया |
|---|---|---|
| 1 | B | 32.8 % / 67.06 % |
| 2 | A | 23.01 % / 71.13 % |
| 3 | D | 29.12 % / 68.41 % |
| 4 | C | 32.65 % / 67.21 % |
| 5 | D | 29.4 % / 69.51 % |
| 6 | D | 11.21 % / 76.9 % |

| प्रश्न संख्या | उत्तर | सही उत्तर / छोड़ दिया |
|---|---|---|
| 7 | A | 31.14 % / 68.76 % |
| 8 | A | 28.38 % / 70.28 % |
| 9 | A | 30.14 % / 67.19 % |
| 10 | D | 19.73 % / 77.86 % |
| 11 | D | 10.41 % / 70.44 % |
| 12 | D | 12.39 % / 80.22 % |

| प्रश्न संख्या | उत्तर | सही उत्तर / छोड़ दिया |
|---|---|---|
| 13 | C | 13.32 % / 75.14 % |
| 14 | A | 27.8 % / 67.25 % |
| 15 | D | 11.27 % / 83.63 % |
| 16 | A | 16.44 % / 78.7 % |
| 17 | A | 19.69 % / 67.1 % |
| 18 | D | 14.66 % / 68.66 % |

| प्रश्न संख्या | उत्तर | सही उत्तर / छोड़ दिया |
|---|---|---|
| 19 | A | 26.3 % / 72.41 % |
| 20 | B | 15.55 % / 69.19 % |
| 21 | B | 26.69 % / 69.26 % |
| 22 | B | 25.15 % / 73.7 % |
| 23 | B | 11.58 % / 76.75 % |
| 24 | B | 14.98 % / 71.64 % |

| प्रश्न संख्या | उत्तर | सही उत्तर / छोड़ दिया |
|---|---|---|
| 25 | D | 29.95 % / 67.78 % |
| 26 | A | 15.66 % / 70.73 % |
| 27 | B | 24.78 % / 74.73 % |
| 28 | A | 15.95 % / 67.99 % |
| 29 | A | 31.23 % / 67.09 % |
| 30 | B | 22.11 % / 67.23 % |

| कार्य विश्लेषण | |
|---|---|
| औसत अंक ( % ) | 33.33% |
| टॉपर्स स्कोर ( % ) | 60.0% |
| आपका स्कोर | |

# //संकेत और समाधान//

**1. छाती पर मूंग दलना:** दुःख देना

कोई व्यक्ति किसी के पास रह कर उसी व्यक्ति को दुःख पहुंचाने की कोशिश करता रहता है । तो वहां पर छाती पर मूंग दलना इस कारण से यह कहा जा सकता है की जो पास रहता है वही कष्ट देता है ।

- **प्रयोग:** मैं आपकी छाती पर मूंग दलने वालो मे से नही हूं आप मुझ पर विश्वास कर सकते हो।

अतः विकल्प (B) सही है।

**2. जाके पाँव न फटी बिवाई वो क्या जाने पीर पराई:** बिना दुख भोगे दूसरे के दुख का अनुभव नहीं होता

'जाके पाँव न फटी बिवाई, वो क्या जाने पीर पराई' अर्थात् जब तक खुद को दर्द ना हो तब तक दूसरे के दर्द की तीव्रता का एहसास नहीं हो पाता है।

- प्रयोग: आज कल के नेता लोगो का हाल "जाके पाँव न फटी बिवाई वो क्या जाने पीर पराई" जैसा है।

अतः विकल्प (A) सही है।

**3.** 'नौ दिन चले अढ़ाई कोस' मुहावरे का अर्थ 'धीमी गति से कार्य करना' होता है।

धीमी या मंद गति से जब कोई कार्य किया जाता है तब इसे नौ दिन चले अढाई कोस कहा जाता है।

वाक्य- प्रकाश तुमने कैसे आदमी को काम दिया है अभी नौ दिन हो गए और मकान की नींव ही भर पाई है यह तो वही बात हुई नो दिन चले अढ़ाई कोस।

अतः विकल्प (D) सही है।

**4.** 'सीधी उँगली से घी नहीं निकलता' लोकोक्ति का भावार्थ 'बहुत सीधा होने से काम नहीं चलता' है।

लोकोक्ति का वाक्य प्रयोग – हमने राजी – वाजी से काम निकालना चाहा, पर ठीक ही कहते हैं – 'सीधी ऊँगली से घी नहीं निकलता'।

अतः विकल्प (C) सही है।

**5.** नाक का बाल होना मुहावरे का अर्थ 'अत्यधिक घनिष्ठ या प्रिय व्यक्ति होना' है।

वाक्य प्रयोग - सीता गीता तो एक दूसरी की नाक का बाल हैं।

अतः विकल्प (D) सही है।

**6.** आँख के अंधे, नाम नयनसुख लोकोक्ति का अर्थ 'नाम के अनुसार गुण न होना' है। 'दृष्टिबाधित को अपना नाम सोच-विचार कर ही रखना चाहिए' इसका सही भावार्थ नहीं है।

वाक्य प्रयोग - सीता भड़काऊ औरत है, आँख के अंधे नाम नयनसुख।

अतः विकल्प (D) सही है।

**7.** मुहावरा- 'बाल की खाल निकालना' अर्थ – अनावश्यक सूक्ष्म विश्लेषण करना।

वाक्य- तुम यहा से चले जाओ तुम्हारी आदद ही बाल की खाल निकालने वाली है अगर यहां रहोगे तो मै कुछ भी नही कर सकुगा।

अतः विकल्प (A) सही है।

**8.** लोकोक्ति – नौ दिन चले अढ़ाई कोस, लोकोक्ति का अर्थ – काम करने की बहुत धीमी गति।

वाक्य- राजू ने दस महीने में मात्र एक पाठ याद किया है। यह तो वही बात हुई – 'नौ दिन चले अढ़ाई कोस'।

अतः विकल्प (A) सही है।

**9.** जब कोई पूरा कथन किसी प्रसंग विशेष में उद्धत किया जाता है तो लोकोक्ति कहलाता है।

'जैसी बहे बयार, पीठ तब तैसी दीजे' लोकोक्ति का अर्थ समय का रुख देखकर काम करते रहना चाहिए है।

वाक्य प्रयोग - अब लोगों को समाज के संबंध में रूढ़िवादी विचार छोड़कर नये विचार अपनाने चाहिये क्योंकि ' जैसी बहे बयार पीठ तब तैसी दीजे '।

अतः विकल्प (A) सही है।

**10.** जब कोई पूरा कथन किसी प्रसंग विशेष में उद्धत किया जाता है तो लोकोक्ति कहलाता है।

"कबहुँ निरामिष होय न कागा" लोकोक्ति का उपयुक्त अर्थ "दुष्ट अपनी दुष्टता नहीं छोड़ता" है।

वाक्य प्रयोग - दुष्ट सियार ने साधु का रूप धारण कर प्रवचन देना शुरू किया तो मासूम जानवरों को यह विश्वास हो गया कि अब सियार बदल गया है किंतु जब उनकी संख्या में कमी होने लगी तब उन्हें यह कहावत याद आया कि कबहुं निरामिष होय न कागा।

अतः विकल्प (D) सही है।

**11.** "खटाई में पड़ना" मुहावरे का आशय निर्णय न होना है।

खटाई में पड़ना एक प्रचलित हिंदी मुहवरा है जिसका अर्थ किसी काम का अनिश्चित होने से है।

जैसे- इस बार की परीक्षा का परिणाम खटाई में पड़ गया है।

अतः विकल्प (D) सही है।

**12.** उपर्युक्त मुहावरों में से गलत मुहावरा 'अकल के घोड़े भगाना' है। 'भगाना' के स्थान पर 'दौड़ाना' शब्द आएगा। शेष मुहावरे सही हैं।

मुहावरे: अक्ल के घोड़े दौड़ाना

अर्थ: कल्पनाएँ करना।

वाक्य प्रयोग: परीक्षा में सफलता परिश्रम करने से ही मिलती है, केवल अक्ल के घोड़े दौड़ाने से नहीं

अतः विकल्प (D) सही है।

**13. मुहावरा** – घर फूँककर तमाशा देखना

**अर्थ** – अपना घर स्वयं उजाड़ना या अपना नुकसान खुद करना

**वाक्य प्रयोग** – जुए में सब कुछ बर्बाद करके राजू अब घर फूँक के तमाशा देख रहा है।

अतः विकल्प (C) सही है।

**14. मुहावरा** – चूँ-चूँ का मुरब्बा

**अर्थ** – बेमेल चीजों का योग

**वाक्य प्रयोग** – यह पार्टी तो चूँ-चूँ का मुरब्बा है। न जाने इस पार्टी में कहाँ-कहाँ के लोग शामिल हैं।

अतः विकल्प (A) सही है।

**15.** "खाई से निकलकर खंदक में कूदना" विकल्प सटीक उत्तर है।

मुहावरे अरबी भाषा का शब्द है जिसका शाब्दिक अर्थ अभ्यास करना होता है "जो शब्द अपने साधारण अर्थ को छोड़ कर विशेष अर्थ को व्यक्त करते है हिंदी में ऐसे वाक्यांश को मुहावरा कहा जाता हैं।"

अतः विकल्प (D) सही है।

**16.** 'चमड़ी जाए पर दमड़ी न जाए' लोकोक्ति का अर्थ "अत्यधिक कंजूस होना" होगा।

लोक + उक्ति' शब्दों से मिलकर बना है जिसका अर्थ- लोक में प्रचलित उक्ति या कथन। जब कोई पूरा कथन किसी प्रसंग विशेष में उद्धत किया जाता है तो लोकोक्ति कहलाता है। इसी को कहावत कहते है। लोकोक्ति वाक्यांश न होकर स्वतंत्र वाक्य होते हैं।

अत: विकल्प (A) सही है।

**17.** 'पानी में आग लगाना' मुहावरे का अर्थ है 'असंभव कार्य को संभव कर डालना'

मुहावरे अरबी भाषा का शब्द है जिसका शाब्दिक अर्थ अभ्यास करना होता है "जो शब्द अपने साधारण अर्थ को छोड़ कर विशेष अर्थ को व्यक्त करते है हिंदी में ऐसे वाक्यांश को मुहावरा कहा जाता हैं।"

अत: विकल्प (A) सही है।

**18.** अंधे की लकड़ी' मुहावरे का अर्थ 'एकमात्र सहारा' है। 'स्वावलम्बी होना' इसका गलत भावार्थ है।

- राहुल अपने माता-पिता के लिए अंधे की लकड़ी है।
- मुहावरा का शाब्दिक अर्थ 'अभ्यास' है। मुहावरा शब्द अरबी भाषा का शब्द है। हिन्दी में ऐसे वाक्यांशों को मुहावरा कहा जाता है, जो अपने साधारण अर्थ को छोड़कर विशेष अर्थ को व्यक्त करते हैं।

अत: विकल्प (D) सही है।

**19.** जब कोई पूरा कथन किसी प्रसंग विशेष में उद्धत किया जाता है तो लोकोक्ति कहलाता है।

'घर का जोगी जोगड़ा, आन गाँव का सिद्ध' लोकोक्ति का अर्थ घर के ज्ञानी को सम्मान नहीं है।

वाक्य प्रयोग - गाँव में पहुँचे हुए ज्योतिषी हैं लेकिन उन्हें कोई सम्मान नहीं देता दूसरी ओर पड़ोस के गाँव में रहने वाले भीखू पंडित से सब अपना हाथ दिखाते हैं सच है घर का जोगी जोगड़ा आन गाँव का सिद्ध।

अत: विकल्प (A) सही है।

**20.** जब कोई पूरा कथन किसी प्रसंग विशेष में उद्धत किया जाता है तो लोकोक्ति कहलाता है।

'कोयले की दलाली में मूह काला' लोकोक्ति का अर्थ बुरे काम से बुराई मिलना है।

वाक्य प्रयोग - तुम्हें कितना मना किया कि महेश की संगति छोड़ दो अब उसके चक्कर. में तुम्हे भी जेल जाना पड़ेगा। कोयले की दलाली में तो हाथ काला ही होगा।

अत: विकल्प (B) सही है।

**21.** मुहावरा - बंदर घुड़की

अर्थ - प्रभावहीन धमकी

वाक्य - शैतान बच्चों पर माँ की बंदर घुड़कियों से कोई प्रभाव नहीं होता।

अत: विकल्प (B) सही है।

**22.** उपर्युक्त विकल्पों में से 'बड़बोले रवि से श्याम ने कहा कि जो बहुत बढ़-बढ़ कर बातें करते हैं, वे काम कम करते हैं।' के लिए विकल्प (B) 'गरजने वाले बादल बरसते नहीं हैं' सही उत्तर होगा अन्य विकल्प सही नहीं हैं।

स्पष्टीकरण:

'बड़बोले रवि से श्याम ने कहा कि जो बहुत बढ़-बढ़ कर बातें करते हैं, वे काम कम करते हैं' में रेखांकित वाक्यांश के लिए 'गरजने वाले बादल बरसते नहीं हैं' उपयुक्त मुहावरा होगा। यही विकल्प सटीक होगा।

अत: विकल्प (B) सही है।

**23.** मुहावरा - काफूर होना

अर्थ - गायब हो जाना

वाक्य - विदेश से घर वापस आने के बाद बेटे का दुःख काफूर हो गया।

अत: विकल्प (B) सही है।

**24.** 'बरस पड़ना' मुहावरे का अर्थ है- क्रोध में आना

'बरस पड़ना' मुहावरे का वाक्य प्रयोग-

जब पिताजी को उनके बेटे विवेक ने परीक्षा में फेल होने की खबर सुनाई, तब पिताजी उस पर बरस पड़े।

अत: विकल्प (B) सही है।

**25.** जब कोई पूरा कथन किसी प्रसंग विशेष में उद्धत किया जाता है तो लोकोक्ति कहलाता है।

'चूहे के चाम से नगाड़े नहीं मढ़े जाते' लोकोक्ति का अर्थ सिमित साधनों से बड़े काम नहीं होते है।

वाक्य प्रयोग - वकील ने कहा कि सुधीर के चार सौ रुपये से मुकदमा नहीं लड़ा जा सकता-चूहे के चाम के चाम से नगाड़े नहीं मढ़े जाते।

अत: विकल्प (D) सही है।

**26.** 'नए शौक को पूरा करने के लिए अजीब तरह का व्यवहार करना' अभिप्राय की वाचक लोकोक्ति है- 'नई नाइन बाँस का नेहत्रा'।

किसी विशेष स्थान पर प्रसिद्ध हो जाने वाले कथन को 'लोकोक्ति' कहते हैं। दूसरे शब्दों में- जब कोई पूरा कथन किसी प्रसंग विशेष में उद्धत किया जाता है तो लोकोक्ति कहलाता है। इसी को कहावत कहते है।

अत: विकल्प (A) सही है।

**27.** जब कोई पूरा कथन किसी प्रसंग विशेष में उद्धत किया जाता है तो लोकोक्ति कहलाता है।

'तन पर नहीं लत्ता पान खाए अलबत्ता' लोकोक्ति का अर्थ झूठा दिखावा करना है।

वाक्य प्रयोग - बेरोजगारी में धूल फांक रहे हो पर झूठ बोलने में कम नहीं हो। तन पर नहीं लत्ता पान खाए अलबत्ता।

अत: विकल्प (B) सही है।

**28.** 'गूंगे को गुड़' मुहावरे का अर्थ 'अवर्णनीय सुख' है।

वाक्य प्रयोग - दादाजी कहते हैं कि ईश्वर के ध्यान में जो आनंद मिलता है, वह तो गूँगे को गुड़ है।

अत: विकल्प (A) सही है।

**29.** 'साँप मरे न लाठी टूटे' लोकोक्ति का सही अर्थ बिना बल प्रयोग के काम हो जाए होता है। अन्य सभी विकल्प गलत हैं।

साँप से संबन्धित अन्य कहावतें:

- साँप को दूध पिलाना: दुष्ट व्यक्ति का हित करना।
- आस्तीन का साँप होना: साथ में रहने वाला ऐसा व्यक्ति जो ऊपर से मित्र या वफादार बना रहता हो परंतु अंदर ही अंदर जड़ काटने में लगा हो।

अत: विकल्प (A) सही है।

**30.** "आगे कुआँ, पीछे खाई" लोकोक्ति 'जहाँ दोनों ओर संकट हो।' अर्थ में प्रयुक्त होती है।

वाक्य प्रयोग:

- आगे कुआँ पीछे खाई' कहावत का अर्थ = हर तरफ से हानि का होना।

- प्रयोग- रोहित के सामने तब आगे कुआँ, पीछे खाई वाली बात हो गई जब चोरों ने कहा कि या तो वह गोली खा ले या सारा सामान उनको दे दे।

अत: विकल्प (B) सही है।

**Q.1** निसिचर हीन करहुँ महि
भुज उठाइ पन कीन्ह।
सकल मुनिन्ह के आश्रमन
जाइ जाइ सुख दीन्ह।।
उपर्युक्त उद्धरण में किस रस की निष्पति हुई है?

**A.** करुण रस
**B.** वीर रस
**C.** रौद्र रस
**D.** भयानक रस

**Q.2** 'शोभित कर नवनीत लिए, घुटरुनि चलत रेनु तन मण्डित मुख दधि लेप किए'। इन पंक्तियों में कौन-सा रस है?

**A.** श्रृंगार रस
**B.** हास्य रस
**C.** करुण रस
**D.** वात्सल्य रस

**Q.3** निम्नलिखित में से कौन सा व्यंजन संधि का उदाहरण नहीं है?

**A.** जगदम्बा
**B.** विद्यालय
**C.** संतोष
**D.** अहंकार

**Q.4** सत् + चरित्र = सच्चरित्र किस संधि का उदाहरण है ?

**A.** स्वर संधि
**B.** व्यंजन संधि
**C.** विसर्ग संधि
**D.** दीर्घ संधि

**Q.5** "बिहसि लखन बोले मृदु बानी। अहो मुनीसु महाभर यानी।।
पुनि पुनि मोहि देखात कुहारु। चाहत उड़ावन कुंकी पहारू।" काव्य पंक्ति में कौन सा रस है?

**A.** श्रृंगार रस
**B.** वीर रस
**C.** हास्य रस
**D.** वीभत्स रस

**Q.6** 'सदाशय' का सही संधि-विच्छेद होगा:

**A.** सद + आशय
**B.** सतत + आशय
**C.** सत् + आशय
**D.** सदा + आशय

**Q.7** निम्नलिखित विकल्पों में यह शुद्ध है:

**A.** पर + अधीन
**B.** पर + आधीन
**C.** पर + अधीना
**D.** परा + आधीन

**Q.8** अति मलीन वृषभानुकुमारी।
अधोमुख रहति ऊरध नहिं
चितवति ज्यों गथ हारे थकित जुआरी।
छूटे चिहुर, बदन कुम्हिलाने,
ज्यों नलिनी हिमकर की मारी।।
इन पंक्तियों में कौन-सा रस है?

**A.** हास्य रस
**B.** करुण रस
**C.** विप्रलंभ श्रृंगार रस
**D.** संयोग श्रृंगार रस

**Q.9** निम्न पंक्तियों में कौन-सा छंद है-
"रावनु रथी विरथ रघुवीरा, देखी विभीषण भयऊ अधीरा।
अधिक प्रीति मन भा संदेहा, बंदि चरन कह सहित सनेहा।।"

**A.** चौपाई
**B.** बरवै
**C.** सोरठा
**D.** रोला

**Q.10** स्वर संधि का उदाहरण है?

**A.** अन्वय
**B.** किंचित्
**C.** तद्रूप
**D.** नीरस

**Q.11** किस छंद में दोहे का चौथा चरण रोले के प्रथम चरण में दोहराया जाता है?

**A.** चौपाई
**B.** सोरठा
**C.** दोहा
**D.** कुण्डलिया

**Q.12** 'एक और अजगरहि लखि , एक ओर मृगराय।
विकल बटोही बीच ही परयो मूर्छा खाए।'
इस काव्य पंक्ति में कौन सा रस है?

**A.** रौद्र रस
**B.** अद्भुत रस
**C.** भयानक रस
**D.** वीभत्स रस

**Q.13** "प्रतिच्छवि:" शब्द की सन्धि विच्छेद है:

**A.** प्रति + च्छवि
**B.** प्रति + छवि
**C.** प्र + छवि
**D.** प्राति + चवि

**Q.14** मन की उतप्त वेदना, मन ही मन में बहती थी।
चुप रहकर अन्तर्मन में, मौन व्यथा कहती थी।
दुर्गम पथ पर चलने का वो
संबल छूट गया था।
अविचल, अविकल वह प्राणी,
भीतर से टूट गया था।
उपर्युक्त काव्य-पंक्तियों में कौन-सा रस अभिव्यंजित हो रहा है?

**A.** शांत रस
**B.** वियोग श्रृंगार रस
**C.** करुण रस
**D.** वात्सल्य रस

**Q.15** 'मरणानन्तरं' में कौन सी संधि है?

**A.** दीर्घ
**B.** गुण
**C.** वृद्धि
**D.** अयादि

**Q.16** "उधर गरजती सिंधु लहरियाँ, कुटिल काल के जालों-सी।
चली आ रही फेन उगलती, फन फैलाए व्यालों-सी।।"
इन पंक्तियों में कौन सा रस है?

**A.** हास्य रस
**B.** वीर रस
**C.** भयानक रस
**D.** करूण रस

**Q.17** मेरी भव बाधा हरो, राधा नागरि सोई।
जा तन की साँई परे स्याम हरित दुति होई
उपर्युक्त पंक्ति में कौन-सा रस है?

**A.** भक्ति रस
**B.** श्रृंगार रस
**C.** अद्भुत रस
**D.** वीर रस

**Q.18** निम्नलिखित पंक्तियों में कौन सा रस है?
तंबूरा ले मंच पर बैठे प्रेम प्रताप, साज मिले पंद्रह मिनट, घंटा भर आलाप।
घंटा भर आलाप, राग में मारा गोता, धीरे-धीरे खिसक चुके थे सारे श्रोता।

**A.** करुण
**B.** भयानक
**C.** हास्य
**D.** अद्भुत

**Q.19** निम्नलिखित काव्य पंक्ति में कौन सा छंद होगा?
निज भाषा उन्नति अहै, सब उन्नति को मूल, बिनु निज भाषा-ज्ञान के, मिटत न हिय को सूल।

**A.** चौपाई
**B.** सोरठा
**C.** दोहा
**D.** रोला

**Q.20** 'सुनु सिय सत्य असीस हमारी, पूजिहि मन कामना तुम्हारी।' यह काव्य पंक्ति किस छंद का उचित उदाहरण है?

**A.** सोरठा
**B.** दोहा
**C.** चौपाई
**D.** बरवै

**Q.21** निम्नलिखित काव्य पंक्ति किस छंद का उदाहरण है?
सीस-मुकुट कटि-काछनी, कर-मुरली उर-माल। इहिं बानक मो मन, बसो सदा बिहारीलाल।

**A.** बरवै
**B.** दोहा
**C.** चौपाई
**D.** सवैया

**Q.22** निम्नलिखित पंक्तियाँ किस रस का उदाहरण हैं?
"बतरस लालच लाल की, मुरली धरी लुकाय।
सौंह करे भैंहनि हँसै, देन कहै नटि जाय।"
A. श्रृंगार रस
B. वात्सल्य रस
C. भक्ति रस
D. करुण रस

**Q.23** निम्नलिखित चार विकल्पों में से, उस विकल्प का चयन करें, जो बताता है कि उस छंद के प्रथम और द्वितीय चरण में 11 और 13 के क्रम में 24 मात्राएं होती हैं और अंत में दो गुरु होते हैं।
A. चौपाई
B. रोला
C. दोहा
D. सोरठा

**Q.24** "थे दीखते परम वृद्ध नितान्त रोगी।" इस पंक्ति में कौन-सा छंद है?
A. कवित्त
B. मालिनी
C. वसन्ततिलका
D. दोहा

**Q.25** जो मासिक सम छंद है। प्रत्येक चरण में मात्राएं होती है उसे कहते है:
*[UP Police Constable, 2018]*
A. चौपाई
B. दोहा
C. सोरठा
D. रोला

**Q.26** दोहे व रोले को क्रम से मिलाने पर कौन-सा छंद बनता है?
A. सवैया
B. हरिगीतिका
C. बरवै
D. कुंडलियाँ

**Q.27** लूट सके तो लूट ले, राम नाम की लूट। पाछ फिर पछताओगे, प्राण जाहिं जब छूट॥-किस छंद का उदाहरण है?
A. बरवै
B. दोहा
C. चौपाई
D. सवैया

**Q.28** 'सच्छास्त्र' का उचित विच्छेद निम्न में से कौन-सा है?
A. सत् + छास्त्र
B. सच् + छास्त्र
C. सच् + शास्त्र
D. सत् + शास्त्र

**Q.29** यण स्वर संधि से निर्मित शब्द नहीं है:
A. अभ्यावेदन
B. स्वाधीन
C. स्वागत
D. इनमें से कोई नहीं

**Q.30** निम्नलिखित शब्दों में किसमें विसर्ग संधि है?
A. दुर्गम
B. राजेंद्र
C. निश्चल
D. उज्ज्वल

# // स्मार्ट उत्तर पुस्तिका //

| सही उत्तर | उन छात्रों के प्रतिशत को इंगित करता है जिन्होंने प्रश्नों का सही उत्तर दिया था। |

| छोड़ दिया | उन छात्रों के प्रतिशत को इंगित करता है जिन्होंने प्रश्नों को छोड़ दिया था। |

| प्रश्न संख्या | उत्तर | सही उत्तर / छोड़ दिया | प्रश्न संख्या | उत्तर | सही उत्तर / छोड़ दिया | प्रश्न संख्या | उत्तर | सही उत्तर / छोड़ दिया | प्रश्न संख्या | उत्तर | सही उत्तर / छोड़ दिया | प्रश्न संख्या | उत्तर | सही उत्तर / छोड़ दिया |
|---|---|---|---|---|---|---|---|---|---|---|---|---|---|---|
| 1 | B | 14.86 % / 75.68 % | 7 | A | 30.14 % / 68.58 % | 13 | B | 15.54 % / 69.5 % | 19 | C | 15.88 % / 68.59 % | 25 | A | 26.31 % / 72.02 % |
| 2 | D | 15.04 % / 77.03 % | 8 | C | 20.55 % / 71.67 % | 14 | C | 13.78 % / 76.52 % | 20 | C | 11.98 % / 68.53 % | 26 | D | 29.97 % / 69.75 % |
| 3 | B | 18.41 % / 69.85 % | 9 | A | 16.44 % / 70.97 % | 15 | A | 10.59 % / 78.15 % | 21 | B | 17.65 % / 80.9 % | 27 | B | 18.26 % / 80.52 % |
| 4 | B | 28.15 % / 71.35 % | 10 | A | 17.32 % / 79.04 % | 16 | C | 23.24 % / 71.62 % | 22 | A | 18.49 % / 79.61 % | 28 | D | 22.91 % / 75.74 % |
| 5 | C | 11.95 % / 75.56 % | 11 | D | 31.52 % / 67.97 % | 17 | A | 12.96 % / 71.05 % | 23 | B | 12.14 % / 70.28 % | 29 | B | 23.81 % / 73.12 % |
| 6 | C | 11.1 % / 71.1 % | 12 | C | 21.11 % / 72.63 % | 18 | C | 14.27 % / 71.16 % | 24 | C | 29.57 % / 69.72 % | 30 | A | 28.17 % / 68.42 % |

| कार्य विश्लेषण | |
|---|---|
| औसत अंक ( % ) | 70.0% |
| टॉपर्स स्कोर ( % ) | 70.0% |
| आपका स्कोर | |

## //संकेत और समाधान//

**1.** उपर्युक्त उद्धरण में वीर रस की निष्पत्ति हुई है।

जब किसी रचना या वाक्य आदि से वीरता जैसे स्थायी भाव की उत्पत्ति होती है, तो उसे वीर रस कहा जाता है।

अतः विकल्प (B) सही है।

**2.** 'शोभित कर नवनीत लिए, घुटरुनि चलत रेनु तन मण्डित मुख दधि लेप किए'। इन पंक्तियों में वात्सल्य रस है। इसका स्थायी भाव वात्सल्यता (अनुराग) होता है माता का पुत्र के प्रति प्रेम, बड़ों का बच्चों के प्रति प्रेम, गुरुओं का शिष्य के प्रति प्रेम, बड़े भाई का छोटे भाई के प्रति प्रेम आदि का भाव स्नेह कहलाता है यही स्नेह का भाव परिपुष्ट होकर वात्सल्य रस कहलाता है।

अतः विकल्प (D) सही है।

**3.** व्यंजन का व्यंजन से अथवा किसी स्वर से मेल होने पर जो परिवर्तन होता है उसे व्यंजन संधि कहते हैं। जगदम्बा, संतोष तथा अहंकार व्यंजन संधि का उदाहरण है तथा विद्यालय स्वर संधि का उदाहरण है।

अतः विकल्प (B) सही है।

**4.** जब संधि करते समय व्यंजन के साथ स्वर या कोई व्यंजन के मिलने से जो रूप में परिवर्तन होता है, उसे ही व्यंजन संधि कहते हैं। यानी जब दो वर्णों में संधि होती है तो उनमें से पहला यदि व्यंजन होता है और दूसरा स्वर या व्यंजन होता है तो उसे हम व्यंजन संधि कहते हैं।

सत् + चरित्र = सच्चरित्र

अतः विकल्प (B) सही है।

**5.** उपरोक्त काव्य पंक्ति में 'हास्य रस' है।

इन पंक्तियों में लक्ष्मण – परशुराम की मूर्खता को इंगित करते हुए उन पर हंसते हुए कहते हैं,

बिहसि लखन बोले मृदु बानी। अहो मुनीसु महाभर यानी।।

पुनि पुनि मोहि देखात कुहारु। चाहत उड़ावन कुंकी पहारू।।

इसलिए, यहाँ हास्य रस है।

अतः विकल्प (C) सही है।

**6.** 'सदाशय' का सही संधि-विच्छेद है - सत् + आशय।

यदि क, च, ट, त, प के परे वर्गों का तृतीय अथवा चतुर्थ वर्ण ( ग,घ, ज, झ, ड, ढ, द, ध, ब, भ,) अथवा य,र,ल,व, अथवा कोई स्वर हो, तो क, च ,ट ,त, प के स्थान पर उसी वर्ग के तीसरे अक्षर ( ग,ज,ड, द,ब, ) हो जाएगा।

अतः विकल्प (C) सही है।

**7.** "पर + अधीन" शुद्ध सन्धि विच्छेद है। जिसके मेल होने पर पराधीन शब्द बनेगा।

इसमें 'अ + आ = आ' का सूत्र प्रयोग हुआ है। इसमें दीर्घ सन्धि है।

अतः विकल्प (A) सही है।

**8.** उपरोक्त पंक्तियो में विप्रलंभ श्रृंगार रस है।

'जहाँ रति नामक भाव प्रकर्ष को प्राप्त करे, लेकिन अभीष्ट को न पा सके, वहाँ विप्रलंभ-श्रृंगार कहा जाता है'। भानुदत्त का कथन है-'युवा और युवती की परस्पर मुदित पंचेन्द्रियों के पारस्परिक सम्बन्ध का अभाव अथवा अभीष्ट अप्राप्ति विप्रलम्भ है'।

अतः विकल्प (C) सही है।

**9.** "रावनु रथी विरथ रघुवीरा, देखी विभीषण भयउ अधीरा। अधिक प्रीति मन भा संदेहा, बंदि चरन कह सहित सनेहा।।" में चौपाई छंद है। चौपाई मात्रिक

सम छन्द का एक भेद है। प्राकृत तथा अपभ्रंश के 16 मात्रा के वर्णात्मक छन्दों के आधार पर विकसित हिन्दी का सर्वप्रिय और अपना छन्द है। चौपाई में चार चरण होते हैं, प्रत्येक चरण में 16-16 मात्राएँ होती हैं तथा अन्त में गुरु होता है।

अतः विकल्प (A) सही है।

**10.** अन्वय स्वर संधि का उदाहरण है।

स्वर संधि - जहाँ दो स्वरों के मेल से विकार उत्पन्न हो वहाँ स्वर संधि होता है। 'अन्वय' का संधि विच्छेद अनु + अय होगा यह 'यण संधि' है, 'किंचित' का संधि विच्छेद 'किम् + चित्' यह व्यंजन संधि है। 'नीरस' का नि: + रस' यह विसर्ग संधि है।

अतः विकल्प (A) सही है।

**11.** कुण्डलिया छंद में दोहे का चौथा चरण रोले के प्रथम चरण में दोहराया जाता है।

- दोहा और रोला जोड़कर कुण्डलिया छंद बनाते हैं।
- कुण्डलिया के प्रथम दो चरणों में दोहा का लक्षण और बाद के चार चरणों में 'रोला' का लक्षण घटित होता है।
- कुण्डलिया छंद का प्रथम और अंतिम शब्द एक जैसा होता है।
- कुल 6 चरण होते है। प्रथम दो चरण में दोहा छंद पाया जाता है। और अंतिम 4 चरण में रोला छंद पाया जाता है।

अतः विकल्प (D) सही है।

**12.** उपरोक्त काव्य पंक्ति में 'भयानक रस' है।

दिए गए उदाहरण में एक मुसाफिर अजगर और सिंह के मध्य फसने एवं उससे जो भय उत्पन्न हो रहा है का वर्णन किया गया है।

किसी बलवान शत्रु या भयानक वस्तु को देखने पर उत्पन्न भय ही भयानक रस है।

भय नामक स्थाई भाव जब अपने अनुरूप आलंबन, उद्दीपन एवं संचारी भावों का सहयोग प्राप्त कर आस्वाद का रूप धारण कर लेता है तो इसे भयानक कहा जाता है।

अतः विकल्प (C) सही है।

**13.** "प्रतिच्छवि:" शब्द की सन्धि विच्छेद है - प्रति + छवि। इसमें व्यंजन सन्धि है।

त या द के बाद च अथवा छ हो तो त या द के स्थान पर च हो जाता है।
अतः विकल्प (B) सही है।

**14.** उपर्युक्त काव्य पंक्तियों में करुण रस अभिव्यंजित हो रहा है।

करुण रस की परिभाषा के अनुसार – किसी प्रिय वस्तु अथवा व्यक्ति आदि के अनिष्ट की आशंका या इनके विनाश से हृदय में उत्पन्न क्षोभ या दुःख को 'करुण रस' कहते हैं। इसका स्थायी भाव 'शोक' है।
अतः विकल्प (C) सही है।

**15.** 'मरणानन्तरं' में दीर्घ संधि है। 'मरण + अन्तरं' यहां "अकः सवर्णे दीर्घ:" सूत्र से दीर्घ एकादेश होता है अर्थात अक् (अ, इ, उ, ऋ, लृ) के आगे सवर्ण स्वर के रहने पर दीर्घ एकादेश होता है एक आदेश से यहां तात्पर्य है दो स्वरों के स्थान पर हीस्वर के आदेश होने से है। इ, उ, ऋ, लृ) के आगे सवर्ण स्वर के रहने पर दीर्घ एकादेश होता है। एक आदेश से यहां तात्पर्य है दो स्वरों के स्थान पर एक ही स्वर के आदेश होने से हैं।

जैसे :-

अ/आ+ अ/आ = आ

इ/ई+ इ/ई = ई

उ/ऊ + उ/ऊ = ऊ

ऋ/ॠ + ऋ/ॠ = ॠ

लृ + लृ = लृ (लृ का दीर्घ रूप नहीं होता)

अत: विकल्प (A) सही है।

**16.** उपर्युक्त पंक्तियों में भयानक रस है।

इसमें सिंधु नदी से उठने वाली लहरों के विकराल रूप की अभिव्यक्ति हुई है।

भयानक रस का स्थायी भाव भय है। भयंकर प्राकृतिक दृश्यों को देखकर अथवा प्राणों के विनाशक बलवान शत्रु को देखकर उसका वर्णन सुनकर भय उत्पन्न होता हैं।

अतः विकल्प (C) सही है।

**17.** उपर्युक्त पंक्ति में भक्ति रस है।

राधा जी के पीले शरीर की छाया नीले कृष्ण पर पड़ने से वे हरे लगने लगते है।

दूसरा अर्थ है कि राधा की छाया पड़ने से कृष्ण हरित (प्रसन्न) हो उठते हैं।

मेरी भव बाधा हरो भारत के प्रसिद्ध साहित्यकार, कहानीकार और उपन्यासकार रांगेय राघव द्वारा लिखा गया एक श्रेष्ठ उपन्यास है। यह उपन्यास 'राजपाल एंड संस' प्रकाशन द्वारा प्रकाशित किया गया था। राघव जी का यह उपन्यास महाकवि बिहारीलाल के जीवन पर आधारित अत्यंत रोचक मौलिक रचना है। यह उपन्यास उस युग के समाज, राजनीति और धार्मिक जीवन का भी सजीव चित्रण करता है।

जहाँ ईश्वर के प्रति प्रेम या अनुराग का वर्णन होता है वहाँ भक्ति रस होता है।

अतः विकल्प (A) सही है।

**18.** उक्त पंक्तियाँ हास्य पैदा करती हैं अर्थात यहाँ 'हास्य रस' का प्रयोग हुआ है। 'हास्य रस' अर्थात 'जहां विकृत आकार, वेश-भूषा, चेष्टा आदि के वर्णन से हास्य उत्पन्न हो'।

अत: विकल्प (C) सही है।

**19.** उपरोक्त काव्य पंक्ति दोहा छंद का उदाहरण है।

यह मात्रिक अर्द्धसम छंद है।

दोहा छंद में पहले और तीसरे चरण में 13–13 मात्राएँ तथा दूसरे और चौथे चरण में 11–11 मात्राएँ होती हैं। दूसरे व चौथे चरण के अन्त में 1 लघु अवश्य होना चाहिए।

अतः विकल्प (C) सही है।

**20.** 'सुनु सिय सत्य असीस हमारी, पूजिहि मन कामना तुम्हारी।' यह चौपाई छंद का उदाहरण है। चौपाई मात्रिक सम छन्द है। इसके प्रत्येक चरण में 16 मात्राएं होती हैं। यति प्रत्येक चरण के अंत में होती है।

अतः विकल्प (C) सही है।

**21.** उपरोक्त काव्य पंक्ति दोहा छंद का उदाहरण है।

दोहा छंद में पहले और तीसरे चरण में 13–13 मात्राएँ तथा दूसरे और चौथे चरण में 11–11 मात्राएँ होती है। दूसरे व चौथे चरण के अन्त में 1 लघु अवश्य होना चाहिए।

अतः विकल्प (B) सही है।

**22.** "बतरस लालच लाल की, मुरली धरी लुकाय। सौंह करे भैंहनि हँसै, देन कहै नटि जाय।" पंक्तियों में 'श्रृंगार रस' है। श्रृंगार रस में नायक और नायिका के मन में संस्कार रूप में स्थित रति या प्रेम जब रस के अवस्था में पहुंच जाता है तो वह श्रृंगार रस कहलाता है। इसके अंतर्गत वसंत ऋतु, सौंदर्य, प्रकृति, सुंदर वन, पक्षियों श्रृंगार रस के अंतर्गत नायिकालंकार ऋतु तथा प्रकृति का वर्णन भी किया जाता है।
अतः विकल्प (A) सही है।

**23.** उपर्युक्त विकल्पों में से 'रोला' छंद के प्रथम और द्वितीय चरण में 11 और 13 के क्रम में 24 मात्राएं होती हैं और अंत में दो गुरु होते हैं। अन्य विकल्प इसके अनुचित उत्तर हैं।

अत: विकल्प (B) सही है।

**24.** "थे दीखते परम वृद्ध नितान्त रोगी।" इस पंक्ति में वसन्ततिलका छंद है।

इसमें प्रत्येक चरण में एक तगण, एक भगण, दो जगण तथा दो गुरु के क्रम से 14 वर्ण होते हैं।

अत: विकल्प (C) सही है।

**25.** जो मासिक सम छंद है। प्रत्येक चरण में मात्राएं होती है उसे चौपाई कहते है।

छन्द जिस रचना में मात्राओं और वर्णों की विशेष व्यवस्था तथा संगीतात्मक लय और गति की योजना रहती है, उसे 'छन्द' कहते हैं। ऋग्वेद के पुरुषसूक्त के नवम् छन्द में 'छन्द' की उत्पत्ति ईश्वर से बताई गई है। लौकिक संस्कृत के छंदों का जन्मदाता वाल्मिकि को माना गया है। आचार्य पिंगल ने 'छन्दसूत्र' में छन्द का सुसम्बद्ध वर्णन किया है, अत: इसे छन्दशास्त्र का आदि ग्रन्थ माना जाता है।

अत: विकल्प (A) सही है।

**26.** दोहे व रोले को क्रम से मिलाने पर कुंडलियाँ छंद बनता है। कुंडलियाँ मात्रिक विषम संयुक्त छंद है जिसमें 6 चरण होते हैं। इसमें एक दोहा व एक रोला होता है। दोहे का चौथा चरण रोला के प्रथम चरण में दुहराया जाता है तथा दोहे का प्रथम शब्द ही रोला के अंत में आता है। इस प्रकार कुंडलियाँ का प्रारंभ जिस शब्द से होता है, उसी से इसका अंत भी होता है।

अत: विकल्प (D) सही है।

**27.** लूट सके तो लूट ले, राम नाम की लूट। पाछे फिरे पछताओगे, प्राण जाहिं जब छूट॥-काव्य पंक्ति दोहा छंद का उदाहरण है।

दोहा: दोहा छंद में पहले और तीसरे चरण में 13–13 मात्राएँ तथा दूसरे और चौथे चरण में 11–11 मात्राएँ होती हैं।

अत: विकल्प (B) सही है।

**28.** 'सच्छास्त्र' का संधि-विच्छेद सत् + शास्त्र होगा।

संधि का नियम (त् + श = च्छ) (व्यंजन संधि)

त् का मेल यदि श् से हो तो त् को च् और श् का छ बन जाता है।

जैसे - त् + श् = च्छ उत् + श्वास = उच्छ्वास

त् + श = च्छ उत् + शिष्ट = उच्छिष्ट

सही उत्तर सत् + शास्त्र है।

अतः विकल्प (D) सही है।

**29.** अभ्यावेदन व स्वागत ये दोनों ही शब्द 'यण' संधि के उदाहरण है।

स्व+अधीन-स्वाधीन अर्थात स्वयं के अधीन। यहाँ 'दीर्घ संधि' संधि है।

अतः विकल्प (B) सही है।

**30.** यदि विसर्ग के पहले अ, आ को छोड़कर कोई स्वर हो और बाद में पांचों वर्गों का तीसरा, चौथा, पांचवां वर्ण या य, र, ल, व, ह या कोई स्वर हो तो विसर्ग के स्थान पर र् हो जाता है।

जैसे दुः + गुण = दुर्गुण, दुः + जन = दुर्जन।

इसी प्रकार, दुः + गम = दुर्गम।

अतः विकल्प (A) सही है।

**Q.1** दिए गए विकल्पों में से रिक्त स्थान की पूर्ति कीजिए। हिंदी हमारी मातृभाषा है जिस पर हमें_____है।

**A.** संतोष  **B.** आनंद  **C.** गर्व  **D.** रोष

**Q.2** रिक्त स्थान को भरने के लिए उपयुक्त शब्द का चयन करें।
भगत सिंह वीरता की मूर्ति थे, और ........... उनके अंग- अंग से झलकती थी।

**A.** स्फूर्ति  **B.** हँसी  **C.** वेदना  **D.** कल्पना

**Q.3** दिए गए विकल्पों में से रिक्त स्थान की पूर्ति कीजिए। प्रश्न-पत्र में कुछ प्रश्नों के उत्तर संक्षिप्त लिखने होते हैं तो कुछ _____ से।

**A.** लघु  **B.** विस्तृत  **C.** विस्तार  **D.** दीर्घ

**Q.4** दिए गए विकल्पों में से रिक्त स्थान की पूर्ति कीजिए। कर्फ्यू लगने से सारे शहर में _____ सन्नाटा छा गया।

**A.** निस्तब्ध  **B.** शाश्वत  **C.** प्रकम्पित  **D.** भयावह

**Q.5** दिए गए विकल्पों में से रिक्त स्थान की पूर्ति कीजिए। 'साहित्य का_____प्रत्येक मनुष्य के लिए अनिवार्य है।'

**A.** पहचान  **B.** ज्ञान  **C.** परख  **D.** पथ

**Q.6 निर्देश:** सही शब्द का चयन करते हुए रिक्त स्थान की पूर्ति कीजिए।
दिए गए विकल्पों में से रिक्त स्थान की पूर्ति कीजिए। व्याकरण के नियमों में बँधे, वाक्य में प्रयुक्त शब्द _____ कहलाते हैं।

**A.** व्याकरण  **B.** वाक्य  **C.** शब्द  **D.** पद

**Q.7** हम लोग किसी के _____ दास नही है कि चुपचाप हर काम करते रहेंगे।' निम्नलिखित में रिक्त स्थान की पूर्ति के लिए उपयुक्त है? चयन किजिये-

**A.** कृति  **B.** क्रीत  **C.** कृत्य  **D.** कृती

**Q.8** रिक्त स्थान की पूर्ति उचित विकल्प से किजिए।
अनेक भाषाएँ बोलने वाले को _____ कहते हैं।

**A.** वक्ता  **B.** बहुभाषी  **C.** शाकाहारी  **D.** कटुभाषी

**Q.9** दिए गए विकल्पों में से रिक्त स्थान की पूर्ति कीजिए। समाज व्यक्तियों के _____ संबंधों की एक व्यवस्था है

**A.** पारस्परिक  **B.** आपसी  **C.** लोगों  **D.** रिश्तों

**Q.10** दिए गए विकल्पों में से रिक्त स्थान की पूर्ति कीजिए। समाज मानव जाति की _____ और विकास का मूल आधार है।

**A.** लज्जा  **B.** सुरक्षा  **C.** इच्छा  **D.** प्रक्रिया

**Q.11** दिए गए विकल्पों में से रिक्त स्थान की पूर्ति कीजिए।
विश्व में _____ की प्रधानता है।

**A.** धर्म  **B.** ज्ञान  **C.** कर्म  **D.** परोपकार

**Q.12** सही शब्द का चयन करते हुए रिक्त स्थान की पूर्ति कीजिए। भाषा के लिखने के ढंग को _____ कहते हैं।

**A.** वर्ण  **B.** शब्द  **C.** वाक्य  **D.** लिपि

**Q.13** निम्नलिखित रिक्त स्थानों की पूर्ति कीजिये।
वह व्यक्तिगत तौर पर कर्ज .............. कराता है।

**A.** बैंक  **B.** व्याज  **C.** माफ़  **D.** मुहैया

**Q.14** सही शब्द का चयन करते हुए रिक्त स्थान की पूर्ति कीजिए। रात एक बजे तक कार्य किया, फिर _____ लग गई।

**A.** आँख  **B.** लात  **C.** बात  **D.** साथ

**Q.15** दिए गए विकल्पों के आधार पर रिक्त स्थान की पूर्ति कीजिए। उसने इस योजना को सही _____ दिया है।

**A.** स्वरूप  **B.** प्रकार  **C.** ढांचा  **D.** साँचा

**Q.16** निम्नलिखित वाक्य में उपयुक्त विकल्प के द्वारा रिक्त स्थान की पूर्ति कीजिये-
विधि का यही ------ है कि जिसने जन्म लिया है उसकी मृत्यु अवश्य होगी।

**A.** अध्यादेश  **B.** विधान  **C.** प्रावधान  **D.** अनुदेश

**Q.17** निम्नलिखित वाक्य में उपयुक्त विकल्प के द्वारा रिक्त स्थान की पूर्ति कीजिये-
मंच पर अनेक विख्यात विद्वानों को देखकर दर्शकों ने प्रसन्नता ------- की।

**A.** विख्यात  **B.** कुख्यात  **C.** अभिजात  **D.** प्रकट

**Q.18** निम्नलिखित वाक्य में उपयुक्त विकल्प के द्वारा रिक्त स्थान की पूर्ति कीजिये-
मनुष्य स्वभावतः _____ पसंद नहीं करता।

**A.** एकाकीपन  **B.** अनुभव  **C.** जरूरत  **D.** दयावान

**Q.19** निम्नलिखित वाक्य में उपयुक्त विकल्प के द्वारा रिक्त स्थान की पूर्ति कीजिये-
महात्मा बुद्ध ने लोगों को अहिंसा का ------ दिया है।

**A.** पाठ  **B.** सन्देश  **C.** शिक्षा  **D.** उपदेश

**Q.20** निम्नलिखित वाक्य में उपयुक्त विकल्प के द्वारा रिक्त स्थान की पूर्ति कीजिये।
यदि हमें आगे बढ़ना है तो उसके लिए प्रयास तो करने ही पड़ेंगे वरना ___ नहीं मिलेगी।

**A.** प्रयास  **B.** चक्कर  **C.** सफलता  **D.** कार्य

**Q.21** निम्नलिखित वाक्य में उपयुक्त विकल्प के द्वारा रिक्त स्थान की पूर्ति कीजिये-
जंगली हाथी को देखकर लोगों में ....... मच गयी।

**A.** परिहास  **B.** हास  **C.** भगदड़  **D.** हलचल

**Q.22** सही शब्द का चयन करते हुए रिक्त स्थान की पूर्ति कीजिए। श्याम ने _____ से देशभक्ति का संकल्प लिया।

**A.** दबाव  **B.** उत्सुकता  **C.** तत्परता  **D.** दृढ़ता

**Q.23** निम्नलिखित वाक्य में उपयुक्त विकल्प के द्वारा रिक्त स्थान की पूर्ति कीजिये-
साहित्य समाज का ......... है।

**A.** आलोचना  **B.** भाषा  **C.** किताब  **D.** दर्पण

**Q.24** दिए गए विकल्पों के आधार पर रिक्त स्थान की पूर्ति कीजिए। हिन्दू धर्म में भोजन के करते वक्त भोजन के सात्विकता के _____ अच्छी भावना और अच्छे वातावरण और आसन का बहुत महत्व माना गया है।

**A.** के द्वारा  **B.** महत्त्व  **C.** अलावा  **D.** रहित

**Q.25** निम्नलिखित वाक्य में रिक्त स्थान की पूर्ति के लिए उचित शब्द का चयन कीजिए- रानी युद्ध _____ गंभीरतापूर्वक लड़ी।

**A.** से  **B.** में  **C.** बीच  **D.** के लिए

**Q.26** निम्नलिखित वाक्य में उपयुक्त विकल्प के द्वारा रिक्त स्थान की पूर्ति कीजिये-

'हिमालय' संस्कृत के '______' तथा '______' दो शब्दों से मिलकर बना है जिसका शाब्दिक अर्थ 'बर्फ़ का घर' होता है।

**A.** हिमा, लय

**B.** आलय, हिम

**C.** हिमानी, घर

**D.** हिम, आलय

**Q.27** रिक्त स्थान को भरने के लिए उपयुक्त शब्द का चयन करें।

सूरदास के काव्य में भक्ति, जीवन-दर्शन एवं कवित्व की.......... बहती है।

**A.** श्रेष्ठ

**B.** दुर्गन्ध

**C.** धारा

**D.** इनमें से कोई नहीं

**Q.28** रिक्त स्थान को भरने के लिए उपयुक्त शब्द का चयन करें।

गुरूजी की वाणी से असंख्य ....................... खिल उठे एवं निर्जीव जनता को जीने का नवीन उत्साह मिला।

**A.** रचनाएं

**B.** हृदय-पुष्प

**C.** कांटे

**D.** इनमें से कोई नहीं

**Q.29** पशु का जीवन सहज प्रवृत्ति से ______ होता है।

**A.** प्रचारित　　**B.** परिमाणित　　**C.** परिचालित　　**D.** प्रसारित

**Q.30** अपने जीवन के उद्देश्य की पूर्ति के लिए तुम्हें ______ परिश्रम करना पड़ेगा।

**A.** अथाह　　**B.** अक्षुण्ण　　**C.** अथक　　**D.** अपार

# // स्मार्ट उत्तर पुस्तिका //

**सही उत्तर** — उन छात्रों के प्रतिशत को इंगित करता है जिन्होंने प्रश्नों का सही उत्तर दिया था।

**छोड़ दिया** — उन छात्रों के प्रतिशत को इंगित करता है जिन्होंने प्रश्नों को छोड़ दिया था।

| प्रश्न संख्या | उत्तर | सही उत्तर / छोड़ दिया | प्रश्न संख्या | उत्तर | सही उत्तर / छोड़ दिया | प्रश्न संख्या | उत्तर | सही उत्तर / छोड़ दिया | प्रश्न संख्या | उत्तर | सही उत्तर / छोड़ दिया | प्रश्न संख्या | उत्तर | सही उत्तर / छोड़ दिया |
|---|---|---|---|---|---|---|---|---|---|---|---|---|---|---|
| 1 | C | 10.81 % / 69.88 % | 7 | B | 16.44 % / 68.13 % | 13 | D | 14.89 % / 69.42 % | 19 | D | 26.74 % / 68.15 % | 25 | B | 14.6 % / 80.19 % |
| 2 | A | 22.85 % / 68.81 % | 8 | B | 32.48 % / 67.51 % | 14 | A | 24.66 % / 73.08 % | 20 | C | 26.51 % / 71.73 % | 26 | D | 21.74 % / 67.45 % |
| 3 | C | 13.67 % / 85.75 % | 9 | A | 23.52 % / 70.21 % | 15 | A | 32.98 % / 67.01 % | 21 | C | 24.8 % / 67.24 % | 27 | C | 31.66 % / 67.96 % |
| 4 | D | 13.92 % / 85.48 % | 10 | B | 26.16 % / 67.9 % | 16 | B | 18.08 % / 71.68 % | 22 | D | 21.73 % / 70.02 % | 28 | B | 27.62 % / 70.26 % |
| 5 | B | 14.82 % / 69.94 % | 11 | C | 31.57 % / 67.41 % | 17 | D | 32.66 % / 67.16 % | 23 | D | 18.8 % / 70.29 % | 29 | C | 13.63 % / 76.19 % |
| 6 | D | 27.38 % / 71.28 % | 12 | D | 30.93 % / 68.1 % | 18 | A | 16.87 % / 72.39 % | 24 | C | 18.35 % / 73.02 % | 30 | C | 21.82 % / 72.49 % |

| कार्य विश्लेषण | |
|---|---|
| औसत अंक ( % ) | 30.0% |
| टॉपर्स स्कोर ( % ) | 63.33% |
| आपका स्कोर | |

# //संकेत और समाधान//

**1.** हिंदी हमारी मातृभाषा है जिस पर हमें **गर्व** है।

- वाक्य प्रयोग: हमे अपनी सेनाओ पे गर्व है।
- हिन्दी ने हमें विश्व में एक नई पहचान दिलाई है। हिन्दी दिवस भारत में हर वर्ष '14 सितंबर' को मनाया जाता है। हिन्दी विश्व में बोली जाने वाली प्रमुख भाषाओं में से एक है। विश्व की प्राचीन, समृद्ध और सरल भाषा होने के साथ-साथ हिन्दी हमारी 'राष्ट्रभाषा' भी है। वह दुनियाभर में हमें सम्मान भी दिलाती है।
- अन्य विकल्प असंगत है।

अत: विकल्प (C) सही है।

**2.** पूरा वाक्य - भगत सिंह वीरता की मूर्ति थे, और स्फूर्ति उनके अंग- अंग से झलकती थी।

- रिक्त स्थान को भरने के लिए उपयुक्त शब्द स्फूर्ति है। अन्य विकल्प असंगत है ।
- स्फूर्ति- फुरती ; तेज़ी

अत: विकल्प (A) सही है।

**3.** प्रश्न-पत्र में कुछ प्रश्नों के उत्तर संक्षिप्त लिखने होते हैं तो कुछ **विस्तार** से।

विस्तार का अर्थ है : फैलाव , ब्योरा

अन्य विकल्प असंगत है।

अत: विकल्प (C) सही है।

**4.** कर्फ्यू लगने से सारे शहर में **भयावह** सन्नाटा छा गया।

भयावह का अर्थ है : ख़तरनाक , आंतकपूर्ण

अन्य विकल्प असंगत है।

अत: विकल्प (D) सही है।

**5.** 'साहित्य का **ज्ञान** प्रत्येक मनुष्य के लिए अनिवार्य है।'

अन्य विकल्प असंगत है।

अत: विकल्प (B) सही है।

**6.** व्याकरण के नियमों में बँधे, वाक्य में प्रयुक्त शब्द **पद** कहलाते हैं।

- जब कोई शब्द वाक्य में प्रयोग किया जाता है तो पद कहलाता है।
- जैसे - 'परिश्रम' एक शब्द है, जब इस शब्द को वाक्य में प्रयोग कर दें जैसे 'परिश्रम का फल मीठा होता है, तो यह पद कहलाता है।

अन्य विकल्प असंगत है।

अत: विकल्प (D) सही है।

**7.** पूर्ण वाक्य है - हम लोग किसी के क्रीत दास नही है कि चुपचाप हर काम करते रहेगें।

- दिए गए विकल्पों में से रिक्त स्थान के लिए उचित शब्द 'क्रीत' होगा।
- 'क्रीत' विशेषण शब्द है जिसका अर्थ है ख़रीदा हुआ, क्रय।

अन्य विकल्प:

- कृति - किया हुआ कार्य या रचना
- कृत्य - कर्म या कर्तव्य
- कृती - कुशल या दक्ष

अत: विकल्प (B) सही है।

**8.** पूर्ण वाक्य है - अनेक भाषाएँ बोलने वाले को बहुभाषी कहते हैं।

- दिए गए विकल्पों में से रिक्त स्थान के लिए उचित शब्द 'बहुभाषी' होगा।
- अनेक भाषाएँ बोलने वाला यह एक वाक्यांश है जिसके लिए एक शब्द 'बहुभाषी' होता है।

अन्य विकल्प:

- वक्ता - भाषण आदि देने वाला।
- शाकाहारी - जो मांस न खाता हो।
- कटुभाषी - कटु (कड़वा) बोलने वाला।

अत: विकल्प (B) सही है।

**9.** पूर्ण वाक्य है - समाज व्यक्तियों के **पारस्परिक** संबंधों की एक व्यवस्था है

- पारस्परिक – आपस का
- आपसी – परस्परिक
- लोगों – जनता
- रिश्तों – संबंधों

अन्य विकल्प इसके अनुचित उत्तर हैं।

अत: विकल्प (A) सही है।

**10.** पूर्ण वाक्य है - समाज मानव जाति की **सुरक्षा** और विकास का मूल आधार है।

- सुरक्षा में मूल शब्द 'रक्षा' जिसमें 'सु' उपसर्ग के योग से 'सुरक्षा' शब्द बना है।
- उपसर्ग ऐसे शब्दांश हैं जो किसी शब्द के पूर्व जुड़ कर उसके अर्थ में परिवर्तन कर देते हैं या उसके अर्थ में विशेषता ला देते हैं।

विकल्प:

- लज्जा – मर्यादा
- सुरक्षा – समुचित रक्षा
- इच्छा – कामना
- प्रक्रिया – प्रयोग का साधन

अत: विकल्प (B) सही है।

**11.** पूर्ण वाक्य है - विश्व में **कर्म** की प्रधानता है।

विकल्प:

- धर्म – सामाजिक कर्तव्य
- ज्ञान – विद्या
- कर्म – आचरण
- परोपकार – दूसरों के हित का काम

अत: विकल्प (C) सही है।

**12.** पूर्ण वाक्य है - भाषा के लिखने के ढंग को **लिपि** कहते हैं।

- भाषा- भाषा वह साधन है जिसके द्वारा हम अपने विचारों को व्यक्त कर सकते हैं और इसके लिये हम वाचिक ध्वनियों का प्रयोग करते हैं।

विकल्प:

- वर्ण – अक्षर
- शब्द – वर्णों का सार्थक समूह, ध्वनि
- वाक्य – सार्थक शब्द समूह

* लिपि - भाषा के लघुतम ध्वनि अक्षरों का समूह।

अत: विकल्प (D) सही है।

**13.** पूर्ण वाक्य है - वह व्यक्तिगत तौर पर कर्ज़ **मुहैया** कराता है।

* मुहैया शब्द का अर्थ - इकट्ठा किया हुआ ।

अत: विकल्प (D) सही है।

**14.** पूर्ण वाक्य है - रात एक बजे तक कार्य किया, फिर **आँख** लग गई। इसलिए विकल्प 'आँख' इसका सही उत्तर है।

विकल्प:

* आँख – देखने की इंद्रिय
* लात – पाँव
* बात – चर्चा, प्रसंग
* साथ – सहित, संग

अत: विकल्प (A) सही है।

**15.** उसने इस योजना को सही **स्वरूप** दिया है। इसलिए विकल्प 'स्वरूप' इसका सही उत्तर है। अन्य विकल्प इसके गलत उत्तर हैं।

विकल्प:

* स्वरूप – प्रकार या स्वभाव
* प्रकार – भेद
* ढांचा – वस्तु आदि की रचना का आरंभिक रूप
* साँचा – प्रतिमान, ढांचा

अत: विकल्प (A) सही है।

**16.** उपरोक्त विकल्पों में से विकल्प विधान सटीक है। प्रस्तुत पंक्ति में 'विधि का यही ------ है कि जिसने जन्म लिया है, उसकी मृत्यु अवश्य होगी।' में विधान शब्द उपयुक्त। विधान का अर्थ होता है - जो निश्चित हो। अतः मृत्यु भी एक अटल सत्य है।

अन्य विकल्प -

* अध्यादेश का अर्थ है -शासक की आज्ञा।
* प्रावधान का अर्थ है -किसी नियम के द्वारा कोई शर्त रखना।
* अनुदेश का अर्थ है -संकेत देना

अत: विकल्प (B) सही है।

**17.** मंच पर अनेक विख्यात विद्वानों को देखकर दर्शकों ने प्रसन्नता **प्रकट** की। अतः प्रकट विकल्प सही है।

अन्य विकल्प :

* कुख्यात का अर्थ है - जो प्रसिद्ध न हो।
* अज्ञात का अर्थ है - जिसका पता न हो
* अभिजात का अर्थ है - योग्य, उच्च वंश

अत: विकल्प (D) सही है।

**18.** उपर्युक्त विकल्पों में से एकाकीपन (अकेला होने की अवस्था या भाव) शब्द वाक्यानुसार उपयुक्त है। इस प्रकार वाक्य का सही रूप है "यह मानव का स्वभाव है कि वह **एकाकीपन** में नहीं रह सकता क्योंकि मनुष्य एक सामाजिक प्राणी है।" अतः सही विकल्प 'एकाकीपन' है।

अन्य विकल्प:

* जरूरत का अर्थ है - आपको जिस चीज की आवश्यकता हो।
* दयावान का अर्थ है - दया करने वाला।

* थोड़ा का अर्थ है - बहुत कम।

अत: विकल्प (A) सही है।

**19.** उपरोक्त विकल्पों में से उपदेश विकल्प सटीक है क्योंकि महात्मा बुद्ध ने लोगों को अहिंसा का **उपदेश** दिया है। यह शब्द सटीक है।

अन्य विकल्प -

* पाठ का अर्थ है - पढ़ने की क्रिया
* सन्देश का अर्थ है - समाचार या विचार
* शिक्षा का अर्थ है – सिखाने की क्रिया

अत: विकल्प (D) सही है।

**20.** उपरोक्त विकल्पों में से सफलता सही विकल्प है। प्रस्तुत पंक्तियों में लेखक ये बताना चाह रहा है कि बिना कर्म के **सफलता** नहीं मिलती। अतः अन्य विकल्प असंगत हैं।

अन्य विकल्प -

1. चक्कर का अर्थ है किसी की परिक्रमा करना।

2. कार्य का अर्थ है काम करना।

3. अनुभव का अर्थ है ज्ञान।

अत: विकल्प (C) सही है।

**21.** उपरोक्त विकल्पों में से 'भगदड़' सही विकल्प है। जंगली हाथी को देखकर लोगों में **भगदड़** मच गयी। अन्य विकल्प असंगत हैं।

अन्य विकल्प :

1. परिहास का अर्थ है हँसी मज़ाक करना।

2. हास का अर्थ है किसी पर हँसना।

3. हलचल का अर्थ है उपद्रव मचाना।

अत: विकल्प (C) सही है।

**22.** श्याम ने दृढ़ता से देशभक्ति का संकल्प लिया। यह पूर्ण उचित वाक्य है।

* दृढ़ता का अर्थ मज़बूती से होता है।
* प्रतिज्ञा एवं विचारों आदि पर अडिग रहने की अवस्था को दृढ़ता कहते हैं।

अन्य विकल्प:

* दबाव अर्थित प्रभाव या असर।
* उत्सुकता अर्थित अधीरता।
* तत्परता अर्थित दक्षता या निपुणता।

अत: विकल्प (D) सही है।

**23.** साहित्य समाज का '**दर्पण**' है।

* जैसा समाज में होता है वैसा ही हमें साहित्य में देखने को मिलता है। 'दर्पण' से तात्पर्य 'आईना', 'शीशा' से है।

अत: विकल्प (D) सही है।

**24.** पूर्ण वाक्य- हिन्दू धर्म में भोजन के करते वक्त भोजन के सात्विकता के **अलावा** अच्छी भावना और अच्छे वातावरण और आसन का बहुत महत्व माना गया है।

* अलावा का अर्थ - अतिरिक्त, सिवाय

विकल्प:

* द्वारा का अर्थ - जरिये

|  |  | स्वरूप दिये |
|---|---|---|

अतः विकल्प (C) सही है।

- रहित का अर्थ- के बिना, के विहीन
- महत्त्व का अर्थ- बड़ाई, श्रेष्ठता।

अतः विकल्प (C) सही है।

**25.** पूर्ण वाक्य है - रानी युद्ध **में** गंभीरतापूर्वक लड़ी।

- उपरोक्त सभी विकल्पों में सही उत्तर 'में' है।

में चिह्न - अधिकरण कारक

अन्य विकल्प:

1. से -करण से

2. को - कर्म को

3. बीच - मध्य में

अतः विकल्प (B) सही है।

**26.** उपर्युक्त वाक्य ''हिमालय'' संस्कृत के '______' तथा '______' दो शब्दों से मिलकर बना है जिसका शाब्दिक अर्थ 'बर्फ़ का घर' होता है' के लिए उपयुक्त शब्द 'हिम, आलय' है।

- हिम का अर्थ – बर्फ़
- आलय का अर्थ – घर
- 'हिमालय' का संधि विच्छेद – हिम + आलय होगा, नियम – अ + आ = आ है, इस प्रकार यहाँ दीर्घ स्वर संधि है।

अतः विकल्प (D) सही है।

**27.** पूरा वाक्य - सूरदास के काव्य में भक्ति, जीवन-दर्शन एवं कवित्व की **धारा** बहती है।

अतः विकल्प (C) सही है।

**28.** पूरा वाक्य - गुरूजी की वाणी से असंख्य **'हृदय-पुष्प'** खिल उठे एवं निर्जीव जनता को जीने का नवीन उत्साह मिला।

- रिक्त स्थान को भरने के लिए उपयुक्त शब्द हृदय-पुष्प है। अन्य विकल्प असंगत है।

अतः विकल्प (B) सही है।

**29.** दिए गए विकल्पों में से 'पशु का जीवन सहज प्रवृत्ति से परिचालित होता है, अर्थात 'परिचालित' शब्द का अर्थ 'जो चलाया गया हो'। अन्य विकल्प असंगत है। अतः सही विकल्प परिचालित है।

| विकल्प | अर्थ |
|---|---|
| प्रचारित | चलाया हुआ। |
| पारिमाणित | प्रमाण द्वारा सिद्ध। |
| प्रसारित | फैलाया हुआ। |

अतः विकल्प (C) सही है।

**30.** वाक्य - अपने जीवन के उद्देश्य की पूर्ति के लिए तुम्हें 'अथक' परिश्रम करना पड़ेगा।

अथक - .न थकने वाला, अश्रांत 2. बिना थके लगातार किया जाने वाला, जैसे- अथक परिश्रम।

| शब्द | अर्थ | शब्द का वाक्य में प्रयोग |
|---|---|---|
| अथाह | अत्यंत गहरा ; जिसकी थाह न ली जा सके या जिसकी गहराई न नापी जा सके | माँ के इस अथाह प्रेम ने सेठ जी को विह्वल कर दिया। |
| अक्षुण्ण | क्षीण न होने वाला ; सदैव बना रहने वाला ; शाश्वत | हमें भारत की अक्षुण्ण एकता को बनाए रखना होगा । |
| अपार | जिसका पार न हो ; अनंत ; असीम | उसने अपनी पुत्री को अपार सम्पत्ति, नौकर-चकर, घोड़े और हाथी भेंट- |

**Q.1** इनमे से कौन सा शब्द पुल्लिंग का सूचक है?
A. पानी      B. नदी      C. मिट्टी      D. टोपी

**Q.2** निम्नलिखित प्रश्न में, चार विकल्पों में से, उस सही विकल्प का चयन करें, जो पुल्लिंग वाला शब्द हो।
A. महंगाई      B. खटिया      C. कड़वाहट      D. मोटापा

**Q.3** निम्नलिखित में से कौन-सा शब्द स्त्रीलिंग है?
A. कृपा      B. मित्र      C. कार्य      D. ल्योहार

**Q.4** लिंग की दृष्टि से मोटा किस प्रकार का शब्द है:
A. पुल्लिंग      B. स्त्रीलिंग
C. नपुंसकलिंग      D. इनमें से कोई नहीं

**Q.5** निम्न में से कौन सा शब्द पुल्लिंग है?
A. सिलाई      B. गंगा      C. लिखावट      D. सोमवार

**Q.6** लिंग की दृष्टि से 'घबराहट' किस प्रकार का शब्द है?
A. स्त्रीलिंग      B. पुल्लिंग
C. उभयलिंग      D. इनमें से कोई नहीं

**Q.7** निम्नलिखित में पुल्लिंग शब्द है:
A. सरसों      B. मकई      C. लेन-देन      D. मूँग

**Q.8** निम्नलिखित शब्दों में कौन स्त्रीलिंग नहीं है?
A. रोटी      B. पूड़ी      C. पानी      D. नदी

**Q.9** निम्नलिखित शब्दों में पुल्लिंग का चयन कीजिए।
A. अचला      B. अश्रु      C. मेरु      D. मृत्यु

**Q.10** "समय से सम्बन्धित शब्द" निम्न में से किस लिंग के अंतर्गत आते है?
A. स्त्रीलिंग      B. पुल्लिंग
C. नपुंसक लिंग      D. उभयलिंग

**Q.11** "विद्वान" शब्द का स्त्रीलिंग है:
A. विद्वता      B. विदुषी      C. विदुषिता      D. विद्वानी

**Q.12** निम्नलिखित में से पुल्लिंग शब्द छाँटिए:
A. गाजर      B. आहट      C. अनार      D. अरहर

**Q.13** इनमें से कौन से शब्द का अर्थ स्त्रीलिंग और पुल्लिंग दोनों रूपों में समान होता है?

*[UP Police Sub Inspector, 2017]*

A. आशोक, आम      B. हिमालय, विंध्याचल
C. राष्ट्रपति, प्रधानमंत्री      D. रविवार, सोमवार

**Q.14** निम्नलिखित में पुल्लिंग शब्द है-
A. मकई      B. मूँग      C. सरसों      D. सारस

**Q.15** निम्नलिखित में से कौन-सा शब्द स्त्रीलिंग नहीं है?
A. सुबह      B. दोपहर      C. सांझ      D. दिन

**Q.16** निम्नलिखित में से कौन सा शब्द स्त्रीलिंग है?
A. वेदना      B. वेद      C. ब्रह्म      D. चित्र

**Q.17** 'परिचायक' का स्त्रीलिंग शब्द क्या होगा?
A. परिचयिका      B. परिचाई

C. परिचयिका      D. परिचायिका

**Q.18** 'हतभागी' का स्त्रीलिंग है:
A. हतभागनी      B. हतभाग्यवती
C. हतभाग्या      D. हतभागु

**Q.19** निम्नलिखित प्रश्न में, चार विकल्पों में से, उस विकल्प का चयन करें, जो सही पुल्लिंग वाला विकल्प है।
A. बैल      B. मादा      C. सास      D. बेगम

**Q.20** निम्नलिखित प्रश्न में, चार विकल्पों में से, उस विकल्प का चयन करें, जो सही पुल्लिंग वाला विकल्प है।
A. सुता      B. दास      C. बालिका      D. भवानी

**Q.21** निम्न में से कौन सा शब्द स्त्रीलिंग है?
A. सिन्धु      B. मक्खन      C. सोमवार      D. अरावली

**Q.22** इनमें से कौन-सा युग्म असंगत है?
A. यशस्वी- यशस्विनी      B. रुद्र- रुद्राणी
C. भगवान- भगावती      D. नाटक- नाटकों

**Q.23** लिपियों का नाम क्या है?
A. पुल्लिंग      B. स्त्रीलिंग
C. नपुंसकलिंग      D. इनमें से कोई नहीं

**Q.24** निम्नलिखित में से कौन सा शब्द पुल्लिंग नहीं है?
A. शिक्षक      B. देवर
C. प्राध्यापिका      D. एकाकी

**Q.25** निम्नलिखित में कौन सा शब्द स्त्रीलिंग है?
A. मन      B. भारत      C. कचौरी      D. सोना

**Q.26** 'इंद्र' का स्त्रीलिंग शब्द क्या होगा?
A. इंद्री      B. इंद्राणी      C. इंद्रिय      D. इंद्रा

**Q.27** निम्नलिखित में से पुल्लिंग शब्द का चयन करें:
A. चाहत      B. रंगत      C. मेहनत      D. आहार

**Q.28** स्त्रीलिंग शब्द है:
A. सलाद      B. सनक      C. सारस      D. राष्ट्र

**Q.29** निम्नलिखित में से कौन सा शब्द स्त्रीलिंग नहीं है ?
A. मस्तक      B. मक्खी      C. सौतन      D. गंगा

**Q.30** स्त्रीलिंग शब्द अलग कीजिए:
A. हुलास      B. हरकत      C. हमला      D. हवाला

# // स्मार्ट उत्तर पुस्तिका //

**सही उत्तर**   उन छात्रों के प्रतिशत को इंगित करता है जिन्होंने प्रश्नों का सही उत्तर दिया था।

**छोड़ दिया**   उन छात्रों के प्रतिशत को इंगित करता है जिन्होंने प्रश्नों को छोड़ दिया था।

| प्रश्न संख्या | उत्तर | सही उत्तर / छोड़ दिया |
|---|---|---|
| 1 | C | 25.21 % / 74.14 % |
| 2 | D | 30.06 % / 68.45 % |
| 3 | A | 15.8 % / 69.81 % |
| 4 | A | 18.46 % / 67.09 % |
| 5 | D | 28.22 % / 67.48 % |
| 6 | A | 24.34 % / 67.52 % |

| प्रश्न संख्या | उत्तर | सही उत्तर / छोड़ दिया |
|---|---|---|
| 7 | C | 31.41 % / 67.49 % |
| 8 | C | 23.42 % / 75.43 % |
| 9 | C | 27.88 % / 69.28 % |
| 10 | B | 29.56 % / 68.13 % |
| 11 | B | 13.64 % / 76.37 % |
| 12 | C | 17.84 % / 68.39 % |

| प्रश्न संख्या | उत्तर | सही उत्तर / छोड़ दिया |
|---|---|---|
| 13 | C | 10.15 % / 75.75 % |
| 14 | D | 28.01 % / 71.83 % |
| 15 | D | 23.68 % / 71.1 % |
| 16 | A | 26.45 % / 68.56 % |
| 17 | D | 30.11 % / 68.25 % |
| 18 | C | 32.89 % / 67.04 % |

| प्रश्न संख्या | उत्तर | सही उत्तर / छोड़ दिया |
|---|---|---|
| 19 | A | 28.04 % / 68.28 % |
| 20 | B | 30.51 % / 67.45 % |
| 21 | A | 18.55 % / 79.33 % |
| 22 | D | 20.47 % / 73.56 % |
| 23 | B | 21.92 % / 75.78 % |
| 24 | C | 20.29 % / 79.14 % |

| प्रश्न संख्या | उत्तर | सही उत्तर / छोड़ दिया |
|---|---|---|
| 25 | C | 18.41 % / 71.15 % |
| 26 | B | 30.64 % / 69.09 % |
| 27 | D | 25.2 % / 73.37 % |
| 28 | B | 20.77 % / 67.33 % |
| 29 | A | 27.71 % / 68.72 % |
| 30 | B | 10.78 % / 86.67 % |

| कार्य विश्लेषण | |
|---|---|
| औसत अंक ( % ) | 26.67% |
| टॉपर्स स्कोर ( % ) | 53.33% |
| आपका स्कोर | |

## //संकेत और समाधान//

**1.** जिस शब्द के द्वारा किसी विकारी शब्द की पुरुष जाति का बोध होता है, उसे पुल्लिंग कहते हैं। जैसे- शेर, आदमी, हिमालय, ज्येष्ठ, सोमवार, भारत, मंगल, सोना, मिट्टी, तेल, दिन आदि।

अतः विकल्प (C) सही है।

**2.**

| लिंग | परिभाषा | उदाहरण |
|------|---------|--------|
| पुल्लिंग | जिन शब्दों के अंत में आ, आव, पा, न आदि आते हैं वे शब्द अधिकतर पुल्लिंग होते हैं। | जैसे- बहाव, लोहा आदि। |
| स्त्रीलिंग | जिन शब्दों के अंत में ई, आवट, इया, ता, आई, आहट आदि प्रत्यय लगे हों, स्त्रीलिंग होते हैं। | जैसे- मित्रता, थकावट आदि। |

निम्नलिखित विकल्पों से से 'मोटापा' शब्द पुल्लिंग है और अन्य विकल्प स्त्रीलिंग शब्द हैं।

महंगाई – महंगाई बहुत बढ़ गयी है (यहाँ बढ़ गया है - उचित प्रयोग नहीं होगा)

खटिया – खटिया टूट गयी (यहाँ खटिया टूट गया - उचित प्रयोग नहीं होगा)

कड़वाहट – सब्जी में कड़वाहट ज्यादा हो गयी (यहाँ ज्यादा हो गया - उचित प्रयोग नहीं होगा)

मोटापा – मोटापा बढ़ गया (यहाँ मोटवा बढ़ गयी - उचित प्रयोग नहीं होगा)

अतः विकल्प (D) सही है।

**3.** उपरोक्त विकल्पो में कृपा शब्द स्त्रीलिंग है। अन्य विकल्प असंगत है।

पं. कामताप्रसाद गुरु ने संस्कृत स्त्रीलिंग शब्दों को पहचानने के कुछ नियम बताये है। जिसमें आकारान्त संज्ञाएँ जैसे- दया, माया, कृपा, लज्जा, क्षमा, शोभा इत्यादि स्त्रीलिंग शब्द होते है।

अतः विकल्प (A) सही है।

**4.** जिन शब्दों के अन्त में आ, आव, पा, पन, न प्रत्यय हो, जैसे - छोटा, मोटा, पड़ाव, बुढ़ापा, बचपन, लेन-देन आदि शब्द पुल्लिंग हैं।

अतः विकल्प (A) सही है।

**5.** सोमवार पुल्लिंग शब्द है। दिनो के नाम पुल्लिंग होते हैं।

नदियों के नाम स्त्रीलिंग होते हैं जैसे- गंगा, यमुना, गोदावरी आदि।

जिन शब्दों के अन्त में आई, वट, हट आदि प्रत्यय हों वे प्रायः स्त्रीलिंग होते हैं; जैसे- सिलाई, बुनाई, कटाई, लिखावट, बनावट, घबराहट, चिल्लाहट इत्यादि। अतः विकल्प (D) सही है।

**6.** जिन शब्दों के अन्त में आई, वट, हट आदि प्रत्यय हों वे प्रायः स्त्रीलिंग होते हैं; जैसे- सिलाई, बुनाई, कटाई, लिखावट, बनावट, घबराहट, चिल्लाहट इत्यादि।
अतः विकल्प (A) सही है।

**7.** लेन-देन पुंलिग शब्द है।

जिन शब्दों के अन्त में आ, आव, पा, पन, न प्रत्यय हो; जैसे-छोटा, मोटा, पड़ाव, बुढ़ापा, बचपन, लेन-देन आदि शब्द पुल्लिंग हैं।

अतः विकल्प (C) सही है।

**8.** पानी स्त्रीलिंग शब्द नहीं है।

द्रव्यवाचक शब्द प्रायः पुल्लिंग रूप में प्रयुक्त होते हैं, जैसे - घी, तेल, मक्खन, दूध, पानी, हीरा, मोती, पन्ना, लोहा, ताँबा आदि।

अतः विकल्प (C) सही है।

**9.** मेरु शब्द पुल्लिंग है।

पुल्लिंग: वे संज्ञा शब्द जो हमें पुरुष जाति का बोध कराते हैं, वे शब्द पुल्लिंग शब्द कहलाते हैं। जैसे-

सजीव : घोड़ा, कुत्ता, गधा, आदि।

निर्जीव : गमला, दुःख, मकान, आदि।

अतः विकल्प (C) सही है।

**10.** समय से सम्बंधित शब्द पुल्लिंग के अंतर्गत आते है।

पुल्लिंग - संज्ञा के जिस रूप से उसके पुरुष जाति के होने का बोध होता है, उसे पुल्लिंग कहते हैं।

समय- घंटा, पल, क्षण, मिनट, सेकेंड आदि।

अतः विकल्प (B) सही है।

**11.** विद्वान शब्द पुल्लिंग है इसका स्त्रीलिंग शब्द विदुषी होता है जो स्त्री जाति का बोध कराता है।

अतः विकल्प (B) सही है।

**12.** 'अनार' शब्द पुल्लिंग शब्द का उदाहरण है, अतः विकल्प (C) सही उत्तर होगा।

अन्य विकल्पों का विश्लेषण :

गाजर, अरहर, आहट ये तीनो स्त्रीलिंग शब्द है।

हिन्दी भाषा में लिंग के दो भेद माने जाते हैं – पुल्लिंग तथा स्त्रीलिंग।

| लिंग | परिभाषा | उदाहरण |
|------|---------|--------|
| पुल्लिंग | जिन शब्दों से पुरुष जाति का बोध होता है उन्हें पुल्लिंग शब्द कहते हैं । | जैसे - पिता, भाई, लड़का, पेड़, सिंह शिव, हनुमान, बैल आदि । |
| स्त्रीलिंग | जिन शब्दों से स्त्री जाति का बोध होता है उन्हें स्त्रीलिंग शब्द कहते हैं । | जैसे - माता, बहन, यमुना, गंगा, कुरसी, छड़ी, नारी बुआ, लड़की, लक्ष्मी, गाय आदि । |

अतः विकल्प (C) सही है

**13.** जो शब्द स्त्री और नर होने का बोध कराते है, लिंग कहलाते है।

राष्ट्रपति, प्रधानमंत्री यहाँ सही विकल्प होगा, अन्य विकल्प असंगत है।

अतः विकल्प (C) सही है।

**14.** सारस पुल्लिंग शब्द है।

वे संज्ञा शब्द जो हमें पुरुष जाति के व्यक्ति, वस्तु आदि का बोध कराते हैं, वे पुल्लिंग शब्द कहलाते हैं। जैसे:

बकरा, घोड़ा, लड़का, आदमी, शेर, हाथी, भेड़िया, खटमल, बन्दर, कुत्ता, बालक, शिशु, पत्रकार, राजा, राजकुमार, सारस आदि।

अतः विकल्प (D) सही है।

**15.** 'दिन' शब्द पुल्लिंग है। अन्य सभी स्त्रीलिंग शब्द हैं।

दिन शब्द पुल्लिंग है। समय सूचक नाम सदैव पुल्लिंग होते हैं, जैसे- क्षण, सेकंड, मिनट, घंटा, दिन, सप्ताह, पक्ष, माह आदि। इसमें अपवाद है-रात, सायं, संध्या, दोपहर।

अतः विकल्प (D) सही है।

**16.** वेदना शब्द स्त्रीलिंग है।

वेदना का अर्थ है दुख पर विशेष रूप से वेदना शब्द को प्रयोग उस समय किया जाता हे जब कोई प्रेमी अपने प्रियतम की चाहत में तरसता है और उस समय दुख का वर्णन करने के लिये वेदना शब्द का प्रयोग करते है।

अतः विकल्प (A) सही है।

**17.** 'परिचायक' का स्त्रीलिंग शब्द परिचायिका होगा।

- परिचायिका का अर्थ- 'सेवा करने वाली' होता है।
- इसका पर्यायवाची- दासी, सेविका, मजदूरनी।

जिस संज्ञा शब्द से व्यक्ति की जाति का पता चलता है, उसे लिंग कहते हैं। इससे यह पता चलता है कि वह पुरुष जाति का है या स्त्री जाति का।

अतः विकल्प (D) सही है।

**18.** हतभागी का अर्थ बदकिस्मत या बदनसीब होता है। इसका स्त्रीलिंग हतभाग्या है।

अतः विकल्प (C) सही है।

**19.** उपरोक्त विकल्पों में उचित पुल्लिंग वाला विकल्प बैल' है जिसका स्त्रीलिंग 'गाय' होगा।

- गाय के पर्यायवाची शब्द हैं- गौ, गौरी, धेनु, भद्रा, सुरभि, गोंवी, हिंदुमाता, पयस्विनी, गौवत्री आदि।

- बैल के पर्यायवाची शब्द हैं- वृष, वृषभ, ऋषभ, वलीवर्द आदि।

अतः विकल्प (A) सही है।

**20.** उपरोक्त विकल्पों में उचित पुल्लिंग वाला विकल्प दास' है जिसका स्त्रीलिंग 'दासी' होगा। अन्य विकल्प इसके स्त्रीलिंग रूप हैं। इसलिए सही उत्तर 'दास' होगा। अन्य विकल्प:

सुता-सूत

बालिका-बालक

भवानी-भव

अतः विकल्प (B) सही है।

**21.** सिन्धु शब्द स्त्रीलिंग है क्योंकि नदियों के नाम स्त्रीलिंग होते हैं।

जबकि दिनो, पर्वतो तथा द्रव्यवाचक संज्ञा के नाम पुल्लिंग होते हैं।
अतः विकल्प (A) सही है।

**22.** उपरोक्त सभी विकल्पों में विकल्प 'नाटक-नाटकों' असंगत विकल्प है क्योंकि यह वचन का उदाहरण है। अन्य सभी विकल्प लिंग संबंधी होने के करण संगत विकल्प होंगे।
अतः विकल्प (D) सही है।

**23.** लिपियों का नाम स्त्रीलिंग है। लिपियों के नाम- देवनागरी, रोमन, शारदा आदि।

कुछ अन्य नाम जो स्त्रीलिंग हैं - सरस्वती, कावेरी, नर्मदा, रावी, चम्बल, नील आदि।
अतः विकल्प (B) सही है।

**24.** दिए गए विकल्पों में 'प्राध्यापिका' शब्द स्त्रीलिंग है। प्राध्यापिका का अर्थ - महिला प्राध्यापक। अन्य विकल्प है-

शिक्षक- शिक्षिका

देवर- देवरानी

एकाकी- एकाकिनी

अतः विकल्प (C) सही है।

**25.** दिए गए विकल्पों में 'कचौरी' स्त्रीलिंग शब्द है। अतिरिक्त सभी विकल्प 'मन, भारत, सोना' पुल्लिंग शब्द हैं।

संज्ञा शब्दों के जिस रूप से उसके पुरुष या स्त्री जाति होने का पता चलता है, उसे लिंग कहते है। जैसे- गाय-बैल, लड़का-लड़की, ग्वाला-ग्वालिन।

लिंग के दो भेद हैं- (1) पुल्लिंग तथा (2) स्त्रीलिंग।

अत: विकल्प (C) सही है।

**26.** 'इंद्र' का स्त्रीलिंग शब्द 'इंद्राणी' है।

इंद्र का अर्थ- 'देवराज' है।

इसका पर्यायवाची- सुरेन्द्र, सुरपति, अमरेश, देवेन्द्र।

अत: विकल्प (B) सही है।

**27.** आहार पुल्लिंग शब्द है।

आहार का अर्थ है - भोजन।

अत: विकल्प (D) सही है।

**28.** सनक स्त्रीलिंग शब्द है।

- सलाद (पुल्लिंग) उसने सलाद खाया।
- सनक (स्त्रीलिंग) उसमे दिमाग में सनक सवार हो गई।
- सारस (पुल्लिंग) सारस एक पक्षी होता है।
- राष्ट्र (पुल्लिंग) राष्ट्र के महत्वपूर्ण पद पर आसीन होता है।

अत: विकल्प (B) सही है।

**29.** 'मस्तक' शब्द स्त्रीलिंग नहीं है।

'मस्तक' एक पुल्लिंग शब्द है। अतिरिक्त सभी विकल्प 'मक्खी, सौतन, गंगा' स्त्रीलिंग है।

अत: विकल्प (A) सही है।

**30.** हरकत स्त्रीलिंग शब्द है।

हरकत का अर्थ है - शरारत, गति, चेष्टा आदि।

अत: विकल्प (B) सही है।

**Q.1** "ईश्वर तुम्हें सफलता प्रदान करे।" यह किस प्रकार का वाक्य है?
*[Rajasthan Teachers Eligibility Test - Level 1 Primary Level (RTET), 2015]*

A. संकेतवाचक      B. विधानवाचक
C. इच्छावाचक      D. विस्मयवाचक

**Q.2** "दुष्ट लड़के ऊधम मचाते हैं।" वाक्यांश में उद्देश्य का विस्तार है:
*[Rajasthan Teachers Eligibility Test - Level 1 Primary Level (RTET), 2017]*

A. लड़के      B. दुष्ट      C. ऊधम      D. मचाते हैं

**Q.3** 'जहाँ-जहाँ वह गया उसका बहुत सम्मान हुआ।' रेखांकित अंश है।
*[Rajasthan Teachers Eligibility Test - Level 1 Primary Level (RTET), 2015]*

A. विशेषण उपवाक्य      B. संज्ञा विशेषण उपवाक्य
C. क्रिया-विशेषण उपवाक्य      D. सरल उपवाक्य

**Q.4** 'मेरा छोटा भाई प्रशांत धार्मिक पुस्तकें अधिक पढ़ता हैं।' इस वाक्य में विधेय का विस्तार क्या है?
*[Rajasthan Teachers Eligibility Test - Level 1 Primary Level (RTET), 2015]*

A. छोटा भाई      B. धार्मिक पुस्तकें अधिक
C. मेरा भाई प्रशांत      D. पढ़ता है

**Q.5** "बर्फ पड़ते देख हमने एक धर्मशाला में शरण ली।" वाक्य है:
A. संयुक्त वाक्य      B. मिश्र वाक्य
C. सरल वाक्य      D. जटिल वाक्य

**Q.6** तुम जाओ और खाना खाओ। वाक्य है:
A. विधि वाचक      B. आज्ञा वाचक
C. प्रश्न वाचक      D. निषेध वाचक

**Q.7** निम्नलिखित में कौन सा विकल्प मिश्र वाक्य का है?
A. सीता और गीत भाग आईं।
B. तुम महान हो क्योंकि सच बोलते हो।
C. रोगी को उल्टी हो गई।
D. वह चलने का प्रयास कर रहा था।

**Q.8** इनमें से कौन सा वाक्य संदेहवाचक है।
A. दयाशंकर शिवपुर में रहता है।
B. राजेन्द्र आलमपुर में रहता है।
C. शायद, सुरेन्द्र इगतपुरी में रहता है।
D. क्या शंकर रामनगर में रहता है।

**Q.9** 'आगरा का ताजमहल दर्शनीय स्थल है।' इस वाक्य में 'स्थल है' शब्द क्या है?
A. पूरक      B. कर्म का विस्तारक
C. क्रिया का विस्तारक      D. कर्म

**Q.10** अर्थ के आधार पर वाक्यों के भेद बताईये।
A. दो      B. चार      C. छः      D. आठ

**Q.11** वाक्य के आवश्यक तत्व कितने हैं?
A. चार      B. छः      C. तीन      D. पांच

**Q.12** श्याम ने लिखा है, कि वह कल आ रहा है। यह कौनसा वाक्य है?
A. सरल वाक्य      B. मिश्र वाक्य
C. संयुक्त वाक्य      D. उपर्युक्त सभी

**Q.13 निर्देश:** सरल वाक्य को संयुक्त वाक्य में बदलो:
'बच्चा दौड़ कर मेरे पास आया।'
A. 'ज्यो ही बच्चा दौड़ा वह मेरे पास आया।'
B. 'जैसे ही बच्चा दौड़ा वैसे ही मेरे पास आया।'
C. 'बच्चा दौड़ कर मेरे पास आया।'
D. 'बच्चा दौड़ा और मेरे पास आया।'

**Q.14** 'आप चाय पिएँगे अथवा कॉफी।' वाक्य का भेद है-
A. सरल वाक्य      B. मिश्र वाक्य
C. संयुक्त वाक्य      D. प्रश्नवाचक वाक्य

**Q.15** उसने परिश्रम तो बहुत किया किन्तु सफलता नहीं मिली। वाक्य का भेद है-
A. सरल वाक्य      B. संयुक्त वाक्य
C. मिश्रित वाक्य      D. इनमें से कोई नहीं

**Q.16** संतोष से बढ़कर सुख नहीं। वाक्य का भेद है-
A. मिश्र वाक्य      B. सरल वाक्य
C. संयुक्त वाक्य      D. इनमें से कोई नहीं

**Q.17** निम्न में से कौन -सा वाक्य असंगत है?
A. संयुक्त वाक्य - विशाल ने जो मोबाइल खरीदा है वह नया है।
B. मिश्र वाक्य - जैसे ही हम बस से उतरे, रिक्शे वाले दौड़ पड़े।
C. सरल वाक्य - मेहनत करने वाले हमेशा सफल होते हैं।
D. मिश्र वाक्य - जैसे ही छुट्टी हुई, बच्चे घर चले गए।

**Q.18** निम्न में से संयुक्त वाक्य की पहचान कीजिये :-
A. दुर्घटना की खबर सुनकर मन दुखी हो गया।
B. उसने अपने आप को निर्दोष घोषित कर दिया।
C. शिक्षक ने सबको अपना गृहकार्य स्वयं करने को कहा है।
D. मैं आया और वह गया।

**Q.19 निर्देश:** निम्न में से संयुक्त वाक्य का उदाहरण है?
A. वह कौन–सा मनुष्य है जिसने महाप्रतापी राजा भोज का नाम न सुना हो।
B. अमित ने वह घर खरीदा जो उसके चाचा का था।
C. अभिलाषा रोते ही बेहोश हो गयी।
D. यदि परिश्रम करोगे तो उत्तीर्ण हो जाओगे।

**Q.20** निम्न में से कौनसा मिश्र वाक्य का उदाहरण है ?
A. मैं बहुत तेज़ दौड़ा फिर भी ट्रेन नहीं पकड़ सका।
B. वह सुबह गया और शाम को लौट आया।
C. जो लड़का कमरे में बैठा है वह मेरा भाई है।
D. मेरी पैर पर लग गयीऔर दर्द होने लगा।

**Q.21** निम्न में से कौनसा सरल वाक्य नहीं है?
A. खेल बंद होने पर सब लोग चले गए।
B. श्याम पढ़ाई करता है।
C. उसने गलती करने पर सजा पाई।
D. प्रिय बोलो पर असत्य नहीं।

**Q.22** निम्न में से कौनसा मिश्र वाक्य है ?
A. जब हिमांशु गया तब मैं आया।
B. मैं स्टेशन पहुँचा और गाड़ी खुल गई।

**C.** उसे सामान लाना था, इसलिए बाजार गया।
**D.** वह सामान लाने के लिए बाजार गया।

**Q.23** निम्न में से कौनसा संयुक्त वाक्य है?
**A.** आकाश भागता रहता है।
**B.** उसके आने के बाद मैं आऊँगा।
**C.** दिन ढल गया और अन्धेरा बढ़ने लगा।
**D.** जो औरत वहां बैठी हैं वो मेरी माँ है।

**Q.24** संयुक्त वाक्य नहीं है:
**A.** मैंने बहुत कोशिश की, किंतु उसने नहीं पढ़ा।
**B.** उसे सामान लाना था, इसलिए बाजार गया।
**C.** मैं घर से निकला और वर्षा शुरू हो गई।
**D.** ज्योहीं मैं घर से निकला, वर्षा शुरू हो गई।

**Q.25** मिश्र वाक्य नहीं है:
**A.** जब वह आएगा तब मैं आऊँगा।
**B.** विद्वान् जहाँ-जहाँ जाते हैं, उनकी पूजा होती है।
**C.** सुबह होती है और चिड़िया चहकने लगती है।
**D.** जिन्हें स्वयं पर विश्वास होता हैं, वे आत्मविश्वासी कहलाते हैं।

**Q.26** सरल वाक्य है:
**A.** मेहनत करने वाले हमेशा सफल होते हैं।
**B.** जो मेहनत करते हैं, वे हमेशा सफल होते हैं।
**C.** जब वह आएगा तब मैं आऊँगा।
**D.** वह बीमार था, इसलिए विद्यालय नहीं गया।

**Q.27** निम्नलिखित मिश्र वाक्यों में से कौन-सा विशेषण उपवाक्य है।
**A.** मैं कहता हूँ कि तुम भोपाल जाओ।
**B.** लखनऊ, जो उत्तर प्रदेश की राजधानी है, एक ऐतिहासिक नगर है।
**C.** जब मैं स्टेशन पहुँचा, तभी ट्रेन आयी
**D.** मैं चाहता हूँ कि आप यहीं रहें।

**Q.28**

ज्यों ही मैंने दरवाजा खोला की वह आ गया।

वाक्य का भेद है-
**A.** सरल वाक्य     **B.** संयुक्त वाक्य
**C.** मिश्र वाक्य     **D.** इनमें से कोई नहीं

**Q.29** वह कौन - सा व्यक्ति है जिसने जवाहर लाल नेहरु का नाम न सुना हो
।
**A.** सरल वाक्य     **B.** संयुक्त वाक्य
**C.** मिश्र वाक्य     **D.** इनमें से कोई नहीं

**Q.30** यह फाइल प्रबन्धक तक पहुंचाओं' अर्थ के आधार पर वाक्य है -
**A.** इच्छावाचक     **B.** प्रश्नवाचक
**C.** संकेतवाचक     **D.** आज्ञावाचक

# // स्मार्ट उत्तर पुस्तिका //

**सही उत्तर** उन छात्रों के प्रतिशत को इंगित करता है जिन्होंने प्रश्नों का सही उत्तर दिया था।

**छोड़ दिया** उन छात्रों के प्रतिशत को इंगित करता है जिन्होंने प्रश्नों को छोड़ दिया था।

| प्रश्न संख्या | उत्तर | सही उत्तर / छोड़ दिया |
|---|---|---|
| 1 | C | 45.19 % / 43.6 % |
| 2 | B | 56.56 % / 40.61 % |
| 3 | C | 41.97 % / 55.15 % |
| 4 | B | 52.89 % / 32.15 % |
| 5 | C | 43.31 % / 37.47 % |
| 6 | B | 52.83 % / 35.53 % |

| प्रश्न संख्या | उत्तर | सही उत्तर / छोड़ दिया |
|---|---|---|
| 7 | B | 48.17 % / 40.52 % |
| 8 | C | 43.56 % / 43.77 % |
| 9 | A | 54.52 % / 37.04 % |
| 10 | D | 44.04 % / 52.7 % |
| 11 | B | 48.2 % / 30.03 % |
| 12 | B | 53.87 % / 44.3 % |

| प्रश्न संख्या | उत्तर | सही उत्तर / छोड़ दिया |
|---|---|---|
| 13 | D | 61.84 % / 37.57 % |
| 14 | C | 65.99 % / 32.38 % |
| 15 | C | 41.74 % / 57.43 % |
| 16 | B | 21.85 % / 71.68 % |
| 17 | A | 16.2 % / 79.72 % |
| 18 | D | 32.67 % / 67.19 % |

| प्रश्न संख्या | उत्तर | सही उत्तर / छोड़ दिया |
|---|---|---|
| 19 | C | 16.82 % / 83.03 % |
| 20 | C | 32.92 % / 67.03 % |
| 21 | D | 32.3 % / 67.35 % |
| 22 | A | 19.33 % / 71.14 % |
| 23 | C | 12.34 % / 70.22 % |
| 24 | D | 32.8 % / 67.05 % |

| प्रश्न संख्या | उत्तर | सही उत्तर / छोड़ दिया |
|---|---|---|
| 25 | C | 17.99 % / 77.49 % |
| 26 | A | 15.18 % / 79.82 % |
| 27 | B | 14.27 % / 76.34 % |
| 28 | C | 59.72 % / 32.68 % |
| 29 | C | 67.66 % / 30.18 % |
| 30 | D | 67.04 % / 32.6 % |

| कार्य विश्लेषण | |
|---|---|
| औसत अंक ( % ) | **43.33%** |
| टॉपर्स स्कोर ( % ) | **56.67%** |
| आपका स्कोर | |

## ||संकेत और समाधान||

**1.** "ईश्वर तुम्हें सफलता प्रदान करे।" वाक्य में कोई व्यक्ति किसी अन्य व्यक्ति के लिए इच्छा व्यक्त कर रहा है। इस प्रकार यह 'इच्छावाचक' वाक्य है। इच्छावाचक वाक्य अर्थात ऐसे वाक्य जिनसे हमें वक्ता की कोई इच्छा, कामना, आकांक्षा, आशीर्वाद आदि का बोध हो। इसलिए सही विकल्प 'इच्छावाचक' है।

अन्य विकल्प:

| संकेत वाचक वाक्य | वे वाक्य जिनसे हमें एक क्रिया का दूसरी क्रिया पर निर्भर होने का बोध हो। जैसे - अगर तुम परिश्रम करते तो आज सफल हो जाते। |
|---|---|
| विधान वाचक वाक्य | ऐसे वाक्य जिनसे किसी काम के होने या किसी के अस्तित्व का बोध हो। इन्हें विधिवाचक वाक्य भी कहते हैं। जैसे - ममता ने खाना खा लिया (यहाँ ममता के खाने का काम पूरा कर ले ने का बोध हो रहा है)। हिंदी हमारी राष्ट्रभाषा है (यहाँ हमें हिंदी के अस्तित्व का बोध हो रहा है की ये हमारी राष्ट्रभाषा)। |
| विस्म यवाच क वा क्य | ऐसे वाक्य जिनमें हमें आश्चर्य, शोक, घृणा, अत्यधिक खुशी, स्तब्धता आदि भावों का बोध हो। इनके पीछे (!) विस्मयसूचक चिन्ह लगता है। जैसे - हे भगवान ! ऐसा मेरे साथ ही क्यों होता है। |

अतः विकल्प (C) सही है।

**2.** उद्देश्य के विस्तार से आशय ऐसे शब्द है जो किसी वाक्य में किसी अन्य शब्द का परिचय देने के लिए प्रयोग किए जाते है।

उपरोक्त वाक्य में प्रयोग हुआ शब्द 'दुष्ट' उद्देश्य का विस्तार है क्योंकि यह शब्द लड़कों के व्यक्तित्व का परिचय अर्थात उनके दुष्ट होने के बारे में बता रहा है।

उद्देश्य = कर्ता + कर्ता का विस्तारक।

जैसे - सुंदर लड़की बाग में जाती है। यहाँ सुंदर शब्द विशेषण हैं जो कर्ता का विस्तारक है।

अतः विकल्प (B) सही है।

**3.** 'जहाँ जहाँ वह गया उसका बहुत सम्मान हुआ।' रेखांकित अंश में 'क्रिया - विशेषण उपवाक्य' है। प्रस्तुत वाक्य स्थानवाचक क्रिया - विशेषण का उदाहरण है। अन्य विकल्प गलत है। अतः सही विकल्प 'क्रिया-विशेषण उपवाक्य' है।

विशेष उपवाक्य के दो प्रकार हैं - प्रधान और आश्रित। आश्रित उपवाक्य के तीन प्रकार हैं - संज्ञा, विशेषण और क्रिया - विशेषण। क्रिया - विशेषण के पांच भेद हैं - कालवाचक, रीतिवाचक, स्थानवाचक, परिमाणवाचक और परिणामवाचक।

अतः विकल्प (C) सही है।

**4.** प्रस्तुत वाक्य 'मेरा छोटा भाई प्रशांत धार्मिक पुस्तकें अधिक पढ़ता हैं।' में 'मेरा छोटा भाई प्रशांत' - उद्देश्य का विस्तार है और 'धार्मिक पुस्तकें अधिक' - विधेय का विस्तार है। अन्य विकल्प अनुचित हैं। सही विकल्प 'धार्मिक पुस्तकें अधिक' है।

**विशेष:**

वाक्य के प्रमुख दो खंड हैं- उद्देश्य तथा विधेय।

उद्देश्य : जिसके विषय में कुछ कहा जाता है उसे सूचिक करने वाले शब्द को उद्देश्य कहते हैं। जैसे-

1. अर्जुन ने जयद्रथ को मारा।
2. कुत्ता भौंक रहा है।
3. तोता डाल पर बैठा है।

इनमें अर्जुन ने, कुत्ता, तोता उद्देश्य हैं; इनके विषय में कुछ कहा गया है। अथवा यों कह सकते हैं कि वाक्य में जो कर्ता हो उसे उद्देश्य कह सकते हैं क्योंकि किसी क्रिया को करने के कारण वही मुख्य होता है।

विधेय : उद्देश्य के विषय में जो कुछ कहा जाता है, अथवा उद्देश्य (कर्ता) जो कुछ कार्य करता है वह सब विधेय कहलाता है। जैसे-

1. अर्जुन ने जयद्रथ को मारा।
2. कुत्ता भौंक रहा है।
3. तोता डाल पर बैठा है।

इनमें 'जयद्रथ को मारा', 'भौंक रहा है', 'डाल पर बैठा है' विधेय हैं क्योंकि अर्जुन ने, कुत्ता, तोता,-इन उद्देश्यों (कर्ताओं) के कार्यों के विषय में क्रमशः मारा, भौंक रहा है, बैठा है, ये विधान किए गए हैं, इसलिए इन्हें विधेय कहते हैं।

उद्देश्य का विस्तार- कई बार वाक्य में उसका परिचय देने वाले अन्य शब्द भी साथ आए होते हैं। ये अन्य शब्द उद्देश्य का विस्तार कहलाते हैं। जैसे-

1. सुंदर पक्षी डाल पर बैठा है।
2. काला साँप पेड़ के नीचे बैठा है।

इनमें सुंदर और काला शब्द उद्देश्य का विस्तार हैं।

अतः विकल्प (B) सही है।

**5.** "बर्फ पड़ते देख हमने एक धर्मशाला में शरण ली।" 'सरल वाक्य' है।

उपर्युक्त वाक्य में वाक्य कोई भी अव्यय शब्द से नहीं जोड़ा गया है और एक मुख्य क्रिया है।

इसलिए, यह एक सरल वाक्य है।

| सरल वाक्य | संयुक्त वाक्य |
|---|---|
| बर्फ पड़ते देख हमने एक धर्मशाला में शरण ली। | हमने बर्फ पड़ते देखा और एक धर्मशाला में शरण ली। |

अन्य विकल्प असंगत हैं।

अतः विकल्प (C) सही है।

**6. तुम जाओ और खाना खाओ'** वाक्य में आज्ञा का भाव प्रदर्शित होता है।

अतः आज्ञा वाचक विकल्प संगत विकल्प होगा।अन्य सभी विकल्प असंगत है।

अर्थ के आधार पर 8 प्रकार के वाक्य होते है।

| वाक्य का प्रकार | चान | उदाहरण |
|---|---|---|
| विधानवाचक | क्रिया करने का भाव | सूर्य गर्मी देता है। |
| निषेधवाचक | क्रिया न करने का भाव | मैंने दूध नहीं पिया। |
| प्रश्नवाचक | प्रश्न पुछने का भाव | भारत क्या है? |
| आज्ञावाचक | आज्ञा या प्रार्थना का भाव | शांत रहो। |
| विस्मयादिवाचक | गहरी अनुभूति का भाव | ओह! कितना सुन्दर उपवन है। |
| इच्छावाचक | इच्छा,आकांक्षा का भाव | नववर्ष मंगलमय हो। |
| संकेतवाचक | संकेत का बोध | राम का मकान उधर है। |
| संदेहवाचक | संदेह का बोध | क्या उसने काम कर लिया? |

अतः विकल्प (B) सही है।

**7.** 'तुम महान हो क्योंकि सच बोलते हो' एक मिश्र वाक्य है। शेष विकल्प असंगत हैं।

ऐसे वाक्य जिनमें सरल वाक्य के साथ-साथ कोई दूसरा उपवाक्य भी हो, वे वाक्य मिश्र वाक्य कहलाते हैं।

मिश्र वाक्य के कुछ अन्य उदाहरण:

- जो औरत वहां बैठी हैं वो मेरी माँ है।
- जो लड़का कमरे में बैठा है वह मेरा भाई है।

- यदि परिश्रम करोगे तो उत्तीर्ण हो जाओगे।
- मैं जानता हूँ कि तुम्हारे अक्षर अच्छे नहीं बनते।

अतः विकल्प (B) सही है।

**8.** 'शायद, सुरेन्द्र इगतपुरी में रहता है' वाक्य संदेहवाचक है।

जिन वाक्यों के कार्य के होने में संदेह अथवा संभावना का बोध हो, उन्हें संदेहवाचक वाक्य कहते हैं।

जैसे: आज बहुत तेज़ बारिश हो सकती है।

अतः विकल्प (C) सही है।

**9.** दिए गए वाक्य में 'स्थल है' यह शब्द 'पूरक' है।

रचना के आधार पर बने वाक्यों को उनके अंगों सहित पृथक् कर उनका पारस्परिक संबंध बताने को वाक्य विश्लेषण कहते हैं।

स्पष्टीकरण:

- ताजमहल - कर्ता
- आगरा - कर्ता का विस्तारक
- स्थल है - पूरक
- दर्शनीय - पूरक का विस्तारक

अतः विकल्प (A) सही है।

**10.** अर्थ के आधार पर आठ प्रकार के वाक्य होते हैं।

| वाक्य भेद | परिभाषा | उदाहरण |
|---|---|---|
| विधानवाचक वाक्य | वह वाक्य जिससे किसी प्रकार की जानकारी प्राप्त होती है, वह विधानवाचक वाक्य कहलाता है। | भारत एक देश है। |
| निषेधवाचक वाक्य | जिन वाक्यों से कार्य न होने का भाव प्रकट होता है, उन्हें निषेधवाचक वाक्य कहते हैं। | मैंने दूध नहीं पिया। |
| प्रश्नवाचक वाक्य | वह वाक्य जिसके द्वारा किसी प्रकार प्रश्न किया जाता है, वह प्रश्नवाचक वाक्य कहलाता है। | भारत क्या है? |
| आज्ञावाचक वाक्य | वह वाक्य जिसके द्वारा किसी प्रकार की आज्ञा दी जाती है या प्रार्थना किया जाता है, वह आज्ञावाचक वाक्य कहलाता है। | कृपया बैठ जाइये। |
| विस्मयादिबोधक वाक्य | वह वाक्य जिससे किसी प्रकार की गहरी अनुभूति का प्रदर्शन किया जाता है, वह विस्मयादिबोधक वाक्य कहलाता है। | अहा! कितना सुन्दर उपवन है। |
| इच्छावाचक वाक्य | जिन वाक्यों में किसी इच्छा, आकांक्षा या आशीर्वाद का बोध होता है, उन्हें इच्छावाचक वाक्य कहते हैं। | नववर्ष मंगलमय हो। |
| संकेतवाचक वाक्य | जिन वाक्यों में किसी संकेत का बोध होता है, उन्हें संकेतवाचक वाक्य कहते हैं। | सोनु उधर रहता है। |
| संदेहवाचक वाक्य | जिन वाक्यों में संदेह का बोध होता है, उन्हें संदेहवाचक वाक्य कहते हैं। | क्या वह यहाँ आ गया ? |

अतः विकल्प (D) सही है।

**11.** वाक्य में निम्नलिखित छ तत्व अनिवार्य है।

सार्थकता: वाक्य का कुछ न कुछ अर्थ अवश्य होता है। अतः इसमें सार्थक शब्दों का ही प्रयोग होता है।

योग्यता: वाक्य में प्रयुक्त शब्दों में प्रसंग के अनुसार अपेक्षित अर्थ प्रकट करने की योग्यता होती है।

आकांक्षा: आकांक्षा का अर्थ है 'इच्छा', वाक्य अपने आप में पूरा होना चाहिए। उसमें किसी ऐसे शब्द की कमी नहीं होनी चाहिए जिसके कारण अर्थ की अभिव्यक्ति में अधूरापन लगे।

निकटता: वाक्य के पद निरंतर प्रवाह में पास-पास बोले या लिखे जाने चाहिए।

पदक्रम: वाक्य में पदों का एक निश्चित क्रम होना चाहिए। 'सुहावनी है रात होती चाँदनी' इसमें पदों का क्रम व्यवस्थित न होने से इसे वाक्य नहीं मानेंगे।

अन्वय: अन्वय का अर्थ है- मेल। वाक्य में लिंग, वचन, पुरुष, काल, कारक आदि का क्रिया के साथ ठीक-ठीक मेल होना चाहिए।

अतः विकल्प (B) सही है।

**12.** श्याम ने लिखा है, कि वह कल आ रहा है।

मिश्र वाक्य ऐसे वाक्य जिनमें सरल वाक्य के साथ-साथ कोई दूसरा उपवाक्य भी हो, वे वाक्य मिश्र वाक्य कहलाते हैं।

मिश्र वाक्य के कुछ अन्य उदाहरण:

- जो औरत वहां बैठी हैं वो मेरी माँ है।
- जो लड़का कमरे में बैठा है वह मेरा भाई है।
- यदि परिश्रम करोगे तो उत्तीर्ण हो जाओगे।
- मैं जानता हूँ कि तुम्हारे अक्षर अच्छे नहीं बनते।

अतः विकल्प (B) सही है।

**13.** दिए गए विकल्पों में से उपर्युक्त वाक्य का संयुक्त वाक्य है - 'बच्चा दौड़ा और मेरे पास आया।'

अन्य विकल्प त्रुटिपूर्ण उत्तर हैं।

दो या दो से अधिक शब्दों के सार्थक समूह को कहते हैं।

शब्दों का व्यवस्थित रूप जिससे मनुष्य अपने विचारों का आदान प्रदान करता है उसे वाक्य कहते हैं एक सामान्य वाक्य में क्रमशः कर्ता, कर्म और क्रिया होते हैं।

अतः विकल्प (D) सही है।

**14.** 'आप चाय पिएँगे या कॉफी।'

वाक्य भेद : संयुक्त वाक्य

संयुक्त वाक्य में दो स्वतंत्र वाक्य होते हैं, जो योजक के द्वारा एक-दूसरे से जुड़े रहते हैं। यह योजक किंतु, परंतु, और, तथा, या, इसलिए, अथवा आदि होते हैं। ये योजक समुच्चयबोधक अव्यय होते हैं।

जैसे-

रानी बाजार गई और उसने कपड़े खरीदे।

राजू को बुखार था इसलिए वह स्कूल नहीं गया।

मैंने तुम्हारी बहुत प्रतीक्षा की लेकिन तुम नहीं आए।

अतः विकल्प (C) सही है।

**15.** उसने परिश्रम तो बहुत किया किन्तु सफलता नहीं मिली।

वाक्य भेद : मिश्रित वाक्य

मिश्र वाक्य में एक प्रधान वाक्य होता है, और एक या एक से अधिक आश्रित वाक्य होते हैं। प्रधान वाक्य से अन्य वाक्य जुड़े रहते हैं, अर्थत इन वाक्यों का विधेय प्रधान वाक्य के ऊपर आश्रित होता हैं, और प्रधान वाक्य के बिना ये निरर्थक होते हैं।

रचना के आधार पर वाक्य के तीन भेद होते हैं-

- सरल वाक्य

- संयुक्त वाक्य
- मिश्र वाक्य

अतः विकल्प (C) सही है।

**16.** संतोष से बढ़कर सुख नहीं। सरल वाक्य है।

सरल वाक्य की परिभाषा: ऐसा वाक्य जिसमें एक ही क्रिया एवं एक ही कर्ता हो और उन वाक्यों का एक ही उद्देश्य हो, ऐसे वाक्य को सरल वाक्य कहा जाता है।

सरल वाक्य का उदाहरण:

- बबीता चलती रहती है।
- बिजली कड़कती है।
- रोहन भागता रहता है।
- मेहमान घर आते हैं।

अतः विकल्प (B) सही है।

**17.** विशाल ने जो मोबाइल खरीदा है वह नया है। - यह एक मिश्र वाक्य है।

जिस वाक्य में एक से अधिक वाक्य मिले हों किन्तु एक प्रधान उपवाक्य तथा शेष आश्रित उपवाक्य हों, मिश्रित वाक्य कहलाता है।

सयुंक्त वाक्य के कुछ अन्य उदाहरण :

- वह सुबह गया और शाम को लौट आया।
- दिन ढल गया और अन्धेरा बढ़ने लगा।
- प्रिय बोलो पर असत्य नहीं।
- मैंने बहुत परिश्रम किया इसलिए सफल हो गया।

अतः विकल्प (A) सही है।

**18.** दिए गए विकल्पों में ' मैं आया और वह गया।' यह वाक्य एक संयुक्त वाक्य है।

जिन वाक्यों में दो या दो से अधिक सरल वाक्य योजकों (और, एवं, तथा, या, अथवा, इसलिए, अतः, फिर भी, तो, नहीं तो, किन्तु, परन्तु, लेकिन, पर आदि) से जुड़े हों, उन्हें संयुक्त वाक्य कहते है।

सयुंक्त वाक्य के कुछ अन्य उदाहरण :

- प्रिय बोलो पर असत्य नहीं।
- मैंने बहुत परिश्रम किया इसलिए सफल हो गया।
- मैं बहुत तेज़ दौड़ा फिर भी ट्रेन नहीं पकड़ सका।

अतः विकल्प (D) सही है।

**19.** अभिलाषा रोते ही बेहोश हो गयी। यह एक सयुंक्त वाक्य का उदाहरण है।

जिस वाक्य में दो या दो से अधिक स्वतंत्र साधारण वाक्य या प्रधान उपवाक्य उपस्थित हों तो उस वाक्य को संयुक्त वाक्य कहते हैं। संयुक्त वाक्य में प्रयुक्त सभी उपवाक्य स्वतंत्र होते हैं, अर्थात किसी भी उपवाक्य को हटा देने से शेष वाक्यों के अर्थ पर कोई प्रभाव नहीं पड़ता है

सयुंक्त वाक्य के कुछ अन्य उदाहरण :

- प्रिय बोलो पर असत्य नहीं।
- मैंने बहुत परिश्रम किया इसलिए सफल हो गया।
- मैं बहुत तेज़ दौड़ा फिर भी ट्रेन नहीं पकड़ सका।

अतः विकल्प (C) सही है।

**20.** जो लड़का कमरे में बैठा है वह मेरा भाई है। यह एक मिश्र वाक्य का उदाहरण है।

जिस वाक्य में एक से अधिक वाक्य मिले हों किन्तु एक प्रधान उपवाक्य तथा शेष आश्रित उपवाक्य हों, मिश्रित वाक्य कहलाता है।

मिश्र वाक्य के कुछ अन्य उदाहरण:

- यदि तुम भी मेहनत करोगे तो निश्चित ही सफल हो जाओगे।
- जो विद्यार्थी मेहनत करता है, वह सफल होता है।
- महेंद्र ने कहा कि वह उदयपुर जा रहा है।

अतः विकल्प (C) सही है।

**21.** प्रिय बोलो पर असत्य नहीं। एक सरल वाक्य नही है। यह एक संयुक्त वाक्य है ।

जिन वाक्यों में दो या दो से अधिक सरल वाक्य योजकों (और, एवं, तथा, या, अथवा, इसलिए, अतः, फिर भी, तो, नहीं तो, किन्तु, परन्तु, लेकिन, पर आदि) से जुड़े हों, उन्हें संयुक्त वाक्य कहते है।

सरल वाक्य के कुछ प्रमुख उदाहरण

- राधा दौड़ती है।
- गंगा पढ़ाई करती है।
- पारस खाना खाता है।
- राकेश खेलता है।

अतः विकल्प (D) सही है।

**22.** जब हिमांशु गया तब मैं आया। यह एक मिश्र वाक्य है।

जिस वाक्य में एक से अधिक वाक्य मिले हों किन्तु एक प्रधान उपवाक्य तथा शेष आश्रित उपवाक्य हों, मिश्रित वाक्य कहलाता है।

मिश्र वाक्य के कुछ अन्य उदाहरण:

- जो औरत वहां बैठी हैं वो मेरी माँ है।
- जो लड़का कमरे में बैठा है वह मेरा भाई है।
- यदि परिश्रम करोगे तो उत्तीर्ण हो जाओगे।
- मैं जानता हूँ कि तुम्हारे अक्षर अच्छे नहीं बनते।

अतः विकल्प (A) सही है।

**23.** दिन ढल गया और अन्धेरा बढ़ने लगा। यह एक संयुक्त वाक्य है।

जिन वाक्यों में दो या दो से अधिक सरल वाक्य योजकों (और, एवं, तथा, या, अथवा, इसलिए, अतः, फिर भी, तो, नहीं तो, किन्तु, परन्तु, लेकिन, पर आदि) से जुड़े हों, उन्हें संयुक्त वाक्य कहते है।

सयुंक्त वाक्य के कुछ अन्य उदाहरण :

- प्रिय बोलो पर असत्य नहीं।
- मैंने बहुत परिश्रम किया इसलिए सफल हो गया।
- मैं बहुत तेज़ दौड़ा फिर भी ट्रेन नहीं पकड़ सका।

अतः विकल्प (C) सही है।

**24.** ज्योहीं मैं घर से निकला, वर्षा शुरू हो गई। यह संयुक्त वाक्य नहीं है। यह एक मिश्र वाक्य है।

जिन वाक्यों में दो या दो से अधिक सरल वाक्य योजकों (और, एवं, तथा, या, अथवा, इसलिए, अतः, फिर भी, तो, नहीं तो, किन्तु, परन्तु, लेकिन, पर आदि) से जुड़े हों, उन्हें संयुक्त वाक्य कहते है।

- मिश्र वाक्य के कुछ अन्य उदाहरण:
- जो औरत वहां बैठी हैं वो मेरी माँ है।
- जो लड़का कमरे में बैठा है वह मेरा भाई है।
- यदि परिश्रम करोगे तो उत्तीर्ण हो जाओगे।

* मैं जानता हूँ कि तुम्हारे अक्षर अच्छे नहीं बनते।

अतः विकल्प (D) सही है।

**25.** सुबह होती है और चिड़िया चहकने लगती है। यह मिश्र वाक्य नहीं है। यह एक संयुक्त वाक्य है।

जिन वाक्यों में दो या दो से अधिक सरल वाक्य योजकों (और, एवं, तथा, या, अथवा, इसलिए, अतः, फिर भी, तो, नहीं तो, किन्तु, परन्तु, लेकिन, पर आदि) से जुड़े हों, उन्हें संयुक्त वाक्य कहते है।

संयुक्त वाक्य के कुछ अन्य उदाहरण :

* वह सुबह गया और शाम को लौट आया।
* दिन ढल गया और अन्धेरा बढ़ने लगा।
* प्रिय बोलो पर असत्य नहीं।
* मैंने बहुत परिश्रम किया इसलिए सफल हो गया।

अतः विकल्प (C) सही है।

**26.** दिए गए विकल्पों में 'मेहनत करने वाले हमेशा सफल होते हैं।' यह वाक्य सरल वाक्य है।

जिन वाक्यों में केवल एक ही उद्देश्य और एक ही विधेय होता है, उन्हें साधारण वाक्य या सरल वाक्य कहते हैं।

सरल वाक्य के कुछ प्रमुख उदाहरण

* राधा दौड़ती है।
* गंगा पढ़ाई करती है।
* पारस खाना खाता है।
* राकेश खेलता है।

अतः विकल्प (A) सही है।

**27.** लखनऊ, जो उत्तर प्रदेश की राजधानी है, एक ऐतिहासिक नगर है।

विशेषण उपवाक्य है।

जो उपवाक्य किसी दूसरे उपवाक्य में आये संज्ञा या सर्वनाम की विशेषता प्रकट करता है, उसे विशेषण उपवाक्य कहते हैं।

जैसे- वह पुस्तक, जो आप चाहते है, लाइब्रेरी में नहीं है-

* वह पुस्तक - प्रधान उपवाक्य
* जो आप चाहते है - विशेषण उपवाक्य पुस्तक की विशेषता बतलाता है।

अतः विकल्प (B) सही है।

**28.**

> ज्यों ही मैंने दरवाजा खोला की वह आ गया।

वाक्य भेद : मिश्र वाक्य

जिस वाक्य में एक से अधिक वाक्य मिले हों किन्तु एक प्रधान उपवाक्य तथा शेष आश्रित उपवाक्य हों, मिश्र वाक्य कहलाता है।

अतः विकल्प (C) सही है।

**29.** वह कौन - सा व्यक्ति है जिसने जवाहर लाल नेहरु का नाम न सुना हो।

वाक्य भेद : मिश्र वाक्य

जिस वाक्य में एक से अधिक वाक्य मिले हों किन्तु एक प्रधान उपवाक्य तथा शेष आश्रित उपवाक्य हों, मिश्र वाक्य कहलाता है।

मिश्र वाक्य के कुछ अन्य उदाहरण

* बबीता चलती रहती है।

* बिजली कड़कती है।
* रोहन भागता रहता है।
* मेहमान घर आते हैं।

अतः विकल्प (C) सही है।

**30.** यह फाइल प्रबन्धक तक पहुंचाओं' आज्ञावाचक वाक्य है।

आज्ञावाचक वाक्य की परिभाषा: वह वाक्य जिनमें आदेश, आज्ञा या अनुमति का पता चलता हो, उन वाक्य को आज्ञा वाचक वाक्य कहा जाता है।

* तुम्हें यह पुस्तक पढ़ने ही होगी।
* तुम वहाँ जाओ।
* तुम मेरे साथ आओ।
* तुम फटाफट खाना खाओ।
* अब आप अंदर जा सकते हैं।
* जल्दी चलो।

अतः विकल्प (D) सही है।

**Q.1 निर्देश**: नीचे दिए वाक्यों में कुछ त्रुटियाँ हैं और कुछ ठीक हैं। त्रुटि वाले वाक्य के जिस भाग में त्रुटियाँ हों, उसके अनुरूप अक्षर (A, B, C) में से उत्तर चुनिए। यदि वाक्य में कोई त्रुटि न हो तो उत्तर (D) दीजिए।

तुमको इस समय (A) / मुझसे बेफिजूल (B) / बातें नहीं करनी चाहिए। (C) / कोई त्रुटि नहीं (D)

**A.** (A)  **B.** (B)  **C.** (C)  **D.** (D)

**Ques (2-3):निर्देश:** नीचे दिये गये प्रश्न में एक वाक्य को चार भागों में बाँटा गया है। आपको वाक्य का अध्ययन कर तय करना है कि निम्न में किस भाग में त्रुटि है।

**Q.2** भीमकाय वृक्ष एक ही क्षण/ में गिर पड़ा लेकिन वृक्षों/ से प्राप्त होने वाली लकड़ियाँ/ हमारे लिये बहुत उपयोगी होती है।

**A.** भीमकाय वृक्ष एक ही क्षण
**B.** में गिर पड़ा लेकिन वृक्षों
**C.** से प्राप्त होने वाली लकड़ियाँ
**D.** हमारे लिये बहुत उपयोगी होती है

**Q.3** बढ़ती प्रतियोगिता के कारण/ किसी भी परीक्षा में/ सफल होने के लिए/ ध्यानपूर्वक विद्यार्थियों को पढ़ाई करनी चाहिए।

**A.** बढ़ती प्रतियोगिता के कारण
**B.** किसी भी परीक्षा में
**C.** सफल होने के लिए
**D.** ध्यानपूर्वक विद्यार्थियों को पढ़ाई करनी चाहिए

**Q.4** निम्नलिखित वाक्यों में से शुद्ध वाक्य चयन कर उत्तर चिन्हित करें।
**A.** माँ को अपने पुत्र में ममता होती है।
**B.** माँ को अपने पुत्र पर ममता होती है।
**C.** माँ को अपने पुत्र से ममता होती है।
**D.** माँ को अपने पुत्र की ममता होती है।

**Ques (5-6):निर्देश:** नीचे दिये गये प्रश्न में एक वाक्य को चार भागों में बाँटा गया है। आपको वाक्य का अध्ययन कर तय करना है कि निम्न में किस भाग में त्रुटि है।

**Q.5** मैं सोमवार के दिन आपके/ गाँव आऊँगा और देखना चाहता हूं कि/ यहां खेती के साथ पशुपालन, मुर्गी पालन, मधुमक्खी पालन/ जैसे व्यवसाय के क्या विकल्प हैं।

**A.** मैं सोमवार के दिन आपके
**B.** गाँव आऊँगा और देखना चाहता हूं कि
**C.** यहां खेती के साथ पशुपालन, मुर्गी पालन, मधुमक्खी पालन
**D.** जैसे व्यवसाय के क्या विकल्प हैं

**Q.6** वे विविध विषयों से/ परिचित हैं लेकिन इस/ विषय पर एक भी/ अच्छी पुस्तकें नहीं है।

**A.** वे विविध विषयों से  **B.** परिचित हैं लेकिन इस
**C.** विषय पर एक भी  **D.** अच्छी पुस्तकें नहीं है

**Q.7** निम्नलिखित में से कौन सा वाक्य अशुद्ध है?
**A.** क्या आप जाएँगे?
**B.** भीड़ में पटना के चार व्यक्ति भी थे।
**C.** छात्रों ने मुख्य अतिथि को एक फूलों की माला पहनाई।
**D.** बैंक के कई कर्मचारियों ने प्रदर्शन किया।

**Q.8** निम्नलिखित में से कौन सा वाक्य अशुद्ध है?
**A.** वहाँ घना अँधेरा छाया था।

**B.** हमें यह सावधानी बरतनी होगी।
**C.** अपना हस्ताक्षर कर दो।
**D.** उपस्थित लोगों ने संकल्प लिया।

**Ques (9-10):निर्देश:** नीचे दिये गये प्रश्न में एक वाक्य को चार भागों में बाँटा गया है। आपको वाक्य का अध्ययन कर तय करना है कि निम्न में किस भाग में त्रुटि है।

**Q.9** कल मैंने नई सड़क/ से नई पुस्तक ख़रीदा/ और तुम मेरे कमरे से/ पुस्तक उठा ले गये।

**A.** कल मैंने नई सड़क  **B.** से नई पुस्तक ख़रीदा
**C.** और तुम मेरे कमरे से  **D.** पुस्तक उठा ले गये

**Q.10** मैंने अपना गृहकार्य/ कर लिया है और मैं/ उपेक्षा करता हूँ कि/ तुम यह काम कर लोगे

**A.** मैंने अपना गृहकार्य  **B.** कर लिया है और मैं
**C.** उपेक्षा करता हूँ कि  **D.** तुम यह काम कर लोगे

**Q.11** निम्नलिखित में से कौन-सा वाक्य अशुद्ध है?
**A.** आत्मविश्वास व्यक्तित्व का अभिन्न पहलू होता है।
**B.** मैं कविता में अपने आप को व्यक्त नहीं कर सकता।
**C.** रामचरितमानस तुलसी द्वारा रचित अद्भुत ग्रंथ है।
**D.** क्रोध में उसने सारे आभूषण उतार फेंका।

**Q.12** निम्न वाक्य के जिस भाग में त्रुटि हो, उसका चयन करें।
किसी /आदमी को /भेज दो।/कोई त्रुटि नहीं है।
**A.** किसी  **B.** आदमी को
**C.** भेज दो।  **D.** कोई त्रुटि नहीं है।

**Q.13** निम्न वाक्य के जिस भाग में त्रुटि हो, उसका चयन करें।
मैं उनके घर /गया तो था पर/ उससे बात नहीं हुई/कोई त्रुटि नहीं है।
**A.** मैं उनके घर  **B.** गया तो था पर
**C.** उससे बात नहीं हुई।  **D.** कोई त्रुटि नहीं है।

**Q.14** निम्नलिखित में से कौन सा वाक्य शुद्ध है?
**A.** मैंने तीन कुर्सी खरीदी।
**B.** मैंने तीन कुर्सियाँ खरीदीं।
**C.** मैंने तीन कुर्सी खरीदीं।
**D.** मैंने तीन कुर्सिया खरीदी।

**Q.15** निम्नलिखित में से कौन सा वाक्य शुद्ध है?
**A.** अमित और शमी घनघोर मित्र है।
**B.** अमित और शमी घनिष्ट मित्र हैं।
**C.** अमित और शमी घनिष्ठ मित्र है।
**D.** अमित और शमी की घनिष्ठ मित्र है।

**Q.16** निम्नलिखित में से कौन सा वाक्य शुद्ध है?
**A.** मेरे को उनके साथ जाना है।
**B.** उनके साथ जाना है मेरे को।
**C.** मुझे उनके साथ जाना है।
**D.** जाना है उनके साथ मेरे को।

**Q.17** दिए गए विकल्पों में शुद्ध वाक्य का चयन कीजिए:
**A.** मैं आपकी पुस्तक नहीं ली।
**B.** आप बोलो।

C. इंद्रियों पर संयम रखो।
D. उसके गुप्त रहस्य प्रकट हो गए।

**Q.18** निम्नलिखित में से कौन सा वाक्य शुद्ध है?
A. मैं सभी को हरा दूंगा।
B. मैं सभी को हरा देगा।
C. मैं सभी को हरा दे सकता हूँ।
D. मैं सभी को हरा देऊंगा।

**Q.19** निम्नलिखित में से कौन सा वाक्य अशुद्ध है?
A. जब भी कुछ बोलो सोच समझ कर बोलो।
B. मेरा कुछ नहीं बिगड़ेगा।
C. मेरे से गाड़ी ले लो।
D. यहाँ तो एक भी इंसान नहीं दिखता।

**Q.20** निम्नलिखित में से कौन सा वाक्य अशुद्ध है?
A. जो कुछ भी होगा देखा जाएगा।
B. सोमवार के दिन घूमने जाएंगे।
C. एक इंसान सब कुछ नहीं कर सकता।
D. मुझे तुमसे कोई परेशानी नहीं है।

**Q.21** निर्देश : निम्न वाक्य के जिस भाग में त्रुटि हो, उसका चयन करें।
मोहन जानता है की/ शायद उसका/ मित्र बीमार है/कोई त्रुटि नहीं है।
A. मोहन जानता है की     B. शायद उसका
C. मित्र बीमार है।     D. कोई त्रुटि नहीं है।

**Q.22** निम्नलिखित में से किस वाक्य में व्याकरण दोष है?
A. मेरे घर के सामने महेश रहता है।
B. तुम्हारे घर को नज़र लग गया है।
C. स्कूल से घर आने में 20 मिनट लगते हैं।
D. किसी को भी लड़ना नहीं चाहिए।

**Q.23** निम्नलिखित में से किस वाक्य में व्याकरण दोष नहीं है?
A. भारत का लंबा नदी ब्रह्मपुत्र है।
B. मेरे गाँव में अभी भी कुएं हैं।
C. अनेकों लोग हर साल भूख से मरते हैं।
D. हमारे पास कोई नहीं आएंगे।

**Q.24** निम्नलिखित में से किस वाक्य में व्याकरण दोष नहीं है?
A. सिंह बड़ा भयानक होता है।
B. उसे भरी दुःख हुआ।
C. सब लोग अपना काम करो।
D. मैं दर्शन देने आया था।

**Q.25** निम्नलिखित में से किस वाक्य में व्याकरण दोष नहीं है?
A. यह काम नहीं किया हूँ मैं।
B. गीता आई और कहा।
C. वह धीमी स्वर में बोला।
D. राम और सीता वन गए।

**Q.26** निम्नलिखित में से किस वाक्य में व्याकरण दोष नहीं है?
A. आपकी सौभाग्यशाली कन्या यही है।
B. आप भोजन खायेंगे।
C. दस हजार रूपए खो गया।
D. यह शिक्षित लोगों का समाज है।

**Q.27** निम्नलिखित में से किस वाक्य में व्याकरण दोष नहीं है।
A. मैं जाऊँगा इलाहाबाद
B. सेठ ने एक धर्मशाला बनवाई

C. तुम बहुत बोलता है
D. घोडा बीच में ही डट गया।

**Q.28** निम्नलिखित में से कौन सा वाक्य में व्याकरण रूप से शुद्ध वाक्य है?
A. वह प्रातः काल के समय टहलता है।
B. अरावली पर्वतमाला अब हरी-भरी हो गई।
C. वह मंगलवार के दिन व्रत रखता है।
D. देश में अराजकता बढ़ गयी है।
E. घोड़ा बीच में ही डट गया।

**Q.29** व्याकरण की दृष्टि से कौन सा कथन सही नहीं है?
A. गदा एक उपयोगी अस्त्र है।
B. कंस का वध कृष्ण ने किया।
C. आपके प्रश्न का उत्तर मेरे पास है।
D. हमारे प्रांत के मनुष्य मेहनती हैं।

**Q.30** व्याकरण की दृष्टि से कौन सा कथन सही नहीं है?
A. मैं अपेक्षा करता हूँ कि तुम यह काम कर लोगे।
B. समाज में अराजकता बढ़ रही है।
C. किसान ने खेत में बीज बोया है।
D. आज बजट के ऊपर बहस होगी।

# // स्मार्ट उत्तर पुस्तिका //

**सही उत्तर** — उन छात्रों के प्रतिशत को इंगित करता है जिन्होंने प्रश्नों का सही उत्तर दिया था।

**छोड़ दिया** — उन छात्रों के प्रतिशत को इंगित करता है जिन्होंने प्रश्नों को छोड़ दिया था।

| प्रश्न संख्या | उत्तर | सही उत्तर / छोड़ दिया |
|---|---|---|
| 1 | B | 30.96 % / 67.6 % |
| 2 | A | 24.25 % / 73.72 % |
| 3 | D | 11.82 % / 80.48 % |
| 4 | C | 14.94 % / 71.69 % |
| 5 | A | 19.91 % / 73.82 % |
| 6 | D | 12.92 % / 76.49 % |

| प्रश्न संख्या | उत्तर | सही उत्तर / छोड़ दिया |
|---|---|---|
| 7 | C | 32.08 % / 67.1 % |
| 8 | D | 19.55 % / 72.32 % |
| 9 | B | 30.3 % / 67.46 % |
| 10 | C | 28.12 % / 71.43 % |
| 11 | D | 24.05 % / 74.9 % |
| 12 | D | 20.3 % / 71.4 % |

| प्रश्न संख्या | उत्तर | सही उत्तर / छोड़ दिया |
|---|---|---|
| 13 | C | 13.04 % / 77.22 % |
| 14 | B | 25.17 % / 72.71 % |
| 15 | B | 15.9 % / 80.18 % |
| 16 | C | 10.31 % / 87.91 % |
| 17 | C | 16.42 % / 73.38 % |
| 18 | A | 16.23 % / 75.96 % |

| प्रश्न संख्या | उत्तर | सही उत्तर / छोड़ दिया |
|---|---|---|
| 19 | C | 21.44 % / 73.41 % |
| 20 | B | 25.51 % / 74.2 % |
| 21 | A | 29.45 % / 67.51 % |
| 22 | B | 15.35 % / 67.37 % |
| 23 | B | 21.66 % / 74.86 % |
| 24 | A | 23.83 % / 72.65 % |

| प्रश्न संख्या | उत्तर | सही उत्तर / छोड़ दिया |
|---|---|---|
| 25 | D | 21.16 % / 78.54 % |
| 26 | D | 24.2 % / 75.39 % |
| 27 | B | 16.32 % / 80.98 % |
| 28 | D | 22.22 % / 77.12 % |
| 29 | D | 27.87 % / 71.55 % |
| 30 | D | 11.27 % / 69.0 % |

| कार्य विश्लेषण | |
|---|---|
| औसत अंक ( % ) | 33.33% |
| टॉपर्स स्कोर ( % ) | 63.33% |
| आपका स्कोर | |

# //संकेत और समाधान//

**1.** वाक्यांश 'मुझसे बेफिजूल' में 'बेफिजूल' के स्थान पर 'फिजूल' होना चाहिए।

शुद्ध वाक्य: तुमको इस समय मुझसे फिजूल बातें नहीं करनी चाहिए।

अतः विकल्प (B) सही है।

**2.** उपर्युक्त वाक्य में भीमकाय वृक्ष एक ही क्षण में त्रुटि है।

शुद्ध वाक्य: विशाल वृक्ष एक ही क्षण में गिर पड़ा लेकिन वृक्षों से प्राप्त होने वाली लकड़ियाँ हमारे लिये बहुत उपयोगी होती है।

उपरोक्त वाक्य में भीमकाय के स्थान पर विशाल का प्रयोग होगा क्योंकि भीमकाय शब्द का अर्थ बड़े शरीर वाला होता है और यह शब्द मानव के लिए प्रयोग होता है।

अतः विकल्प (A) सही है।

**3.** उपर्युक्त वाक्य में "ध्यानपूर्वक विद्यार्थियों को पढ़ाई करनी चाहिए" में त्रुटि है।

**शुद्ध वाक्य:** बढ़ती प्रतियोगिता के कारण किसी भी परीक्षा में सफल होने के लिए विद्यार्थियों को ध्यानपूर्वक पढ़ाई करनी चाहिए।

उपरोक्त वाक्य में ध्यानपूर्वक के स्थान पर विद्यार्थियों का प्रयोग होगा और विद्यार्थियों के स्थान पर ध्यानपूर्वक का प्रयोग होगा क्योंकि इसमें पदक्रम संबंधी अशुद्धियाँ हैं।

अतः विकल्प (D) सही है।

**4.** 'माँ को अपने पुत्र से ममता होती है' शुद्ध वाक्य है क्योंकि इसमें कोई त्रुटि नहीं है। अन्य सभी वाक्यों में कारक संबंधी त्रुटि है।

**वाक्य अशुद्धि:** 'वाक्य' भाषा की महत्त्वपूर्ण इकाई है, अत: वाक्य को बोलते व लिखते समय उसकी शुद्धता, स्पष्टता और सार्थकता का ध्यान रखना आवश्यक है। अत: वाक्य को व्याकरण के नियमों के अनुसार शुद्ध करना ही 'वाक्य अशुद्धि' कहलाता है।

अत: विकल्प (C) सही है।

**5.** उपर्युक्त वाक्य में 'मैं सोमवार के दिन आपके' में त्रुटि है।

**शुद्ध वाक्य:** मैं सोमवार को आपके गांव आऊंगा और देखना चाहता हूं कि यहां खेती के साथ पशुपालन, मुर्गी पालन, मधुमक्खी पालन जैसे व्यवसाय के क्या विकल्प हैं।

उपरोक्त वाक्य में सोमवार के बाद दिन का प्रयोग नहीं होगा क्योंकि सोमवार शब्द से ही दिन की पुष्टि हो जाती है।

अतः विकल्प (A) सही है।

**6.** उपर्युक्त वाक्य में 'अच्छी पुस्तकें नहीं है' में त्रुटि है।

**शुद्ध वाक्य:** वे विविध विषयों से परिचित हैं लेकिन इस विषय पर एक भी अच्छी पुस्तक नहीं है।

उपरोक्त वाक्य में पुस्तकें के स्थान पर पुस्तक का प्रयोग होगा क्योंकि विषय शब्द एकवचन है और उसी के अनुसार एकवचन पुस्तक शब्द का प्रयोग होगा।

अतः विकल्प (D) सही है।

**7.** दिये गए विकल्पों में से 'छात्रों ने मुख्य अतिथि को एक फूलों की माला पहनाई।' अशुद्ध वाक्यरूप है। अन्य विकल्प सही उत्तर नहीं हैं।

'छात्रों ने मुख्य अतिथि को एक फूलों की माला पहनाई।' अशुद्ध वाक्य है क्योंकि इसमें पदक्रम संबंधी त्रुटि है।

| अशुद्ध वाक्य | शुद्ध वाक्य |
|---|---|
| छात्रों ने मुख्य अतिथि को एक फूलों की माला पहनाई। | छात्रों ने मुख्य अतिथि को फूलों की एक माला पहनाई। |

अतः विकल्प (C) सही है।

**8.** दिये गए विकल्पों में से 'उपस्थित लोगों ने संकल्प लिया।' अशुद्ध वाक्यरूप है। अन्य विकल्प सही उत्तर नहीं हैं।

'उपस्थित लोगों ने संकल्प लिया।' अशुद्ध वाक्य है क्योंकि इसमें क्रिया संबंधी त्रुटि है।

| अशुद्ध वाक्य | शुद्ध वाक्य |
|---|---|
| उपस्थित लोगों ने संकल्प लिया। | उपस्थित लोगों ने संकल्प किया। |

अतः विकल्प (D) सही है।

**9.** उपर्युक्त वाक्य में 'से नई पुस्तक ख़रीदा' में त्रुटि है।

**शुद्ध वाक्य:** कल मैंने नई सड़क से नई पुस्तक खरीदी और तुम मेरे कमरे से पुस्तक उठा ले गये।

उपरोक्त वाक्य में ख़रीदा के स्थान पर खरीदी का प्रयोग होगा क्योंकि वाक्य में लिंग संबंधी अशुद्धि है। खरीदा एक विशेषण शब्द है और पुस्तक शब्द स्त्रीलिंग है।

अतः विकल्प (B) सही है।

**10.** उपर्युक्त वाक्य में 'उपेक्षा करता हूँ कि' में त्रुटि है।

**शुद्ध वाक्य:** मैंने अपना गृहकार्य कर लिया है और मैं अपेक्षा करता हूँ कि तुम यह काम कर लोगे।

उपरोक्त वाक्य में उपेक्षा के स्थान पर अपेक्षा का प्रयोग होगा क्योंकि यहाँ शब्द शब्द-अर्थ प्रयोग की अशुद्धि है।

अतः विकल्प (C) सही है।

**11.** दिए गए विकल्पों में से 'क्रोध में उसने सारे आभूषण उतार फेंका।' अशुद्ध वाक्य है।

इस वाक्य में क्रिया संबंधी अशुद्धि है।

'सारे आभूषण' बहुवचन होगा, जिसके साथ क्रिया 'फेंके' होगा।

इसका शुद्ध वाक्य है - क्रोध में उसने सारे आभूषण उतार फेंके।

अन्य सभी विकल्प शुद्ध रूप में हैं।

अत: विकल्प (D) सही है।

**12.** उपर्युक्त वाक्य में कोई त्रुटि नहीं है।

सही वाक्य "किसी आदमी को भेज दो?" है, इस वाक्य में कोई त्रुटी नहीं है। किसी आदमी को भेज दो, इस वाक्य में अंत में प्रश्नवाचक चिह्न नहीं लगता है। क्योंकि यह आदेश वाक्य है।

वाक्य शुद्धि: वाक्य भाषा की अत्यंत महत्वपूर्ण इकाई है। इसलिए लिखने या बोलने के समय यह ध्यान रखना चाहिए कि वह स्पष्ट और व्याकरणिक दृष्टि से शुद्ध हो। वाक्यों के विभिन्न अंग यथास्थान होने चाहिए।

अत: विकल्प (D) सही है।

**13.** उपर्युक्त वाक्य के भाग "उससे बात नहीं हुई" में उचित शब्द का प्रयोग नहीं हुआ है। यहाँ 'उससे' के स्थान पर 'उनसे' शब्द आएगा।

'उनसे' शब्द यहाँ ज्यादा उपयुक्त है।

सही वाक्य है "मैं उनके घर गया तो था पर उनसे बात नहीं हुई।"

अत: विकल्प (C) सही है।

**14.** 'मैंने तीन कुर्सियाँ खरीदीं।' शुद्ध वाक्य है क्योंकि अन्य विकल्पों में वचन संबंधी और वर्तनीगत त्रुटियां है।

जैसे पहले विकल्प में वचन संबंधी त्रुटि है क्योंकि 'कुर्सी' एक वचन है और संख्या 'तीन' बहुवचन है।

वाक्य सम्प्रेषण की सबसे महत्वपूर्ण और सार्थक इकाई होती है। अतः वाक्यगत अशुद्धियाँ को शुद्ध रूप में लिखना सम्प्रेषण को अधिक सरल बनाता है। वाक्य में, संज्ञा, सर्वनाम, लिंग, वचन, क्रिया-विशेषण, क्रिया, विशेषण आदि संबंधी अशुद्धियाँ हो सकती हैं।

अत: विकल्प (B) सही है।

**15.** 'अमित और शमी घनिष्ठ मित्र हैं।' वाक्य शुद्ध है क्योंकि विकल्प (A) में 'घनघोर' शब्द अनुचित है।

विकल्प (C) में ''घनिष्ट शब्द है जो वर्तनीगत अशुद्ध है और क्रिया संबंधी त्रुटि भी है जैसे 'है' की जगह 'हैं' होना चाहिए। विकल्प (D) में भी 'की घनीष्ट' शब्द अशुद्ध है तथा क्रिया संबंधी दोष है।

अत: विकल्प (B) सही है।

**16.** 'मुझे उनके साथ जाना है' शुद्ध वाक्य है क्योंकि अन्य विकल्पों में सर्वनाम संबंधी त्रुटि है।

जैसे 'मेरे को' उचित सर्वनाम नहीं है उसके स्थान पर 'मुझे' सर्वनाम प्रयुक्त होगा क्योंकि यह मानक के अनुसार एवं भाषा का शुद्ध रूप है। अन्य विकल्प अशुद्ध हैं।

अत: विकल्प (C) सही है।

**17.** दिए गए विकल्पों में इंद्रियों पर संयम रखो।' शुद्ध वाक्य है।

अन्य विकल्पों में संज्ञा, क्रिया और अधिकपदत्व संबंधी अशुद्धि है। संयम पुल्लिंग शब्द है जिसका अर्थ रोक, निग्रह, नियंत्रण होता है।

| अशुद्ध वाक्य | शुद्ध वाक्य |
| --- | --- |
| मैं आपकी पुस्तक नहीं ली। | मैंने आपकी पुस्तक नहीं ली। |
| आप बोलो। | आप बोलिए। |
| उसके गुप्त रहस्य प्रकट हो गए। | उसके रहस्य प्रकट हो गए। |

अत: विकल्प (C) सही है।

**18.** 'मैं सभी को हरा दूंगा' शुद्ध वाक्य है क्योंकि अन्य विकल्पों में क्रिया संबंधी त्रुटि है। जैसे 'हरा देगा', 'मैं सभी को हरा दे सकता हूँ', और 'हरा देऊंगा' उचित क्रियाएँ नहीं है उसके स्थान पर 'दूंगा' क्रिया उपयुक्त है।

| अशुद्ध वाक्य | शुद्ध वाक्य |
| --- | --- |
| माला गूँध कर लाओ। | माला गूँथ कर लाओ। |
| अध्यापक ने बोला कि किसी को अंदर न आने दिया जाए। | अध्यापक ने कहा कि किसी को अंदर न आने दिया जाए। |

अत: विकल्प (A) सही है।

**19.** 'मेरे से गाड़ी ले लो।' में सर्वनाम संबंधी दोष है क्योंकि यहाँ पर 'मेरे से' शब्द उचित सर्वनाम नहीं है इसके स्थान पर 'मुझसे' उचित होगा। अन्य विकल्प शुद्ध रूप में लिखे हैं।

वाक्य को शुद्ध रूप में लिखने से ही उसके अर्थ का बोध होता है, यदि उसमें वर्तनीगत या व्याकरणिक अशुद्धियाँ होती हैं तो उसका सम्प्रेषण बाधित होता है। वाक्य अशुद्धि शब्द से लेकर वाक्य स्तर तक हो सकती है। वाक्य में निम्न प्रकार की अशुद्धियाँ हो सकती है- संज्ञा, सर्वनाम, क्रिया, लिंग, वचन, विशेषण, अव्यय, पदक्रम, अधिकपदत्व, अव्यय, क्रिया-विशेषण, द्विरुक्ति, विभक्ति, शब्द-ज्ञान आदि।

अत: विकल्प (C) सही है।

**20.** 'सोमवार के दिन घूमने जाएंगे।' वाक्य में संज्ञा संबंधी अशुद्धि है। इस वाक्य में अनावश्यक संज्ञा का प्रयोग किया गया है।

'सोमवार के दिन' के स्थान पर सिर्फ 'सोमवार' ही उचित है क्योंकि 'वार' शब्द का अर्थ 'दिन' होता है। इसलिए यहाँ पर अनावश्यक संज्ञा का इस्तेमाल किया गया है जो कि अनुचित है।

अत: विकल्प (B) सही है।

**21.** उपर्युक्त वाक्य में ''मोहन जानता है की'' में की  के स्थान पर कि  का प्रयोग सही होगा।

सही वाक्य है "मोहन जानता है कि शायद उसका मित्र बीमार है।"

**वाक्य शुद्धि:** वाक्य भाषा की अत्यंत महत्वपूर्ण इकाई है। इसलिए लिखने या बोलने के समय यह ध्यान रखना चाहिए कि वह स्पष्ट और व्याकरणिक दृष्टि से शुद्ध हो। वाक्यों के विभिन्न अंग यथास्थान होने चाहिए।

अत: विकल्प (A) सही है।

**22.** 'तुम्हारे घर को नज़र लग गया है।' व्याकरणिक रूप से अशुद्ध है।

'तुम्हारे घर को नज़र लग गया है।' में क्रिया संबंधी दोष है क्योंकि 'लग गया है' के स्थान पर 'लग गयी है' उचित होगा। अन्य विकल्प व्याकरणिक रूप से शुद्ध हैं।

वाक्य को शुद्ध रूप में लिखने से ही उसके अर्थ का बोध होता है, यदि उसमें वर्तनीगत या व्याकरणिक अशुद्धियाँ होती हैं तो उसका सम्प्रेषण बाधित होता है। वाक्य में निम्न प्रकार की अशुद्धियाँ  हो सकती है- संज्ञा, सर्वनाम, क्रिया, लिंग, वचन, विशेषण, अव्यय, पदक्रम, अधिकपदत्व, अव्यय, क्रिया-विशेषण, द्विरुक्ति, विभक्ति, शब्द-ज्ञान आदि।

अत: विकल्प (B) सही है।

**23.** 'मेरे गाँव में अभी भी कुएं हैं।' व्याकरणिक रूप से शुद्ध वाक्य है।

विकल्प (A) में वचन संबंधी अशुद्धि है। 'लंबा' के स्थान पर 'लंबी' उचित होगा। विकल्प (C) में वचन संबंधी अशुद्धि है। 'अनेकों' के स्थान पर 'अनेक' उचित होगा। विकल्प (D) में क्रिया संबंधी अशुद्धि है। 'आएंगे' के स्थान पर 'आया' उचित होगा।

अत: विकल्प (B) सही है।

**24.** सिंह बड़ा भयानक होता है।' व्याकरणिक रूप से शुद्ध वाक्य है।

विकल्प (B) में विशेषण संबंधी अशुद्धि है। 'भरी' की जगह 'बहुत' उचित होगा। विकल्प (C) में विशेषण संबंधी अशुद्धि है। 'अपना' के स्थान पर 'अपना-अपना' उचित होगा। विकल्प (D) में क्रिया संबंधी अशुद्धि है। 'देने' के स्थान पर 'करने' उचित होगा।

अत: विकल्प (A) सही है।

**25.** 'राम और सीता वन को गए।' व्याकरणिक रूप से शुद्ध वाक्य है।

विकल्प (A) में विभक्ति संबंधी अशुद्धि है। 'यह काम' की जगह 'मैंने यह काम' उचित होगा। विकल्प (C) में लिंग  संबंधी अशुद्धि है। 'धीमी' के स्थान पर 'धीमें' उचित होगा। विकल्प (B) में सर्वनाम संबंधी अशुद्धि है। 'और कहा' के स्थान पर 'और उसने कहा' उचित होगा।

| अशुद्ध वाक्य | शुद्ध वाक्य |
| --- | --- |
| यह काम नहीं किया हूँ मैं। | मैंने यह काम नहीं किया है। |
| वह धीमी स्वर में बोला। | वह धीमें  स्वर में बोला। |
| गीता आई और कहा। | गीता आई और उसने कहा। |

अत: विकल्प (D) सही है।

**26.** 'ऐसा कोई नहीं करता' व्याकरणिक रूप से शुद्ध वाक्य है।

विकल्प (A) में अनुपयुक्त विशेषण का प्रयोग संबंधी अशुद्धि है। 'सौभाग्यशाली' की जगह 'सौभाग्यकांक्षिणी' उचित होगा। विकल्प (B) में अनुपयुक्त क्रिया संबंधी अशुद्धि है। 'खायेंगे ' के स्थान पर 'करेंगे ' उचित होगा। विकल्प (C) में वचन संबंधी अशुद्धि है। 'गया' के स्थान पर 'गए ' उचित होगा।

| अशुद्ध वाक्य | शुद्ध वाक्य |
| --- | --- |
| आपकी सौभाग्यशाली कन्या यही है। | आपकी सौभाग्यकांक्षिणी कन्या यही है। |
| आप भोजन खायेंगे। | आप भोजन करेंगे। |
| दस हजार रूपए खो गया। | दस हजार रूपए खो गए। |

अत: विकल्प (D) सही है।

**27.** 'सेठ ने एक धर्मशाला बनवाई।' व्याकरणिक रूप से शुद्ध वाक्य है।

विकल्प (C) में वचन संबंधी अशुद्धि है। 'बोलता' की जगह 'बोलते' उचित होगा। विकल्प (A) में अंग्रेजी जैसा पदक्रम संबंधी अशुद्धि है। 'मैं जाऊँगा इलाहाबाद।' के स्थान पर 'मैं इलाहबाद जाऊँगा।' उचित होगा। विकल्प (D) में क्रिया संबंधी अशुद्धि है। 'डट' के स्थान पर 'अड़' उचित होगा।

| अशुद्ध वाक्य | शुद्ध वाक्य |
| --- | --- |
| मैं जाऊँगा इलाहाबाद। | मैं इलाहबाद जाऊँगा। |
| तुम बहुत बोलता है। | तुम बहुत बोलते हो। |
| घोडा बीच में ही डट गया। | घोडा बीच में ही अड़ गया। |

अत: विकल्प (B) सही है।

**28.** 'देश में अराजकता बढ़ गयी है।' व्याकरणिक रूप से शुद्ध वाक्य है।

विकल्प (A) में संज्ञा पदों का अनावश्यक प्रयोग हुआ है। 'समय' शब्द का प्रयोग अनावश्यक प्रयोग हुआ है।

विकल्प (B) में संज्ञा पदों का अनावश्यक प्रयोग हुआ है। 'पर्वतमाला' शब्द का प्रयोग अनावश्यक प्रयोग हुआ है।

विकल्प (C) में संज्ञा पदों का अनावश्यक प्रयोग हुआ है। 'दिन' शब्द का प्रयोग अनावश्यक प्रयोग हुआ है।

विकल्प (E) में क्रिया संबंधी अशुद्धि है। 'डट' के स्थान पर 'अड़' उचित होगा।

अत: विकल्प (D) सही है।

**29.** दिए गये वाक्यों में 'हमारे प्रांत के मनुष्य मेहनती है।' में व्याकरण सम्बन्धी त्रुटि है। यहाँ 'मनुष्य' शब्द का प्रयोग सही नहीं है। इसके स्थान पर 'लोग' शब्द का प्रयोग उचित है।

| अशुद्ध वाक्य | शुद्ध वाक्य |
| --- | --- |
| हमारे प्रांत के मनुष्य लोग मेहनती है। | हमारे प्रांत के लोग मेहनती हैं। |

वाक्य सम्प्रेषण की सबसे महत्वपूर्ण और सार्थक इकाई होती है। अतः वाक्यगत अशुद्धियाँ को शुद्ध रूप में लिखना सम्प्रेषण को अधिक सरल बनाता है। वाक्य में, संज्ञा, सर्वनाम, लिंग, वचन, क्रिया-विशेषण, क्रिया, विशेषण आदि संबंधी अशुद्धियाँ हो सकती हैं।

इस वाक्य में संज्ञा पदों का अनुपयुक्त प्रयोग सम्बन्धी अशुद्धि है। यहाँ 'मनुष्य' शब्द का प्रयोग सही नहीं है। इसके स्थान पर 'लोग' शब्द का प्रयोग उचित है।

अत: विकल्प (D) सही है।

**30.** व्याकरण की दृष्टि से 'आज बजट के ऊपर बहस होगी।' कथन सही नहीं है।

इस वाक्य में अधिकरणकारक संबंधी अशुद्धि है। सही परसर्ग 'पर' आएगा।

| अशुद्ध वाक्य | शुद्ध वाक्य |
| --- | --- |
| आज बजट के ऊपर बहस होगी। | आज बजट पर बहस होगी |

अत: विकल्प (D) सही है।

**Ques (1-30):निर्देश**: वाक्यांश के लिए एक शब्द का चयन कीजिये।

**Q.1** सांसारिक वस्तुओं को प्राप्त करने की इच्छा
A.ऊहापोह    B.एकीकृत    C.एषणा    D.ऊषा

**Q.2** जिसे अपने मत या विश्वास का अधिक आग्रह हो
A. कंकाल    B. कथोपकथन
C. कसेरा    D. कट्टर

**Q.3** पसीने से युक्त
A.स्वेदित    B.हलफ़नामा    C.स्वावलंबी    D.सतर्क

**Q.4** जो परिणय सूत्र में न बँधा हो
A. अज्ञ    B. अभियोगी
C. सद्यःपरिणीत    D. अपरिणीत

**Q.5** अपने कर्तव्य का निर्णय न कर सकने वाला
A. कर्तव्यच्युत    B. कृतज्ञ
C. उपकृत    D. किंकर्तव्यविमूढ़

**Q.6** पर्वत की तलहटी

*[UPSSSC Rajasva Lekhpal, 2015]*

A. उपत्यका    B. द्रोण    C. बेसिन    D.घाटी

**Q.7** वह स्त्री जो सूर्य भी न देख सके
A. सुर्यदर्शिनी    B. स्त्रैणसूर्या
C. सूर्यवित्ता    D. असूर्यम्पश्या

**Q.8** धूतों अर्थात् जीवों द्वारा होने वाला (दुख)
A. आधिभौतिक    B. आधिदैविक
C. आत्मघाती    D. आधिदैहिक

**Q.9** वीर पुत्र को जन्म देने वाली स्त्री
A. विमाता    B.वीरप्रसू    C.जननी    D.वसुंधरा

**Q.10** जो अपने स्थान या स्थिति से अलग न किया जा सके
A.अच्युत    B.अनुरक्त    C.अनिरुद्ध    D.अनुगृहीत

**Q.11** जो बुद्धि द्वारा जाना जा सके
A.बुद्धिजीवी    B.बहुगामी    C.बोधगम्य    D.बुभुक्षा

**Q.12** जो दबाया न जा सके
A.अटूट    B.अदृश्य    C.अन्तर्यामी    D.अदम्य

**Q.13** विशिष्ट अवसर पर विशिष्ट लोगों के समक्ष दिया गया विद्वतापूर्ण भाषण
A.सम्भाषण    B.अभिभाषण    C.अपभाषण    D.अनुभाषण

**Q.14** पूरब और उत्तर के बीच की दिशा
A.ईष्ट    B.ईशान    C.ईप्सित    D.इष्ट

**Q.15** जिसकी कीमत कम हो
A. अमोघ    B.अनर्ध    C.वांछित    D.अभिप्रेत

**Q.16** किसी का दमन करने की इच्छा
A.जिज्ञासा    B.जिगीषा    C.जिघत्सा    D.जिघृक्षा

**Q.17** हर समय दूसरों की कमियाँ ढूँढ़ने वाला
A.छिद्रान्वेषी    B.चुगलखोर    C.दुष्ट    D.आलोचक

**Q.18** इंद्रियों की पहुँच से बाहर
A.अतीन्द्रिय    B.अतिक्रमण    C.अतीत    D.अथाह

**Q.19** जो आज तक से सम्बन्ध रखता है
A. अधिसूचना    B. अद्यतन
C. अध्यादेश    D. अधिकृत

**Q.20** ऐसी चन्द्रिका (या शोभा) जिसे देखने या समझने वाला कोई न हो
A. अरण्य चंद्रिका    B. अरम्ब चंद्रीका
C. चंद्रिका    D. अनुमोदनीय चंद्रण

**Q.21** गुरु के समीप रहने वाला छात्र
A.अंतर्व्यापी    B.अन्त्वासी    C.अन्तर्वासी    D.अंतेवासी

**Q.22** आदि से लेकर अन्त तक
A.आद्योपान्त    B.सर्वांग    C.अनादि    D.आजीवन

**Q.23** जो बात पूर्वकाल से लोगों में सुनकर प्रचलित हो
A. किंवदंती    B. युयुत्सु
C. अन्तर्यामी    D. सद्यःपरिणीत

**Q.24** 'प्रत्युत्पन्नमति'
A. जिसका जन्म अभी – अभी हुआ हो।
B. जिसकी अत्याधिक चर्चा हुई हो।
C. जो कुदन जानता हो।
D. अति शीघ्र सोचना

**Q.25** मोक्ष की इच्छा रखने वाला
A.स्वर्गीय    B.भुभुक्षु    C.मुभिक्षु    D.मुमुक्षु

**Q.26** आवश्यकता से अधिक वर्षा
A.अत्वृष्टि    B.अल्पवृष्टि    C.ओलावृष्टि    D.अतिवृष्टि

**Q.27** साथ चलने वाली स्त्री
A.सहचरी    B.खंडिता    C.तिलंगा    D.सुविदा

**Q.28** आड़ या परदे के लिये रथ या पालकी को ढकनेवाला कपड़ा
A.अंडज    B.आगत    C.ओहार    D.औरस

**Q.29** खाने से बचा हुआ जूठा भोजन
A.खाद्य    B.थाती    C.उच्छिष्ट    D.बुभुक्षा

**Q.30** वह स्त्री जिसका पति परदेश से लौटा हो
A. सधवा    B. आगतपतिका
C. आजानुबाहु    D. स्त्रैण

# // स्मार्ट उत्तर पुस्तिका //

सही उत्तर — उन छात्रों के प्रतिशत को इंगित करता है जिन्होंने प्रश्नों का सही उत्तर दिया था।

छोड़ दिया — उन छात्रों के प्रतिशत को इंगित करता है जिन्होंने प्रश्नों को छोड़ दिया था।

| प्रश्न संख्या | उत्तर | सही उत्तर / छोड़ दिया |
|---|---|---|
| 1 | C | 13.64 % / 82.22 % |
| 2 | D | 22.13 % / 71.55 % |
| 3 | A | 17.93 % / 75.63 % |
| 4 | D | 22.91 % / 67.57 % |
| 5 | D | 29.64 % / 68.5 % |
| 6 | A | 17.04 % / 74.7 % |

| प्रश्न संख्या | उत्तर | सही उत्तर / छोड़ दिया |
|---|---|---|
| 7 | D | 31.03 % / 67.01 % |
| 8 | A | 26.05 % / 72.17 % |
| 9 | B | 28.42 % / 70.95 % |
| 10 | A | 29.85 % / 67.88 % |
| 11 | C | 25.51 % / 68.22 % |
| 12 | D | 12.51 % / 69.7 % |

| प्रश्न संख्या | उत्तर | सही उत्तर / छोड़ दिया |
|---|---|---|
| 13 | B | 19.6 % / 76.95 % |
| 14 | B | 13.22 % / 70.25 % |
| 15 | B | 29.02 % / 67.11 % |
| 16 | B | 28.94 % / 69.51 % |
| 17 | A | 31.93 % / 67.19 % |
| 18 | A | 11.06 % / 81.32 % |

| प्रश्न संख्या | उत्तर | सही उत्तर / छोड़ दिया |
|---|---|---|
| 19 | B | 18.86 % / 73.81 % |
| 20 | A | 12.4 % / 83.49 % |
| 21 | D | 25.25 % / 69.55 % |
| 22 | A | 17.43 % / 71.32 % |
| 23 | A | 14.2 % / 84.04 % |
| 24 | D | 16.85 % / 76.35 % |

| प्रश्न संख्या | उत्तर | सही उत्तर / छोड़ दिया |
|---|---|---|
| 25 | D | 19.05 % / 74.19 % |
| 26 | D | 20.32 % / 67.5 % |
| 27 | A | 10.3 % / 84.11 % |
| 28 | C | 26.19 % / 69.47 % |
| 29 | C | 21.33 % / 74.41 % |
| 30 | B | 20.71 % / 79.27 % |

| कार्य विश्लेषण | |
|---|---|
| औसत अंक ( % ) | 56.67% |
| टॉपर्स स्कोर ( % ) | 70.0% |
| आपका स्कोर | |

# //संकेत और समाधान//

**1.** 'सांसारिक वस्तुओं को प्राप्त करने की इच्छा' के लिए एक शब्द 'एषणा' है।

ऊहापोह- विचारों का ऐसा प्रवाह जिससे कोई निष्कर्ष न निकले

एकीकृत - कई जगह से मिलाकर इकट्ठा किया हुआ

ऊषा - सूर्यास्त के समय दिखने वाली लालिमा

अतः विकल्प (C) सही है।

**2.** 'जिसे अपने मत या विश्वास का अधिक आग्रह हो' के लिए एक शब्द 'कट्टर' है।

कंकाल -हड्डियों का ढाँचा

कथोपकथन - दो व्यक्तियों के बीच परस्पर होने वाली बातचीत

कसेरा - बर्तन बेचने वाला

अतः विकल्प (D) सही है।

**3.** पसीने से युक्त वाक्य के लिए एक शब्द स्वेदित है।

**वाक्य प्रयोग:** इस प्रकार अपने मुख की भाप से नेत्रों को स्वेदित कर दो।

अतः विकल्प (A) सही है।

**4.** यहाँ दिए गये विकल्पों में 'अपरिणीत' उपयुक्त शब्द है। अन्य विकल्प उपयुक्त नहीं हैं।

'अपरिणीत' अर्थात 'जो परिणय सूत्र में न बँधा हो।

अतः विकल्प (D) सही है।

**5.** दिए गए विकल्पों में से 'अपने कर्तव्य का निर्णय न कर सकने वाला' के लिए एक शब्द 'किंकर्तव्यविमूढ़' है।

किंकर्तव्यविमूढ़ का संधि विच्छेद है - किम् (क्या) + कर्तव्य (कार्यभार या ज़िम्मेदारी) + विमूढ़ (असमंजस की स्थिति)।

अतः विकल्प (D) सही है।

**6.** 'पर्वत की तलहटी' के लिए 'उपत्यका' शब्द का प्रयोग किया जाता है। दो पहाड़ों के बीच की इस जगह को 'पर्वत की तलहटी' कहते हैं जिसके लिए एक शब्द है 'उपत्यका'। अतः सही विकल्प उपत्यका है।

अन्य विकल्प:

- द्रोण का अर्थ है लकड़ी का एक कलश या बरतन जिसमें वैदिक काल में सोम रखा जाता था।
- बेसिन का अर्थ है जलविभाजक को ड्रेनेज डिवाइड और द्रोणी को बेसिन कहा जाता है।
- घाटी का अर्थ है दो (या अधिक) पहाड़ो के बीच का गहरा भाग है, आमतौर पर इनमें नदी का प्रवाह पाया जाता है।

अतः विकल्प (A) सही है।

**7.** वह स्त्री जो सूर्य भी न देख सके' के लिए वाक्यांश असूर्यम्पश्या है।

वाक्यांश वाक्यांश के लिए एक शब्द - जब किसी वाक्य में प्रयुक्त या स्वतन्त्र किसी वाक्यांश के लिए किसी एक शब्द का प्रयोग किया जाता है, जो उस वाक्यांश के अर्थ को पूरी तरह सिद्ध करता हो तो उसे वाक्यांश के लिए एक शब्द कहते हैं, अर्थात अनेक शब्दों के लिए एक शब्द को प्रयुक्त करना ही वाक्यांश के लिए एक शब्द कहलाता है।

- असूर्यम्पश्या' शब्द में 'अ' उपसर्ग का योग है।
- असूर्यम्पश्या विशेषण है।

अतः विकल्प (D) सही है।

**8.** 'धूतों अर्थात जीवों द्वारा होने वाला (दुख) – वाक्य के लिए एक शब्द 'आधिभौतिक' है।

- आधिदैविक: दैव अथवा प्रकृति द्वारा होने वाले दुःख
- आधिदैहिक: देह या शरीर द्वारा होने वाले दुःख
- आत्मघाती: ऐसा कार्य जो स्वयं के लिए घातक हो

अतः विकल्प (A) सही है।

**9.** 'वीर पुत्र को जन्म देने वाली स्त्री' को वीरप्रसू कहा जाता है।

वीरप्रसू संज्ञा स्त्रीलिंग शब्द है।

अन्य विकल्प:

- विमाता: सौतेली माँ
- जननी: जन्म देने वाली स्त्री
- वसुंधरा: सौर जगत का वह ग्रह जिस पर हम लोग निवास करते हैं

अतः विकल्प (B) सही है।

**10.** जो अपने स्थान या स्थिति से अलग न किया जा सके के लिए वाक्यांश अच्युत है।

अनुरक्त: जिसका किसी में लगाव या प्रेम हो

अनिरुद्ध: जिसका विरोध न हुआ हो या न हो सके

अनुगृहीत: जो अनुग्रह (कृपा) से युक्त हो

अतः विकल्प (A) सही है।

**11.** जो बुद्धि द्वारा जाना जा सके वाक्यांश के लिए एक शब्द बोधगम्य होगा। अन्य विकल्प असंगत है।

बहुगामी - अनेक दिशाओं में जाने वाला

बुद्धिजीवी - जिसकी जीविका बुद्धि के बल पर चलती हो

बुभुक्षा - खाने की इच्छा

अतः विकल्प (C) सही है।

**12.** जो दबाया न जा सके वाक्यांश के लिए एक शब्द अदम्य है।

अटूट - न टूटने वाला

अद्रश्य - जो कभी दिखाई न देता हो

अन्तर्यामी - दूसरे के मन की बात जाननेवाला

अतः विकल्प (D) सही है।

**13.** विशिष्ट अवसर पर विशिष्ट लोगों के समक्ष दिया गया विद् क्तापूर्ण भाषण को 'अभिभाषण' कहते हैं। अन्य विकल्प असंगत है।

सम्भाषण - नाटक आदि के दौरान बोला जाने वाला संवाद

अपभाषण संस्कृत: अश्लील और गंदी बात, दुर्वचन ; गाली-गलौज।

अनुभाषण-संज्ञा पुलिंग खंडन करने के लिये किसी स्थापना का पुनः कथन।

अतः विकल्प (B) सही है।

**14.** 'पूरब और उत्तर के बीच की दिशा' को 'ईशान' कहा जाता है।

हिंदी भाषा में जब कई शब्दों के स्थान पर एक शब्द का प्रयोग किया जाये तो उसे वाक्यांश के लिए एक शब्द कहा जाता है।

अतः विकल्प (B) सही है।

**15.** 'जिसकी कीमत कम हो' उसके लिए एक शब्द 'अनर्घ' होता है। 'अर्घ' शब्द में 'अन' उपसर्ग के योग से 'अनर्घ' शब्द बना है।

**वाक्यांश:** एक वाक्यांश एक वाक्य या खंड के भीतर एक सार्थक इकाई के रूप में काम कर रहे दो या दो से अधिक शब्दों का एक समूह है। एक वाक्यांश को आमतौर पर एक शब्द और एक खंड के बीच एक स्तर पर व्याकरणिक इकाई के रूप में वर्णित किया जाता है।

अतः विकल्प (B) सही है।

**16.** 'किसी का दमन करने की इच्छा' इस वाक्यांश के लिए उचित शब्द 'जिगीषा' होगा।

- जिज्ञासा - जानने की इच्छा।
- जिघत्सा - भोजन करने की इच्छा।
- जिघृक्षा - पकड़ने की इच्छा

अतः विकल्प (B) सही है।

**17.** 'हर समय दूसरों की कमियाँ ढूँढ़ने वाला', वाक्यांश के लिए सार्थक शब्द छिद्रान्वेषी होगा।

अन्य विकल्प:

चुगलखोर: चुगली करनेवाला व्यक्ति

दुष्ट: दूसरों को परेशान करने वाला

आलोचक: गुण-दोष की विवेचना करनेवाला

अतः विकल्प (A) सही है।

**18.** अतीन्द्रिय- इंद्रियों की पहुँच से बाहर

अतिक्रमण- सीमा का अनुचित उल्लंघन

अतीत- जो बीत गया हो

अथाह- जिसकी गहराई का पता न लग सके

अतः विकल्प (A) सही है।

**19.** अद्यतन- जो आज तक से सम्बन्ध रखता है

अधिसूचना- जो आज तक से सम्बन्ध रखता है

अध्यादेश- आदेश जो निश्चित अवधि तक लागू हो

अधिकृत- जिस पर किसी ने अधिकार कर लिया हो

अतः विकल्प (B) सही है।

**20.** दिए गए विकल्पों में से सही उत्तर विकल्प (A) 'अरण्य-चंद्रिका' है। अन्य विकल्प इसके गलत उत्तर हैं।

ऐसी चन्द्रिका (या शोभा) जिसे देखने या समझने वाला कोई न हो' इसके लिए एक शब्द 'अरण्यचंद्रिका' होगा।

वाक्यांश: भाषा को सुंदर, आक्षक और प्रभावशाली बनाने के लिए अनेक शब्दों के स्थान पर एक शब्द का प्रयोग किया जाता है तो वह वाक्यांश के लिए एक शब्द कहलाता है।

अतः विकल्प (A) सही है।

**21.** 'गुरु के समीप रहने वाला छात्र' के लिए एक शब्द 'अंतेवासी' होगा।अंतेवासी का पर्यायवाची-अन्त्यज, चांडाल, शिष्य, चेला आदि।

उदाहरण:

- नित्य अंतेवासी आत्मा से हम प्रायः अपरिचित रहते हैं।
- कृष्ण ने गुरुकुलवासी विद्यार्थी बनकर ज्ञान प्राप्त किया।
- प्राचीनकाल में अंतेवासियों को ही शिक्षा सुलभ थी।

अतः विकल्प (D) सही है।

**22.** आदि से लेकर अन्त तक - आद्योपान्त

आद्योपान्त को आद्यंत, शुरू से अंत तक, पूर्णरूपेण, अविकल रूप से, जस का तस भी कहते हैं।

अतः विकल्प (A) सही है।

**23.** जो बात पूर्वकाल से लोगों में सुनकर प्रचलित हो के लिए वाक्यांश के लिए एक शब्द किंवदंती है।

किंवदंती दृष्टांत स्वरूप उल्लेख की जानेवाली विपर्यस्त अथवा असंबद्ध इतिहास की घटनाओं के आधार पर लोकजीवन में प्रचलित कथाओं को कहते हैं। सामान्यत: इस शब्द का प्रयोग दंतकथा और अनुश्रुति के रूप में किया जाता है किंतु इससे ध्वनित होने वाली कथाएँ उनसे किंचित भिन्न होती हैं।

अत: विकल्प (A) सही है।

**24.** 'प्रत्युत्पन्नमति' इस वाक्यांश के लिए एक शब्द अति शीघ्र सोचना है।

हिंदी में प्राय किसी लम्बे वाक्य के लिए एकल शब्द का प्रचलन है। इसे शब्द-समूह के लिए एकल शब्द कहते हैं।

नवजात- जिसका जन्म अभी – अभी हुआ हो।

बहुचर्चित- जिसकी अत्याधिक चर्चा हुई हो।

अतः विकल्प (D) सही है।

**25.** यहाँ दिए गए वाक्यांश 'मोक्ष की इच्छा रखने वाला' के लिए एक शब्द 'मुमुक्षु' है।

स्वर्गीय- स्वर्ग सिधारने वाला

भुभुक्षु- जो सांसारिक लाभ पर केन्द्रित होता है।

अतः विकल्प (D) सही है।

**26.** 'आवश्यकता से अधिक वर्षा' के लिए एक शब्द 'अतिवृष्टि' होगा।

'अतिवृष्टि' का विलोम - अनावृष्टि।

अल्पवृष्टि- आवश्यकता से कम बरसात

ओलावृष्टि- ओले की बरसात

अतः विकल्प (D) सही है।

**27.** साथ चलने वाली स्त्री को 'सहचरी' कहा जाता है।

वाक्यांश: भाषा को सुंदर, आकर्षक और प्रभावशाली बनाने के लिए अनेक शब्दों के स्थान पर एक शब्द का प्रयोग किया जाता है तो वह वाक्यांश के लिए एक शब्द कहलाता है।

अतः विकल्प (A) सही है।

**28.** आड़ या परदे के लिये रथ या पालकी को ढकनेवाला कपड़ा के लिए वाक्यांश के लिए एक शब्द ओहार है।

अंडज: अंडे से उत्पन्न

आगत: आया हुआ, जैसे: विदेशज शब्द भी आगत कहलाते है।

औरस: विवाहित स्त्री से उत्पन्न

अतः विकल्प (C) सही है।

**29.** 'खाने से बचा हुआ जूठा भोजन' इस वाक्यांश के लिए उचित शब्द 'उच्छिष्ट' होगा।

खाद्य: खाने योग्य पदार्थ

थाती: किसी के पास राखी हुई दूसरे की संपत्ति।

बुभुक्षा: खाने की इच्छा।

अतः विकल्प (C) सही है।

**30.** वह स्त्री जिसका पति परदेश से लौटा हो के लिए उचित वाक्यांश आगतपतिका है।

आजानुबाहु: जिसकी भुजाएँ घुटनों तक लंबी हों।

स्त्रैण: जो स्त्री के वशीभूत हो।

सधवा: जिसका पति जीवित हो।

अतः विकल्प (B) सही है।

**Ques (1-16):निर्देश**: दिए गए शब्द का सही विलोम  चुनिए।

**Q.1** प्रवृत्ति

A. वृत्ति    B. अनावृत्ति    C. निवृत्ति    D. सद्वृत्ति

**Q.2** चपल

A. गंभीर    B. वाचाल    C. चंचल    D. उद्यमी

**Q.3** रुग्ण

A. रक    B. मठ    C. प्रकट    D. नीरोग

**Q.4** ईडा

A. अस्त    B. अधम    C. निन्दा    D. विमुख

**Q.5** पतनोन्मुख

A. विकासोन्मुख    B. मूर्ख
C. अपना    D. गुप्त

**Q.6** अवर

A. प्रवर    B. निवर    C. ऊपर    D. विवर

**Q.7** भूलोक

A. खाली    B. भोग्य    C. द्युलोक    D. भार्या

**Q.8** एकाग्रता

A. चंचल    B. अनैक्य    C. ज्येष्ठ    D. वज्र

**Q.9** उद्वेग

A. निरुद्विग्न    B. निरुद्वेग    C. उद्भूत    D. विनीत

**Q.10** निष्कलुष

A. कुख्यात    B. कृतघ्न    C. कलुष    D. कडुवा

**Q.11** अनुरक्ति

A. विराग    B. विरक्ति    C. तिरोभाव    D. संस्कृति

**Q.12** राहत

A. प्रकोप    B. सिक्त    C. अरुचि    D. लाघव

**Q.13** अत्यधिक

A. अत्यल्प    B. आधुनिक    C. अनधिगत    D. अनधीन

**Q.14** सदाशय

A. असीम    B. दुराशय    C. रुदन    D. अक्षर

**Q.15** मसृण

A. रूक्ष    B. अपमान
C. बंधन    D. इनमें से कोई नहीं

**Q.16** परोक्ष

A. यथार्थ    B. प्रत्यक्ष    C. नर    D. अनंत

**Q.17** निम्न में से कौन सा विलोम शब्द सुमेलित नहीं है:

A. पौराणिक - प्राचीन    B. कनिष्ठ - जेष्ठ
C. उग्र - सौम्य    D. ध्वंस - निर्माण

**Q.18** कौन सा विलोम - युग्म गलत है?

*[Rajasthan Police Sub Inspector, 2016]*

A. मूक - वाचाल    B. सम्पन्न - विपन्न
C. मितव्ययी - अल्पव्ययी    D. सम्मुख - विमुख

**Q.19** कौन सा विलोम युग्म सही नहीं है?

*[Rajasthan Police Sub Inspector, 2016]*

A. सापेक्ष - निरपेक्ष    B. आप्तति - विप्तति
C. स्वकीय - परकीय    D. व्यष्टि - समष्टि

**Q.20** बोधगम्य' का विलोम नहीं है?

A. अबोधगम्य    B. गूढ़    C. बोध्य    D. दुरूह

**Q.21** निम्नलिखित में से कौन-सा युग्म विलोम शब्द की दृष्टि से गलत है?

A. अंतर्मुखी - बहिर्मुखी    B. अंतरंग - बहिरंग
C. अति - विपुल    D. अशिष्ट - शिष्ट

**Ques (22-30):निर्देश**: दिए गए शब्द का सही विलोम चुनिए।

**Q.22** बहिरंग

A. आंतरंग    B. अनतरंग    C. अंतरंग    D. अंतरांग

**Q.23** अभिसरण

A. अनुसरण    B. प्रसारण    C. मिश्रण    D. अपसरण

**Q.24** परकीया

A. स्वकीया    B. क्रिया    C. नायिका    D. नायक

**Q.25** अध्यवसाय

A. व्यवसाय    B. अनध्यवसाय
C. अनुक्रिया    D. ध्यवसाय

**Q.26** आविर्भाव

A. अनाभाव    B. अभाव    C. अनेकाभाव    D. तिरोभाव

**Q.27** परिसीमन

A. ससीम    B. निरसीमन    C. असीमन    D. ससीमन

**Q.28** तृष्णा

A. अतृष्णा    B. अतिनका    C. निर्तृष्णा    D. वितृष्णा

**Q.29** अनैक्य

A. ऐहिक    B. एकेश्वरवाद
C. ऐक्य    D. इनमें से कोई नहीं

**Q.30** कृत्रिम

A. लौकिक    B. नैसर्गिक    C. अलौकिक    D. नश्वर

# // स्मार्ट उत्तर पुस्तिका //

**सही उत्तर** — उन छात्रों के प्रतिशत को इंगित करता है जिन्होंने प्रश्नों का सही उत्तर दिया था।

**छोड़ दिया** — उन छात्रों के प्रतिशत को इंगित करता है जिन्होंने प्रश्नों को छोड़ दिया था।

| प्रश्न संख्या | उत्तर | सही उत्तर / छोड़ दिया |
|---|---|---|
| 1 | C | 25.77 % / 67.7 % |
| 2 | A | 30.46 % / 67.97 % |
| 3 | D | 23.13 % / 74.8 % |
| 4 | C | 12.52 % / 82.52 % |
| 5 | A | 22.99 % / 75.12 % |
| 6 | A | 29.89 % / 68.4 % |

| प्रश्न संख्या | उत्तर | सही उत्तर / छोड़ दिया |
|---|---|---|
| 7 | C | 23.34 % / 74.49 % |
| 8 | A | 21.7 % / 69.86 % |
| 9 | B | 27.71 % / 69.76 % |
| 10 | C | 20.93 % / 75.78 % |
| 11 | B | 25.39 % / 68.3 % |
| 12 | A | 10.79 % / 86.49 % |

| प्रश्न संख्या | उत्तर | सही उत्तर / छोड़ दिया |
|---|---|---|
| 13 | A | 12.75 % / 76.07 % |
| 14 | B | 25.7 % / 70.54 % |
| 15 | A | 11.9 % / 85.79 % |
| 16 | B | 14.37 % / 79.94 % |
| 17 | A | 25.48 % / 67.7 % |
| 18 | C | 32.62 % / 67.34 % |

| प्रश्न संख्या | उत्तर | सही उत्तर / छोड़ दिया |
|---|---|---|
| 19 | B | 23.84 % / 71.71 % |
| 20 | C | 20.42 % / 73.37 % |
| 21 | C | 22.08 % / 76.92 % |
| 22 | C | 13.98 % / 82.8 % |
| 23 | D | 12.48 % / 84.76 % |
| 24 | A | 13.18 % / 83.36 % |

| प्रश्न संख्या | उत्तर | सही उत्तर / छोड़ दिया |
|---|---|---|
| 25 | B | 15.79 % / 68.38 % |
| 26 | D | 29.23 % / 69.17 % |
| 27 | B | 21.29 % / 73.63 % |
| 28 | D | 31.89 % / 67.35 % |
| 29 | C | 19.74 % / 74.28 % |
| 30 | B | 16.45 % / 78.69 % |

| कार्य विश्लेषण | |
|---|---|
| औसत अंक ( % ) | 50.0% |
| टॉपर्स स्कोर ( % ) | 56.67% |
| आपका स्कोर | |

# //संकेत और समाधान//

**1.** प्रवृत्ति का विलोम शब्द 'निवृत्ति' है।

प्रवृत्ति एवं वृत्ति समानार्थी हैं जिनका अर्थ 'आदत' होता है। सद्वृत्ति का अर्थ अच्छी आदत है एवं निवृत्ति का अर्थ छुटकारा होता है।

अतः विकल्प (C) सही है।

**2.** चपल का विलोम शब्द 'गंभीर' है।

गंभीर का विलोम अगंभीर या छिछला, वाचाल का विलोम 'मूक', चंचल का विलोम - अचंचल या स्थिर एवं उद्यमी का विलोम आलसी या निरूद्यमी होगा।

अतः विकल्प (A) सही है।

**3.** रुग्ण का विलोम शब्द 'नीरोग' है।

रुग्ण का अर्थ – बीमार

नीरोग का अर्थ – स्वस्थ

अतः विकल्प (D) सही है।

**4.** ईडा का विलोम शब्द 'निन्दा' है।

**शब्दार्थ:**

'ईडा' शब्द का अर्थ प्रशंसा होता है जबकि 'निन्दा' का अर्थ दोष निकलना होता है, इसलिए ये विलोम शब्द है।

**अन्य विकल्प:**

| शब्द | अर्थ |
| --- | --- |
| अस्त | डूबा हुआ |
| अधम | नीच, बदमाश |
| विमुख | विरत |

अतः विकल्प (C) सही है।

**5.** 'पतनोन्मुख' का विलोम शब्द 'विकासोन्मुख' है।

पतनोन्मुख का अर्थ: जो पतन की ओर उन्मुख हो।

विकासोन्मुख का अर्थ: किसी विशेष दिशा या स्थिति की ओर जाता हुआ।

अन्य विकल्प:

| शब्द | विलोम |
| --- | --- |
| पंडित | मूर्ख |
| पराया | अपना |
| प्रकट | गुप्त |

अतः विकल्प (A) सही है।

**6.** 'अवर' शब्द का विलोम 'प्रवर' है।

विलोम शब्द: जो शब्द किसी दूसरे शब्द का उल्टा अर्थ बताते हैं, उन्हें विलोम शब्द या विपरीतार्थक शब्द कहते है।

जैसे: आय-व्यय, आजादी-गुलाम, नवीन-प्राचीन

अतः विकल्प (A) सही है।

**7.** 'भूलोक' का विलोम शब्द द्युलोक है।

भूलोक का अर्थ – पृथ्वी

द्युलोक का अर्थ – स्वर्गलोक

| शब्द | विलोम |
| --- | --- |
| भोक्ता | भोग्य |

| भरा | खाली |
| --- | --- |
| भर्ता | भार्या |

अतः विकल्प (C) सही है।

**8.** 'एकाग्रता' का विलोम 'चंचल' है।

विलोम/विपरीतार्थक - विपरीत (उल्टा) अर्थ बताने वाले शब्दों को विलोम शब्द कहते हैं। जैसे – दीर्घायु – अल्पायु, आदान – प्रदान

| शब्द | विलोम |
| --- | --- |
| एकाग्रता (स्थिर, एकाग्र होने का भाव) | चंचल (गतिशील, अस्थिर) |
| अनैक्य (अनेकता) | ऐक्य (एकता) |
| ज्येष्ठ (बड़ा भाई, श्रेष्ठ) | कनिष्ठ (सबसे छोटा, छोटा भाई) |
| वज्र (कठोर, सख्त) | कुसुम (पुष्प, कोमल) |

अत: विकल्प (A) सही है।

**9.** उद्वेग शब्द का विलोम शब्द निरुद्वेग होता है।

उद्वेग अर्थ चित्त की अस्थिरता या आवेश या जोश होगा।

अत: विकल्प (B) सही है।

**10.** 'निष्कलुष' का विलोम कलुष है।

'निष्कलुष' का अर्थ - निर्मल।

'कलुष' का अर्थ - अपवित्र।

अत: विकल्प (C) सही है।

**11.** 'अनुरक्ति' का विलोम 'विरक्ति' है।

विलोम/विपरीतार्थक - विपरीत (उल्टा) अर्थ बताने वाले शब्दों को विलोम शब्द कहते हैं। जैसे - रात – दिन, सुख - दुःख

| शब्द | विलोम |
| --- | --- |
| विराग (अरुचि) | राग (अनुराग, प्रेम, विशिष्ट गान) |
| तिरोभाव (अदृश्य होना) | आविर्भाव (प्रकट होना) |
| संस्कृति (संस्कृत रूप देने की क्रिया) | विकृति (विकृत होने का भाव, खराबी) |

अत: विकल्प (B) सही है।

**12.** 'राहत' का विलोम 'प्रकोप' है।

विलोम/विपरीतार्थक - विपरीत (उल्टा) अर्थ बताने वाले शब्दों को विलोम शब्द कहते हैं। जैसे – अमृत – विष, अनुज – अग्रज

| शब्द | विलोम |
| --- | --- |
| सिक्त (सींचा हुआ, गीला, आर्द्र) | शुष्क (सूखा, अनार्द्र) |
| अरुचि (अनिच्छा) | रूचि (इच्छा) |
| लाघव (अल्पता, कमी) | गौरव (गुरुता, भारीपन) |

अत: विकल्प (A) सही है।

**13.** अत्यधिक का विलोम 'अत्यल्प' है।

विलोम/विपरीतार्थक - विपरीत (उल्टा) अर्थ बताने वाले शब्दों को विलोम शब्द कहते हैं। जैसे – अमृत – विष, अनुज – अग्रज

**अन्य विकल्प:**

आधुनिक -प्राचीन

अनधिगत- अधिगत

अनधीन - अधीन

अत: विकल्प (A) सही है।

**14.** उपर्युक्त विकल्पों में से 'दुराशय' इसका सही उत्तर है।

सदाशय का अर्थ – जिसका भाव उदार और श्रेष्ठ हो

दुराशय का अर्थ – खराब नीयतवाला

| शब्द | विलोम |
|------|-------|
| ससीम | असीम |
| हास्य | रुदन |
| क्षर | अक्षर |

अतः विकल्प (B) सही है।

**15.** उपर्युक्त विकल्पों में 'रूक्ष' इसका सही उत्तर है।

मसृण का अर्थ – चिकना।

रूक्ष का अर्थ – रूखा।

| शब्द | विलोम |
|------|-------|
| मान | अपमान |
| मोक्ष | बंधन |

अतः विकल्प (A) सही है।

**16.** परोक्ष' का विलोम प्रत्यक्ष है।

'परोक्ष' का अर्थ - 'छिपा हुआ'

'प्रत्यक्ष' का अर्थ – 'जो आँखों के सामने हो'

अतः विकल्प (B) सही है।

**17.** दिये गये विकल्पों में से 'पौराणिक-प्राचीन' सुमेलित नहीं है। पौराणिक का विलोम अपौराणिक तथा प्राचीन का विलोम अर्वाचीन होगा। शेष विकल्प के विलोम शब्द सुमेलित हैं।

अतः विकल्प (A) सही है।

**18.** मितव्ययी - अल्पव्ययी , विलोम - युग्म गलत है।

मितव्ययी शब्द का विलोम शब्द अपव्ययी।

मितव्ययी का हिन्दी मे अर्थ सोचसमझ कर खर्च करनेवाला या अनावश्यक खर्च न करनेवाला।

"अल्पव्ययी" का अर्थ कमख़र्च करनेवाला।

अतः विकल्प (C) सही है।

**19.** 'आप्तति - विपत्ति विलोम युग्म सही नहीं है।

'आप्तति' - दुःख व अचानक आ गिरनेवाली विपत्ति है।

'संपत्ति' 'आप्तति' का एकदम विपरीत है।

'विपत्ति'- किसी अनिष्ट घटना से उत्पन्न होने वाली ऐसी स्थिति जिसमें बड़ी हानि हो सकती हो। 'सम्पत्ति' 'विपत्ति' का एकदम विपरीत है।

अतः विकल्प (B) सही है।

**20.** 'बोधगम्य' का विलोम शब्द 'बोध्य' नहीं है।

'बोधगम्य' के सही विलोम शब्द 'अबोधगम्य, गूढ़, दुरूह' है।

'बोध्य' का विलोम शब्द 'अबोध्य' होता है।

अत: विकल्प (C) सही है

**21.** उपर्युक्त में से 'अति - विपुल' युग्म विलोम शब्द की दृष्टि से गलत है। 'अति' और 'विपुल' दोनों का अर्थ अधिक होता है। 'अति' के लिए विलोम शब्द 'अल्प' उपयुक्त है। शेष विकल्प विलोम शब्द की दृष्टि से सही है।

| शब्द | विलोम |
|------|-------|
| अंतर्मुखी (मन की बात मन में रखने वाला) | बहिर्मुखी (जिसका मुख या प्रवृत्ति बाहर की ओर हो, जो सबके साथ विचार व्यक्त करे) |
| अंतरंग (आन्तरिक अंग, मन, मस्तिष्क) | बहिरंग (बाह्य कृत्य, बाहर का) |
| अति (अधिक) | अल्प (कम) |
| अशिष्ट (असभ्य) | शिष्ट (सभ्य) |

अत: विकल्प (C) सही है।

**22.** बहिरंग का विलोम शब्द अंतरंग है।

अंतरंग का अर्थ 'घनिष्ठ, अंदरूनी' होता है।

बहिरंग का अर्थ वाह्य होता है।

अतः विकल्प (C) सही है।

**23.** अभिसरण का विलोम शब्द अपसरण है।

अनुसरण: किसी के पीछे-पीछे चलने की क्रिया

अपसरण एक तरह का काम, कर्तव्य या उत्तरदायित्व छोड़कर भाग जाने की क्रिया

अत: विकल्प (D) सही है।

**24.** परकीया का विलोम शब्द स्वकीया है।

परकीया: अपने पति के सिवाय दूसरे पुरुष से भी प्रेम करने वाली स्त्री

स्वकीया: वह विवाहिता स्त्री जो केवल अपने पति से प्रेम करती हो

अत: विकल्प (A) सही है।

**25.** अध्यवसाय का विलोम अनध्यवसाय है।

अनध्यवसाय का अर्थ अध्यवसाय का अभाव है।

अत: विकल्प (B) सही है

**26.** 'आविर्भाव' शब्द का विलोम शब्द तिरोभाव है।

'आविर्भाव' का अर्थ - प्रकट होना,उत्पत्ति।

'तिरोभाव ' का अर्थ - अदृश्य हो जाना, अदर्शन

अत: विकल्प (D) सही है।

**27.** 'परिसीमन' का विलोम 'निरसीमन' है।

'परिसीमन' का अर्थ 'सीमा निश्चित करना' है।

निरसीमन का अर्थ जिसकी सीमा निश्चित ना हो।

अत: विकल्प (B) सही है।

**28.** 'तृष्णा' का विलोम शब्द वितृष्णा है।

तृष्णा: प्रायः अधिक समय तक बनी रहनेवाली कामना

वितृष्णा: मन में किसी बात की तृष्णा न रह जाना

अत: विकल्प (D) सही है।

**29.** अनैक्य का विलोम शब्द ऐक्य है।

ऐक्य का अर्थ - एकता

अनैक्य का अर्थ -एकता का अभाव, अनेकता

अत: विकल्प (C) सही है।

**30.** 'कृत्रिम' का विलोम शब्द नैसर्गिक है।

कृत्रिम का अर्थ: बनावटी, नकली

नैसर्गिक का अर्थ: प्रकृतिक, स्वाभाविक

अत: विकल्प (B) सही है।

**Q.1** अध्याहार का अर्थ है:
A. वाक्य में आधा अर्थ प्रकट होना।
B. वाक्य में किसी अंग का लोप हो जाना।
C. वाक्य में कर्ता और कर्म का जुड़ जाना।
D. वाक्य में संपर्क छिन्न हो जाना।

**Q.2** निम्न में योगरूढ़ शब्द है:
A. पीला　　B. जलज　　C. पर　　D. दूधवाला

**Q.3 निर्देश:** दिए गए शब्द-युग्म शब्द का उचित अर्थ ज्ञात कीजिए।
छर - झर
A. छरों के वेग से निकलने का शब्द - पानी गिरने का स्थान
B. छोटीनाव - पाखंडी
C. वृक्ष की शाखा - रक्षक
D. संलग्न - केशों का बंधन

**Q.4 निर्देश:** निम्नलिखित प्रश्न में शब्द-युग्म के सही अर्थ-भेद का चयन कीजिए।
अँगना - अंगना
A. घर का आँगन - स्त्री　　B. अनाज - दूसरा
C. अधक - अकथ　　D. हवा - आग

**Q.5** निम्नलिखित में से कौनसा शब्द रूढ़ शब्द है?
A. उपकार　　B. कलम　　C. हिमालय　　D. महावीर

**Q.6** निम्नलिखित में से कौनसा शब्द रूढ़ शब्द नहीं है?
A. रतन　　B. कमला　　C. दिन　　D. एकदंत

**Q.7** निम्नलिखित में से कौनसा शब्द यौगिक शब्द नहीं है?
A. राजपुत्र　　　　B. विद्यालय
C. अनाथालय　　　　D. घोड़ा

**Q.8** निम्नलिखित में से कौनसा शब्द योगरूढ़ शब्द है?
A. पीताम्बर　　　　B. घर
C. चावल　　　　D. पुस्तकालय

**Q.9** निम्नलिखित में से कौनसा शब्द योगरूढ़ शब्द नहीं है?
A. मोदकप्रिय　　B. वीणापाणि　　C. महावीर　　D. सुविचार

**Q.10** निम्नलिखित में से कौनसा शब्द रूढ़ शब्द है?
A. नाकाबंदी　　B. पानदान　　C. आशा　　D. मालगाड़ी

**Q.11** निम्नलिखित में से कौनसा शब्द रूढ़ शब्द नहीं है?
A. चरम　　B. सीमा　　C. आकाश　　D. निर्मल

**Q.12** निम्नलिखित में से कौनसा शब्द यौगिक शब्द नहीं है?
A. पराश्रित　　B. जलमग्न　　C. सर्वश्रेष्ठ　　D. तिरंगा

**Q.13** निम्नलिखित में से कौनसा शब्द योगरूढ़ शब्द नहीं है?
A. दशानन　　B. लम्बोदर　　C. त्रिलोचन　　D. श्वेतपत्र

**Q.14** निम्नलिखित में से कौनसा शब्द रूढ़ शब्द है?
A. अपुत्र　　B. रानी　　C. त्रिलोचन　　D. दिगम्बर

**Q.15** निम्नलिखित में से कौनसा शब्द यौगिक शब्द है?
A. निर्जल　　B. दांत　　C. नेत्र　　D. षडानन

**Q.16** निम्नलिखित में से "रूढ़" शब्द कौन सा है?
A. पंकज　　B. विद्यालय　　C. जलज　　D. कमल

**Q.17** निम्नलिखित प्रश्न में शब्द-युग्म के सही अर्थ-भेद का चयन कीजिए।
शूकर-सुकर
A. सीप-अच्छी उक्ति　　　　B. सरस्वती-सार देने वाला
C. बलि-बली　　　　D. सूअर-सहज

**Q.18** निम्नलिखित में से कौन से शब्द अपने विभाजन के पश्चात अन्य अर्थ में प्रचलित हो जाते है?
A. सार्थक　　B. योगरूढ़　　C. रूढ़　　D. योगेश

**Q.19** यौगिक वे शब्द कहलाते हैं:
A. जिनका योग किया जा सके
B. जो प्राचीन काल से चले आ रहे हैं
C. जिनके सार्थक खंड किए जा सकें
D. जो एक ही अर्थ के लिए प्रयोग हों

**Q.20** कौन-सा शब्द योग रूढ़ नहीं है?
A. पंकज　　B. दशानन　　C. गुणवान　　D. त्रिनेत्र

**Q.21** ''संकर'' शब्द का क्या अर्थ है?

*[UPSSSC Forest Guard, 2015]*

A. तत्सम
B. तद्भव
C. विदेशी
D. दो भाषाओं के शब्दों से मिलकर बना शब्द

**Q.22** निम्नलिखित में से कौनसा शब्द रूढ़ शब्द है?
A. स्वर्गीय　　B. आसन्न　　C. मानव　　D. यशप्राप्त

**Q.23** निम्नलिखित में से कौनसा शब्द यौगिक शब्द नहीं है?
A. अनाथ　　B. अनंत　　C. अनजान　　D. अंत

**Q.24** रचना के आधार पर इनमें से कौन शब्द का भेद नहीं है?
A. रूढ़ शब्द　　　　B. यौगिक शब्द
C. योग रूढ़ शब्द　　　　D. तकनीकी शब्द

**Q.25** राष्ट्रपति कौन सा शब्द है?
A. योगरूढ़　　B. रूढ़　　C. यौगिक　　D. विदेशी

**Q.26** निम्नलिखित में से कौनसा शब्द योगरूढ़ शब्द नहीं है?
A. चतुर्भुज　　B. चतुर्मुख　　C. चक्रधर　　D. चौराहा

**Q.27** कौन सा फ़ारसी शब्द नहीं है?
A. मलीदा　　B. पैमाना　　C. इस्तीफ़ा　　D. तनख्वाह

**Q.28** निम्नलिखित में से कौनसा शब्द रूढ़ शब्द नहीं है?
A. महान　　B. पुरुष　　C. स्त्री　　D. महापुरुष

**Q.29** निम्नलिखित में से कौनसा शब्द यौगिक शब्द है?
A. नकटी　　B. हाथ　　C. वीणा　　D. अनादि

**Q.30** कौन-सा शब्द रूढ़ नहीं है?
A. पैर　　B. मुँह　　C. दशानन　　D. दाल

# // स्मार्ट उत्तर पुस्तिका //

**सही उत्तर**    उन छात्रों के प्रतिशत को इंगित करता है जिन्होंने प्रश्नों का सही उत्तर दिया था।

**छोड़ दिया**    उन छात्रों के प्रतिशत को इंगित करता है जिन्होंने प्रश्नों को छोड़ दिया था।

| प्रश्न संख्या | उत्तर | सही उत्तर / छोड़ दिया |
|---|---|---|
| 1 | C | 52.97 % / 37.66 % |
| 2 | B | 81.92 % / 17.9 % |
| 3 | A | 31.0 % / 67.0 % |
| 4 | A | 14.32 % / 71.83 % |
| 5 | B | 48.75 % / 35.79 % |
| 6 | D | 52.1 % / 41.52 % |

| प्रश्न संख्या | उत्तर | सही उत्तर / छोड़ दिया |
|---|---|---|
| 7 | D | 48.41 % / 33.27 % |
| 8 | A | 78.28 % / 17.2 % |
| 9 | D | 78.59 % / 12.84 % |
| 10 | C | 54.2 % / 41.05 % |
| 11 | D | 48.01 % / 35.41 % |
| 12 | D | 88.37 % / 11.4 % |

| प्रश्न संख्या | उत्तर | सही उत्तर / छोड़ दिया |
|---|---|---|
| 13 | D | 62.68 % / 30.16 % |
| 14 | B | 64.19 % / 31.12 % |
| 15 | A | 42.35 % / 37.76 % |
| 16 | D | 81.22 % / 18.52 % |
| 17 | D | 77.51 % / 21.76 % |
| 18 | B | 22.53 % / 76.61 % |

| प्रश्न संख्या | उत्तर | सही उत्तर / छोड़ दिया |
|---|---|---|
| 19 | C | 18.86 % / 79.52 % |
| 20 | C | 69.35 % / 30.16 % |
| 21 | D | 86.44 % / 11.98 % |
| 22 | C | 84.9 % / 14.74 % |
| 23 | D | 48.2 % / 48.54 % |
| 24 | D | 28.8 % / 68.53 % |

| प्रश्न संख्या | उत्तर | सही उत्तर / छोड़ दिया |
|---|---|---|
| 25 | C | 54.94 % / 40.23 % |
| 26 | D | 28.27 % / 70.49 % |
| 27 | C | 61.09 % / 32.26 % |
| 28 | D | 58.2 % / 37.72 % |
| 29 | D | 26.62 % / 73.36 % |
| 30 | D | 40.56 % / 49.18 % |

| कार्य विश्लेषण | |
|---|---|
| औसत अंक ( % ) | **40.0%** |
| टॉपर्स स्कोर ( % ) | **73.33%** |
| आपका स्कोर | |

# //संकेत और समाधान//

**1.** 'अध्याहार' शब्द का उपयुक्त अर्थ है- 'वाक्य में कर्ता और कर्म का जुड़ जाना।'

मूलत: अध्याहार का शाब्दिक अर्थ है- तर्क वितर्क, उपापोह। वाक्य को पूरा करने के लिए उसमें कुछ शब्द ऊपर से जोड़ना या अस्पष्ट वाक्यों को दूसरे शब्दों में स्पष्ट करने की क्रिया अध्याहार कहलाता है।

अतः विकल्प (C) सही है।

**2.** जलज योगरूढ़ शब्द है।

- जलज: जल में उत्पन्न होने वाला - कमल
- लम्बोदर: लम्बा है उदर जिसका - गणेश
- नीलकंठ: नीला है कंठ जिसका - शंकर

वे शब्द जो यौगिक तो होते है, परन्तु जिनका अर्थ रूढ़ (विशेष अर्थ) हो जाता है अर्थात् ये सामान्य अर्थ न प्रकट कर किसी विशेष अर्थ को प्रकट करते है, योगरूढ़ शब्द कहलाते हैं।

अतः विकल्प (B) सही है।

**3.** छर का अर्थ है: छरों के वेग से निकलने का शब्द तथा झर का अर्थ है: पानी गिरने का स्थान है।

अन्य विकल्प:

| शब्द युग्म | अर्थ |
| --- | --- |
| डोंगी-ढोंगी | छोटीनाव-पाखंडी |
| डाल- ढाल | वृक्ष की शाखा-रक्षक |
| जुडा-जूडा | संलग्न-केशों का बंधन |

अतः विकल्प (A) सही है।

**4.** अँगना शब्द का अर्थ 'घर का आँगन' तथा अंगना शब्द का अर्थ 'स्त्री' है, इस आधार पर 'अँगना-अंगना' शब्द-युग्म का सही अर्थ-भेद घर का आँगन-स्त्री।

अन्य विकल्प:

| शब्द-युग्म | अर्थ |
| --- | --- |
| अन्न-अन्य | अनाज-दूसरा |
| अथक-अकथ | बिना थके हुए-जो कहा न जाय |
| अनिल-अनल | हवा-आग |

अतः विकल्प (A) सही है।

**5.** दिए गए विकल्पों में -'कलम' रूढ़ शब्द का उदाहरण है।

'कलम' रूढ़ शब्द है क्योंकि इसका कोई खंड नहीं हो सकता। इसमें किसी अन्य शब्द का मेल नहीं है।

उपकार: यौगिक शब्द

हिमालय: योगरूढ़ शब्द

महावीर: योगरूढ़ शब्द

अतः विकल्प (B) सही है।

**6.** दिए गए विकल्पों में -एकदंत रूढ़ शब्द का उदाहरण नहीं है।

'एकदंत' योगरूढ़ शब्द है, जो एक + दन्त के संयोग से बना है। एकदंत का अर्थ 'गणेश' है। यह एक यौगिक शब्द है।

अन्य सभी विकल्प रूढ़ शब्दों के उदाहरण है। क्योंकि इनमें शब्दों का मेल नहीं हुआ है।

अतः विकल्प (D) सही है।

**7.** दिए गए विकल्पों में -'घोड़ा' यौगिक शब्द का उदाहरण नहीं है।

'घोड़ा' रूढ़ शब्द है, इस शब्द के सार्थक खंड नहीं किए जा सकते है।

अन्य सभी विकल्प यौगिक शब्दों के उदाहरण है। क्योंकि इनमें दो शब्दों का मेल हुआ है।

अत: विकल्प (D) सही है।

**8.** दिए गए विकल्पों में -'पीताम्बर' योगरूढ़ शब्द का उदाहरण है।

'पीताम्बर' योगरूढ़ शब्द है क्योंकि इसका निर्माण पीत+अम्बर के मेल से हुआ है, जिसका रूढ़ अर्थ 'श्री कृष्ण' है।

अत: विकल्प (A) सही है।

**9.** दिए गए विकल्पों में -'सुविचार' योगरूढ़ शब्द का उदाहरण नहीं है।

'सुविचार' यौगिक शब्द है, यह शब्द सु+विचार (उपसर्ग+रूढ़) के योग से बना है।

अन्य सभी विकल्प योगरूढ़ शब्दों के उदाहरण है। क्योंकि इनमें दो शब्दों का मेल हुआ है और इनके सांकेतिक अर्थ भी हैं।

अत: विकल्प (D) सही है।

**10.** दिए गए विकल्पों में -'आशा' रूढ़ शब्द का उदाहरण है।

'आशा' रूढ़ शब्द है क्योंकि इसका कोई सार्थक खंड नहीं हो सकता। इसमें किसी अन्य शब्द का मेल नहीं है।

अत: विकल्प (C) सही है।

**11.** दिए गए विकल्पों में -'निर्मल' रूढ़ शब्द का उदाहरण नहीं है।

'निर्मल' यौगिक शब्द है, जो निर् + मल (उपसर्ग+रूढ़) के संयोग से बना है।

अत: विकल्प (D) सही है।

**12.** दिए गए विकल्पों में -'तिरंगा' यौगिक शब्द का उदाहरण नहीं है।

'तिरंगा' योगरूढ़ शब्द है, यह शब्द ति+रंगा के योग से बना है, जिसका रूढ़ अर्थ है- राष्ट्रीय ध्वज।

अत: विकल्प (D) सही है।

**13.** दिए गए विकल्पों में -'श्वेतपत्र' योगरूढ़ शब्द का उदाहरण नहीं है।

'श्वेतपत्र' यौगिक शब्द है, यह शब्द श्वेत+पत्र (रूढ़+रूढ़) के योग से बना है।

अत: विकल्प (D) सही है।

**14.** दिए गए विकल्पों में -'रानी' रूढ़ शब्द का उदाहरण है।

'रानी' रूढ़ शब्द है क्योंकि इसका कोई खंड नहीं हो सकता। इसमें किसी अन्य शब्द का मेल नहीं है।

अत: विकल्प (B) सही है।

**15.** दिए गए विकल्पों में -'निर्जल' यौगिक शब्द का उदाहरण है।

'निर्जल' यौगिक शब्द है क्योंकि इसका निर्माण निर्+जल (उपसर्ग+रूढ़) के मेल से हुआ है।

अत: विकल्प (A) सही है।

**16.** रूढ़ शब्द 'कमल'। पंकज, जलज 'योगरूढ़' शब्द है। 'विद्यालय' शब्द यौगिक शब्द है।

जो शब्द हमेशा किसी विशेष अर्थ को प्रकट करते हो तथा जिनके खण्डों का कोई अर्थ न निकले, उन्हें 'रूढ़' कहते है।

अत: विकल्प (D) सही है।

**17.** दिए गए विकल्पों में से शूकर शब्द का अर्थ 'सूअर' है तथा सुकर शब्द का अर्थ 'सहज' है, इस आधार पर 'शूकर-सुकर' शब्द-युग्म का सही अर्थ-भेद सूअर-सहज है।

अतः विकल्प (D) सही है।

**18.** योगरूढ़ शब्द अपने विभाजन के पश्चात अन्य अर्थ में भी प्रयोग किए जा सकते हैं।

ऐसे शब्द जो योगिक तो होते हैं पर अर्थ के विचार से अपने सामान्य अर्थ को छोड़कर किसी परंपरा से विशेष के अर्थ के परिचायक होते हैं योगरूढ़ शब्द कहलाते हैं। जैसे पंकज, जलज आदि।

अतः विकल्प (B) सही है।

**19.** जो शब्द कई सार्थक शब्दों के मेल से बने हों,वे यौगिक कहलाते हैं। जैसे- देवालय=देव+आलय, राजपुरुष=राज+पुरुष, हिमालय=हिम+आलय, देवदूत=देव+दूत आदि। ये सभी शब्द दो सार्थक शब्दों के मेल से बने हैं।

अतः विकल्प (C) सही है।

**20.** गुणवान शब्द योग रूढ़ नहीं है।

दूसरे शब्दों में- योग + रूढ़ यानी योग से बने रूढ़ (परंपरा) हो गए शब्द। वे शब्द जो यौगिक होते हैं, परंतु एक विशेष अर्थ के लिए रूढ़ हो जाते हैं, योगरूढ़ शब्द कहलाते है। मतलब यह कि यौगिक शब्द जब अपने सामान्य अर्थ को छोड़ विशेष अर्थ बताने लगें, तब वे 'योगरूढ़' कहलाते हैं।

अतः विकल्प (C) सही है।

**21.** दिए गए विकल्पों में उचित उत्तर विकल्प (D) 'दो भाषाओं के शब्दों से मिलकर बना शब्द' है।

''संकर'' शब्द का अर्थ है- दो भाषाओं के शब्दों से मिलकर बना शब्द।

संकर शब्द विषेष शब्द होते हैं। जो दो भिन्न-भिन्न भाषाओं के मेल से बने होते है।

जैसे - रेल + गाड़ी = रेलगाड़ी

अतः विकल्प (D) सही है।

**22.** दिए गए विकल्पों में -'मानव' रूढ़ शब्द का उदाहरण है।

'मानव' रूढ़ शब्द है क्योंकि इसका कोई सार्थक खंड नहीं हो सकता। इसमें किसी अन्य शब्द का मेल नहीं है।

अतः विकल्प (C) सही है।

**23.** दिए गए विकल्पों में -'अंत' यौगिक शब्द का उदाहरण नहीं है।

'अंत' रूढ़ शब्द है, इस शब्द के सार्थक खंड नहीं किए जा सकते है। अन्य सभी विकल्प यौगिक शब्दों के उदाहरण है।  क्योंकि इनमें दो शब्दों का मेल हुआ है।

अतः विकल्प (D) सही है।

**24.** रचना के आधार पर 'तकनीकी शब्द' शब्द का भेद नहीं है।

तकनीकी वह शब्द है जो किसी निर्मित अथवा खोजी गई वस्तु अथवा विचार को व्यक्त करता हो। कोश ग्रंथों के अनुसार तकनीक शब्द किसी ज्ञान विज्ञान के विशेष क्षेत्र में एक विशिष्ट तथा निश्चित अर्थ में प्रयुक्त किया जाता है।

अतः विकल्प (D) सही है।

**25.** दिए गए विकल्पों में से 'राष्ट्रपति' यौगिक शब्द है।

जो शब्द अन्य शब्दों के योग से बने हो तथा जिनके प्रत्येक खण्ड का कोई अर्थ हो, उन्हें यौगिक शब्द कहते है।

जैसे - डाकघर, पीलापन, देशवासी आदि।

अतः विकल्प (C) सही है।

**26.** दिए गए विकल्पों में -'चौराहा' योगरूढ़ शब्द का उदाहरण नहीं है।

'चौराहा' यौगिक शब्द है, यह शब्द चार+राह (रूढ+रूढ़) के योग से बना है।

अन्य सभी विकल्प योगरूढ़ शब्दों के उदाहरण है।  क्योंकि इनमें दो शब्दों का मेल हुआ है और इनके सांकेतिक अर्थ भी हैं।

यौगिक और योगरूढ़ शब्दों में अंतर - यौगिक और योगरूढ़ दोनों ही प्रकार के शब्दों का निर्माण विभिन्न शब्दों के मेल से होता है। किंतु यौगिक शब्दों का कोई रूढ़ अर्थ नहीं होता जबकि योगरूढ़ शब्द कोई विशेष अर्थ में रूढ़ हो जाते हैं अथवा वह किसी लाक्षणिक अर्थ को इंगित करते हैं।

अतः विकल्प (D) सही है।

**27.** 'दिए गए शब्दों में 'इस्तीफ़ा' शब्द फारसी शब्द नहीं है, 'इस्तीफ़ा' अरबी भाषा का शब्द है।

इस्तीफ़ा का अर्थ- त्यागपत्र

अन्य सभी शब्द फ़ारसी शब्द हैं।

अतः विकल्प (C) सही है।

**28.** दिए गए विकल्पों में -'महापुरुष' रूढ़ शब्द का उदाहरण नहीं है।

'महापुरुष' यौगिक शब्द है, जो महा + परुष (रूढ़+रूढ़) के संयोग से बना है।

अन्य सभी विकल्प रूढ़ शब्दों के उदाहरण है।

अतः विकल्प (D) सही है।

**29.** दिए गए विकल्पों में -'अनादि' यौगिक शब्द का उदाहरण है।

'अनादि' यौगिक शब्द है क्योंकि इसका निर्माण अन+आदि (उपसर्ग+रूढ़) के मेल से हुआ है।

अतः विकल्प (D) सही है।

**30.** 'दशानन' शब्द रूढ़ नहीं है।

जो शब्द अन्य शब्दों के योग से बने हो तथा जिनके प्रत्येक खण्ड का कोई अर्थ हो, उन्हें यौगिक शब्द कहते है। यहाँ प्रत्येक शब्द के दो खण्ड है और दोनों खण्ड सार्थक है। जो शब्द अन्य शब्दों के योग से बनते हो, परन्तु एक विशेष अर्थ के लिए प्रसिद्ध होते है, उन्हें योगरूढ़ शब्द कहते है। जैसे- लम्बोदर, पंकज, दशानन, जलज इत्यादि।

अतः विकल्प (C) सही है।

**Q.1** नीचे दी गयीं वर्तनी में से शुद्ध वर्तनी कौन सी है?
A. नायिका  B. मानसक  C. माचस  D. क्षणक

**Q.2** निम्नलिखित में से अशुद्ध वर्तनी का चयन कीजिए:
A. लालायित  B. बहिरंग  C. स्थायित्व  D. कुमुदनी

**Q.3** निम्नलिखित में से शुद्ध वर्तनी का चयन कीजिए:
A. सूचिपत्र  B. तृकोण  C. एकान्त  D. भानू

**Q.4** निम्न में से अशुद्ध वर्तनी वाला विकल्प चुनिए।
A. विसम  B. विषम  C. अधीन  D. आहार

**Q.5** कौन से विकल्प में दोनों शब्दों की वर्तनी शुद्ध है?
A. नाराज, आवश्यक  B. तिथी, दिवार
C. दिवाली, अतिथी  D. आहार, सप्ताहिक

**Q.6** निम्न में शुद्ध शब्द है।
A. केकेयी  B. केकैयी  C. कैकेयी  D. केकई

**Q.7** निम्न में शुद्ध रूप है:
A. न्यूनधिक  B. न्यूनाधिक  C. न्यौनाधिक  D. न्यूनाधीक

**Q.8** दिए गए शब्दों में शुद्ध वर्तनी का चयन कीजिए।
A. रसायनीक  B. रासान्निक
C. रासायनिक  D. रसायनिक

**Q.9** निम्नलिखित में से शुद्ध वर्तनी का चयन कीजिए:
A. छुहाड़ा  B. टोकड़ी  C. घबड़ाना  D. पिंजरा

**Q.10** निम्न में से शुद्ध वर्तनी का चयन कीजिये-
A. मैथली  B. व्यंग  C. प्रसंसा  D. उद्देश

**Q.11** शुद्ध शब्द है:
A. अनाधिकार  B. अहिल्या
C. अन्तर्ध्यान  D. उपर्युक्त

**Q.12** दिए गए शब्दों में शुद्ध वर्तनी वाला शब्द है:
A. सर्वोतम  B. संसरिक
C. सच्चिदानन्द  D. कीर्ती

**Q.13** मानव मात्र को गीता के <u>माहात्म्य</u> से परिचित होना अनिवार्य है। रेखांकित शब्द को शुद्ध करें-
A. माहात्मय  B. माहात्य  C. महात्य  D. महात्त्मय

**Q.14** 'मान्यनीय' का शुद्ध रूप निम्न में से कौन सा है?

*[MP Jail Prahari, 2018]*

A. माननीय  B. मान्यनिय  C. मानिनय  D. मन्यनीय

**Q.15** नीचे दिए गए विकल्पो में से शुद्ध वर्तनी का चयन कीजिए –
A. उद्घोष  B. उदघोष  C. उद्घोष  D. उद्घोस

**Q.16** निम्नलिखित में से शुद्ध वर्तनी है:
A. पुनर्जन्म  B. दिनाँक  C. आकर्षण  D. दशनीय

**Q.17** निम्नलिखित में से शुद्ध वर्तनी है:
A. अनुग्रहीत  B. ग्रहिणी  C. तिरस्कृत  D. जाग्रति

**Q.18** सही वर्तनी शब्द का चयन कीजिए।

A. अवन्नति  B. श्रृंगार  C. मुशकिल  D. मात्रभूमि

**Q.19** सही वर्तनी वाला शब्द है:
A. सुहृद  B. शुश्रूषा  C. शपर्धा  D. शसीम

**Q.20** शुद्ध वर्तनी वाले शब्द का चयन कीजिए।
A. अन्त्याक्षरी  B. पूज्यनीय  C. तदोपरान्त  D. कवियित्री

**Q.21** निम्नलिखित में कौन सा शब्द शुद्ध है?
A. पैत्रिक  B. पैत्रक  C. पैतृक  D. पैर्तक

**Q.22** 'सुभेच्छा' शब्द का शुद्ध रूप क्या होगा?
A. सुभेच्छा  B. शुभेच्छा  C. शुभ एच्छा  D. शुभीक्षा

**Q.23** निम्नलिखित प्रश्न में, चार विकल्पों में से, उस विकल्प का चयन करें जो शब्द का शुद्ध रूप हो।
A. क्रुताछ्हता  B. क्रताध्ता
C. क्ताछ्तन्ता  D. कृतघ्नता

**Q.24** निम्नलिखित प्रश्न में, चार विकल्पों में से, उस विकल्प का चयन करें जो शुद्ध शब्द का सही विकल्प है।
A. अशिर्वाद  B. आशिर्वाद  C. आशीर्वाद  D. आशिरवाद

**Q.25** निम्न में शुद्ध वर्तनी पहचानिए-
A. अद्वितीय  B. सूचिपत्र  C. महिना  D. परिक्षा

**Q.26** निम्न में से शुद्ध शब्द है:

*[Rajasthan Police Sub Inspector, 2016]*

A. अभिजात्य  B. अध्यात्मिक
C. हथनी  D. पुनरावलोकन

**Q.27** इनमें वर्तनी की दृष्टि से सही शब्द है:

*[Rajasthan Police Sub Inspector, 2016]*

A. पड़ौसी  B. दम्पती  C. नुपुर  D. शताब्दि

**Q.28** 'याक्षणी' का शुद्ध रूप निम्न में से कौन सा है?

*[MP Jail Prahari, 2018]*

A. यिक्षणी  B. याक्षिणी  C. याक्षण  D. यक्षिणी

**Q.29** दिए गये शब्दों में शुद्ध वर्तनी वाला शब्द है:
A. सचिदानन्द  B. सच्चीदानंद
C. सच्चिदानंद  D. सचितानंद

**Q.30** निम्नलिखित में किस शब्द की वर्तनी शुद्ध है? -
A. प्राक्काथन  B. प्राक्थन  C. प्रक्कथन  D. प्राक्कथन

# // स्मार्ट उत्तर पुस्तिका //

**सही उत्तर**   उन छात्रों के प्रतिशत को इंगित करता है जिन्होंने प्रश्नों का सही उत्तर दिया था।

**छोड़ दिया**   उन छात्रों के प्रतिशत को इंगित करता है जिन्होंने प्रश्नों को छोड़ दिया था।

| प्रश्न संख्या | उत्तर | सही उत्तर / छोड़ दिया |
|---|---|---|
| 1 | A | 15.72 % |
|   |   | 69.43 % |
| 2 | D | 10.9 % |
|   |   | 67.53 % |
| 3 | C | 19.18 % |
|   |   | 67.39 % |
| 4 | A | 31.81 % |
|   |   | 67.28 % |
| 5 | A | 21.41 % |
|   |   | 69.79 % |
| 6 | C | 15.64 % |
|   |   | 72.68 % |

| प्रश्न संख्या | उत्तर | सही उत्तर / छोड़ दिया |
|---|---|---|
| 7 | B | 24.16 % |
|   |   | 69.49 % |
| 8 | C | 28.16 % |
|   |   | 71.2 % |
| 9 | D | 26.54 % |
|   |   | 68.52 % |
| 10 | B | 29.24 % |
|   |   | 68.18 % |
| 11 | D | 15.38 % |
|   |   | 71.61 % |
| 12 | C | 30.83 % |
|   |   | 68.87 % |

| प्रश्न संख्या | उत्तर | सही उत्तर / छोड़ दिया |
|---|---|---|
| 13 | B | 25.8 % |
|   |   | 69.77 % |
| 14 | A | 22.89 % |
|   |   | 72.18 % |
| 15 | C | 12.07 % |
|   |   | 83.46 % |
| 16 | A | 11.86 % |
|   |   | 84.62 % |
| 17 | C | 12.65 % |
|   |   | 73.91 % |
| 18 | B | 26.4 % |
|   |   | 71.65 % |

| प्रश्न संख्या | उत्तर | सही उत्तर / छोड़ दिया |
|---|---|---|
| 19 | B | 30.61 % |
|   |   | 69.07 % |
| 20 | A | 24.14 % |
|   |   | 67.5 % |
| 21 | C | 31.65 % |
|   |   | 67.51 % |
| 22 | B | 13.05 % |
|   |   | 82.42 % |
| 23 | D | 27.63 % |
|   |   | 68.96 % |
| 24 | C | 27.69 % |
|   |   | 68.35 % |

| प्रश्न संख्या | उत्तर | सही उत्तर / छोड़ दिया |
|---|---|---|
| 25 | A | 29.65 % |
|   |   | 67.2 % |
| 26 | A | 30.75 % |
|   |   | 68.07 % |
| 27 | B | 30.72 % |
|   |   | 68.01 % |
| 28 | D | 11.74 % |
|   |   | 71.89 % |
| 29 | C | 11.45 % |
|   |   | 74.3 % |
| 30 | D | 20.87 % |
|   |   | 76.2 % |

| कार्य विश्लेषण | |
|---|---|
| औसत अंक ( % ) | 36.67% |
| टॉपर्स स्कोर ( % ) | 70.0% |
| आपका स्कोर | |

# //संकेत और समाधान//

**1.** 'नायिका' का अर्थ 'काव्य, नाटक आदि की प्रधान महिला पात्र' है।

'वर्तनी' शब्द का अर्थ उच्चारित होने वाले शब्द के लेखन में प्रयोग होने वाले लिपि चिह्नों के व्यवस्थित रूप को कहा जाता है।

अन्य विकल्प –

| अशुद्ध वर्तनी | शुद्ध वर्तनी |
|---|---|
| मानसक | मानसिक |
| माचस | माचिस |
| क्षणक | क्षणिक |

अत: विकल्प (A) सही है।

**2.** दिए गए विकल्पों में कुमुदनी शब्द की वर्तनी अशुद्ध है।

'कुमुदिनी' का अर्थ 'कमल की तरह का एक जलीय पौधा जिसमें सफ़ेद रंग के फूल लगते हैं' है।

अत: विकल्प (D) सही है।

**3.** दिए गए विकल्पों में एकान्त शब्द की वर्तनी शुद्ध है।

'एकान्त' का अर्थ 'शांत या शोरगुल रहित ऐसा स्थान जहाँ कोई न हो' है।

अन्य विकल्प –

| अशुद्ध वर्तनी | शुद्ध वर्तनी |
|---|---|
| सूचिपत्र | सूचीपत्र |
| त्रृकोण | त्रिकोण |
| भानू | भानु |

अत: विकल्प (C) सही है।

**4.** अशुद्ध वर्तनी वाला विकल्प विसम है। अन्य विकल्प असंगत है।

जिस शब्दों में जितने वर्ण या अक्षर जिस अनुक्रम में प्रयुक्त होते हैं, उन्हें उसी क्रम में लिखना ही वर्तनी है।

अतः विकल्प (A) सही है।

**5.** नाराज, आवश्यक में दोनों शब्दों की वर्तनी शुद्ध है। अन्य विकल्प असंगत है।

अतः विकल्प (A) सही है।

**6.** कैकेयी, शुद्ध शब्द है। अन्य विकल्प असंगत है।

कैकेयी शब्द का अर्थ : 'केकय देश की राजकुमारी' या कैकेयी रामायण की प्रमुख पात्र हैं।

अत: विकल्प (C) सही है।

**7.** दिए गए विकल्पों में न्यूनाधिक शब्द की वर्तनी शुद्ध है। अत: सही विकल्प (B) 'न्यूनाधिक' है। अन्य सभी शब्दों की वर्तनी त्रुटि पूर्ण हैं।

न्यूनाधिक = न्यून से थोड़ा अधिक अर्थात कम से थोड़ा ज्यादा

वर्तनी: लिखने की रीति को वर्तनी कहते हैं। 'वर्तनी' शब्द का अर्थ उच्चारित होने वाले शब्द के लेखन में प्रयोग होने वाले लिपि चिह्नों के व्यवस्थित रूप को वर्तनी कहा जाता है।

अत: विकल्प (B) सही है।

**8.** रासायनिक' शब्द शुद्ध है। इसलिए, इसका सही उत्तर विकल्प (C) 'रासायनिक' होगा। अन्य विकल्प इसके सही उत्तर नहीं हैं क्योंकि अन्य में वर्तनीगत एवं व्याकरणिक त्रुटियाँ हैं।

- रासायनिक शब्द का अर्थ - जो क्रिया रसायन से सम्बंधित हो।

- रसायन + इक = रासायनिक।

अत: विकल्प (C) सही है।

**9.** पिंजरा शब्द की वर्तनी शुद्ध है।

'पिंजरा' का अर्थ 'ऐसा स्थान जहां मुक्त होना प्रायः असंभव हो' होता है।

उपरोक्त सभी विकल्पों में 'र' और 'ड़' सम्बन्धी त्रुटियां इंगित की गई हैं।

अत: विकल्प (D) सही है।

**10.** दिये गए विकल्पों में से 'व्यंग' शब्द शुद्ध है।

व्यंग का अर्थ 'शब्दो की व्यंजना से निकला अर्थ, तानायुक्त वाक्य' होता है।

अन्य विकल्प:

अन्य विकल्प वर्तनीगत अशुद्ध हैं।

| अशुद्ध शब्द | शुद्ध शब्द |
|---|---|
| मैथली | मैथिली |
| प्रसंसा | प्रशंसा |
| उद्देश | उद्देश्य |

अत: विकल्प (B) सही है।

**11.** शुद्ध शब्द 'उपर्युक्त' है।

अन्य शब्दों का शुद्ध रूप इस प्रकार हैं - 'अनधिकार', 'अहल्या', 'अन्तर्धान'।

अत: विकल्प (D) सही है।

**12.** सच्चिदानन्द' शुद्ध वर्तनी वाला शब्द है, जबकि सर्वोतम का सर्वोत्तम, संसरिक का सांसारिक तथा कीर्ती का कीर्ति शुद्ध वर्तनी शब्द होगा।

अत: विकल्प (C) सही है।

**13.** मानव मात्र को गीता के <u>माहात्मय</u> के परिचित होना अनिवार्य है।

रेखांकित शब्द के स्थान पर 'माहात्य' शब्द प्रयुक्त होगा। यह वर्तनी की दृष्टि से शुद्ध है।

अत: विकल्प (B) सही है।

**14.** दिए गए विकल्पों में से 'मान्यनीय' का शुद्ध रूप 'माननीय' है।

शुद्ध वर्तनी का मतलब होता है किसी शब्द के वर्णों में सही मात्रा का प्रयोग करना।

शुद्ध भाषा के प्रयोग के लिए वर्णों के शुद्ध उच्चारण, शब्दों के शुद्ध रूप और वाक्यों के शुद्ध रूप जानना आवश्यक हैं।

**उदहारण**: सेठ जी एक माननीय और धन-सम्पन्न आदमी थे।

अत: विकल्प (A) सही है।

**15.** उद्घोष में शुद्ध वर्तनी का प्रयोग किया गया है, अन्य विकल्पो में अशुद्ध वर्तनी है।

- वर्तनी भाषा में शब्दों को वर्णों से अभिव्यक्त करने की क्रिया को कहते हैं।

- वर्तनी को अंग्रेज़ी में स्पेलिंग और उर्दू में हिज्जे कहते हैं।

- किसी लिपि के प्रतीक-चिन्ह (वर्ण आदि) को उचित क्रम में लिखकर जब कोई शब्द निरूपित किया जाता है, वह उसकी वर्तनी कहलाती है।

- वर्तनी का सीधा सम्बन्ध भाषागत ध्वनियों के उच्चारण से है।

अत: विकल्प (C) सही है।

**16.** 'पुनर्जन्म' का अर्थ 'पुनः होने वाला जन्म' है। 'पुनर्जन्म' में शुद्ध वर्तनी है।

अन्य विकल्प:

| अशुद्ध वर्तनी | शुद्ध वर्तनी |
|---|---|
| दिनाँक | दिनांक |
| आकर्षण | आकर्षण |
| दशनीय | दर्शनीय |

अतः विकल्प (A) सही है।

**17.** 'तिरस्कृत' का अर्थ 'अपमानित' है। 'तिरस्कृत' में शुद्ध वर्तनी है।

अन्य विकल्प:

| अशुद्ध वर्तनी | शुद्ध वर्तनी |
|---|---|
| अनुग्रहीत | अनुगृहीत |
| ग्रहिणी | गृहिणी |
| जाग्रति | जागृति |

अतः विकल्प (C) सही है।

**18.** 'श्रृंगार' शब्द की वर्तनी शुद्ध है।

अन्य का शुद्ध रूप है-

- अवन्रति - अवनति
- मुशकिल - मुश्किल
- मात्रभूमि - मातृभूमि

अतः विकल्प (B) सही है।

**19.** उपर्युक्त विकल्पों में से 'शुश्रूषा' शुद्ध वर्तनी वाला शब्द है।

सुहृद की शुद्ध वर्तनी- 'सुहृद', 'शपर्धा' की शुद्ध वर्तनी- 'स्पर्धा' तथा शसीम की शब्द वर्तनी-ससीम है।

अतः विकल्प (B) सही है।

**20.** शुद्ध वर्तनी वाला शब्द 'अन्त्याक्षरी' है। अन्य शब्दों की शुद्ध वर्तनी इस प्रकार है-

- पूज्यनीय — पूजनीय
- तदोपरान्त — तदुपरान्त
- कवियित्री — कवयित्री

अतः विकल्प (A) सही है।

**21.** समस्त विकल्पों में शब्द 'पैतृक' शुद्ध है तथा अतिरिक्त विकल्प निरर्थक शब्द हैं।

उदाहरण:हर रोज अपनी पत्नी , तीन बेटियों और बेटों के साथ पुरानी दिल्ली के पैतृक घर में वे चूड़ियां बनाते हैं।

अतः विकल्प (C) सही है।

**22.** उपर्युक्त विकल्पों में से 'शुभेच्छा' शब्द की वर्तनी शुद्ध है। शेष विकल्प असंगत हैं।

'शुभेच्छा' में गुण स्वर संधि है, शुभ + इच्छा = शुभेच्छा इसका नियम 'अ + इ = ए' है।

अतः विकल्प (B) सही है।

**23.** 'कृतघ्नता' शब्द शुद्ध स्वरूप में लिखा हुआ शब्द है, अन्य सभी विकल्प अशुद्ध वर्तनी युक्त है।

कृतघ्ना - कृतघ्न होने का भाव।

कृतघ्नता शब्द कृतघ्न + ता = कृतघ्नता ऐसे मिलकर बना है।

कृतघ्ना शब्द भाववाचक संज्ञा का उदाहरण है।

अतः विकल्प (D) सही है।

**24.** शुद्ध शब्द- 'आशीर्वाद' है। अन्य विकल्प वर्तनीगत अशुद्ध हैं।

इसके पर्यायवाची-शुभकामना, आशीष, आशिष, दुआ हैं।

लिखने की रीति को वर्तनी कहते हैं। 'वर्तनी' शब्द का अर्थ 'पीछे चलना' है। अर्थात उच्चारित होने वाले शब्द के लेखन में प्रयोग होने वाले लिपि चिह्नों के व्यवस्थित रूप को वर्तनी कहा जाता है।

अतः विकल्प (C) सही है।

**25.** दिए गए सभी विकल्पों में शुद्ध वर्तनी वाला शब्द है - अद्वितीय। अन्य विकल्प वर्तनिगत अशुद्ध हैं।

अद्वितीय विशेषण शब्द है जिसका अर्थ बेजोड़ या अनोखा होता है।

उदाहरण: अभ्यागतों का आदर-सम्मान करनें में हम अद्वितीय हैं।"

अद्वितीय शब्द का उपयोग प्रेमचंद ने अपनी कहानी ममता इस प्रकार किया है.

अतः विकल्प (A) सही है।

**26.** दिए गए विकल्पों में अभिजात्य शब्द की वर्तनी शुद्ध है।

'अभिजाय' का अर्थ 'उच्च कुल के योग्य' है।

अन्य विकल्प –

| अशुद्ध वर्तनी | शुद्ध वर्तनी | अर्थ |
|---|---|---|
| अध्यात्मिक | आध्यात्मिक | अलौकिक |
| हथनी | हथिनी | मादा हाथी |
| पुनरावलोकन | पुनरवलोकन | दुबारा अवलोकन |

अतः विकल्प (A) सही है।

**27.** 'दम्पती' वर्तनी की दृष्टि से सही शब्द है। 'दम्पति' का मूल अर्थ है - घर का स्वामी। दम यानी घर। पति यानी स्वामी।

अन्य विकल्प:

| अशुद्ध शब्द | शुद्ध शब्द |
|---|---|
| पड़ौसी | पड़ोसी |
| नुपुर | नूपुर |
| शताब्दि | शताब्दी |

अतः विकल्प (B) सही है।

**28.** दिए गए विकल्पों में से 'याक्षिणी' का शुद्ध रूप 'यक्षिणी' है। अन्य विकल्प असंगत है।

'यक्षिणी' का अर्थ यक्ष की पत्नी. दुर्गा की एक अनुचरी होता है।

अत: विकल्प (D) सही है।

**29.** सच्चिदानंद शुद्ध वर्तनी वाला शब्द है।

वर्तनी: लिखने की रीति को वर्तनी या अक्षरी कहते हैं। जिस शब्दों में जितने वर्ण या अक्षर जिस अनुक्रम में प्रयुक्त होते हैं, उन्हें उसी क्रम में लिखना ही वर्तनी है।

अत: विकल्प (C) सही है।

**30.** उपर्युक्त विकल्पों में से विकल्प (D) 'प्राक्कथन' की वर्तनी शुद्ध है। प्राक्कथन का अर्थ 'प्रस्तावना' होता है।

अतः विकल्प (D) सही है।

// टिप्पणियाँ //

www.ingramcontent.com/pod-product-compliance
Lightning Source LLC
LaVergne TN
LVHW080619200726
843509LV00007B/346